一九八七年冬，在天安门城楼上。

刘绍棠

中国乡土文学作家。一九三六年二月二十九日生于北京通州大运河畔的儒林村。一九四八年参加革命。一九四九年开始发表作品。一九五三年加入中国共产党。一九五四年考入北京大学中文系学习。一九五六年加入中国作家协会，从事专业创作。至一九五七年被划右派时，已出版了《青枝绿叶》《山楂村的歌声》《运河的桨声》《夏天》《中秋节》《瓜棚记》《私访记》等七本书。

一九七九年右派冤案得以改正，重获创作权利。带病顽强拼搏了十八年，为后人留下了五百多万字的乡土作品。即十二部长篇小说：《春草》《狼烟》《地火》《豆棚瓜架雨如丝》《这个年月》《敬柳亭说书》《十步香草》《京门脸子》《野婚》《水边人的哀乐故事》《孤村》《村妇》。二十多部中篇小说：《蒲柳人家》《渔火》《瓜棚柳巷》《花街》《草莽》《荇水荷风》《蒲剑》《鱼菱风景》《小荷才露尖尖角》《绿杨堤》《烟村四五家》《柳伞》《年年柳色》《青藤巷插曲》《黄花闺女池塘》《碧桃》《二度梅》等。两部短篇小说集：《青枝绿叶》《蛾眉》。十一部散文短论集：《乡土与创作》《我与乡土文学》《一个农家子弟的创作道路》《我的创作生涯》《论文讲书》《乡土文学四十年》《蝈笼絮语》《如是我人》《红帽子随笔》《我是刘绍棠》《四类手记》。

《京门脸子》获得北京市优秀长篇小说奖。《敬柳亭说书》获得首届中国大众文学优秀长篇小说奖。《蒲柳人家》获得全国优秀中篇小说奖。《蛾眉》获得全国优秀短篇小说奖。中短篇小说多种被译成英、法、德、俄、日、西班牙、泰国、孟加拉、阿尔巴尼亚等国文字。

上世纪八十年代以来，不遗余力地倡导乡土文学，创作上坚持“中国气派，民族风格，地方特色，乡土题材”。他的全部作品，都是写大运河的乡土乡亲，形成了独具特色的大运河乡土文学体系。

刘绍棠文集

野　婚

刘绍棠／著

北京出版集团公司
北京十月文艺出版社

1

芝麻粒儿大的鱼菱村，是一块得天独厚的宝地，是一块逢凶化吉的福地。

整个通州的地势，平均海拔十二米，鱼菱村的海拔却在二十四米以上。鱼菱村左邻鸡笼店，右邻细柳营：鸡笼店的烟囱，细柳营的房脊，跟鱼菱村的门槛一个水平，鱼菱村的人出门就像跳井。北运河三年一小涝，五年一大涝，民国二十八年发大水，淹没了沿岸的田野和村庄，树梢上挂水藻，鸡笼店和细柳营的男女老幼，乘船、坐笸箩、抱檩条子、揪牛尾巴，趴在拔地漂起的麦秸垛上，纷纷向鱼菱村逃命，鱼菱村的人却站在干岸上看风景。大水只到鱼菱村外，便被头一块柳棵子地拦住，好像强弩之末不能穿鲁缟，偃旗息鼓到此为止。我当时虽然幼小，也知道跟随大人们到水边捡便宜，白吃漂来的西瓜、甜瓜、面瓜……被大水吓丢了魂儿的野兔子，成百上千只窜逃到鱼菱村里，一棍子扫倒一片。有的野兔子昏头乱跑，撞墙碰树而死，还有的像离弦箭似的冲入住户的柴门，睁着眼睛钻灶膛、跳铁锅、自投狗嘴里。大水一来二去四五天，鱼菱村家家户户像开斋过节，一日三餐都吃肉。坐月子的女人喝多了鲫鱼汤，两只乳房涨满了稠如米粥的奶汁，胸脯子上像挂着两只大白葫芦；肿胀得疼痛难忍，沉重得站不起身，把自己的男人搂在怀里吃奶，仍然不能减轻压力，也就顾不得礼教戒规，对外开放，百无禁忌，谁来吃她的奶都是救命恩人，疼急了连老公公都得当唧筒。

正因为鱼菱村地处边沿死角，所以直到眼下八十年代，还没有公路相通，可算是天子脚下的一大疵点，咄咄怪事。一九三三年日本鬼子进了关，占领通州直到一九四五年，十二年中竟没有一个鬼子到过鱼菱村，左邻右舍的鸡笼店和细柳营，却屡遭敌寇的烧杀抢掠。一九七六年唐山大地震，通州距离唐山只有一百多公里，强度在六点九级，鸡笼店和细柳营都房倒屋塌，砸死好几口人，鱼菱村却安然无恙，毫无损伤，只有一座麦秸垛溜了顶。

这座麦秸垛，本来就像意大利的比萨斜塔，风一吹便摇头晃身子，没有地震也熬不过当年的雨季，早晚坍倒。

我在鱼菱村，已经没有血缘上的亲支近脉，但是我家还有一座二百多年历史的大宅院，借给几户人家居住。大宅院的高墙之内，还有一个小小的跨院，一九五一年我下乡挂职，为了在工作上避重就轻，也为了不跟那几个地头蛇同流合污，自愿在鱼菱村蹲点，就住在我家小跨院的三间泥棚茅舍里。因此，全家人虽然早已离乡进城，分散各地，我却是离土而没有拔根；好比一棵瓜秧，只不过藤蔓伸延到北京城内，根子还深深扎在鱼菱村的水土之中。所以，我身败名裂之后仍有退路，鱼菱村永远有我的栖身之所。

我的家世，由于没有家谱留传和任何文字记录，也就无稽可考。老人长辈们咬定我们是大汉皇叔刘备的后裔，虽然未免攀龙附凤之嫌，却也并非毫无道理。刘备原籍涿州楼桑村，涿州距离通州七八十公里，刘室宗亲难免人口流动，也许其中一支挪了个窝儿，来到通州安家落户。刘备的祖上，中山靖王刘胜的坟墓埋在满城县，掘墓开棺发现了无价之宝的金缕玉衣，成为我国出土文物中的一大奇迹。满城距离涿州也有几十公里，可见刘备这一支也是搬过家的。屈原在《离骚》中说他是“帝高阳之苗裔兮”，那么我也可以自称“帝昭烈之苗裔”了。然而，我的年岁大起来，书多读了几本，才知道通州刘姓即便算是刘备苗裔，那也是刘禅嫡传，就像一块坛子肉里吃出了大尾巴蛆，令人作呕。《日下旧闻考》记载：“通州……两汉潞县及安乐县地。”直到北魏太平真君七年，安乐县才废入潞县。潞县衙门也从甘棠乡迁入安乐城内。郦道元的《水经注》说：“沽水南经安乐县故城东。”《晋书·地道记》曰：“晋封刘禅为公国。俗谓之西潞水也。”潞水就是现今的北运河，安乐故城正是今日的通州。刘禅降晋被封为安乐公，遣到现在的通州就国，他的子孙和家奴便沿着北运河西岸繁衍开来。我家原来住在河西靛庄，曾祖父率领全家迁到河东鱼菱村，买下姓杜的大宅院，当时这座大宅院就已经是百年老屋。通州至今姓刘的最多，靛庄更是一半以上人家姓刘；虽无史证，也可断定，靛庄刘家必是刘禅子孙或家奴的一支。如此推论，我十有八九是刘禅的百代子孙。阿斗这小子，在我的心目中，比阿Q更可鄙，更讨厌，作为他的后裔我怎能不感到奇耻大辱？于是，我打定主意，改换门庭，另立祖宗。正史、野史、传说、稗闻，下锚钩沉，捞根稻草，终于想到公元三〇四年在建平（今山西临汾）建都的汉国，皇帝刘渊本是匈奴人。《中国历代名人辞典》记载：刘渊出身新兴（今山西忻县）匈奴贵族，袭匈奴左部帅、匈奴五部大都督。“八王之乱”中起兵反晋即汉王位，后改元称帝。匈奴人有名无姓，只因汉朝对匈奴遣女和亲，他们便自称是汉朝的外甥，因而随母姓刘，这显然十分牵强附会。但是，不管多么牵强附会的编造，仍然堂堂正正写在了正史上。那么，为什么我就不能照猫画虎，抱葫芦画瓢呢？匈奴刘氏汉国王朝败亡（公元三一八年），子孙流散的方向只能北上，回归大漠故土，难道就不会有一支子孙滞留通州吗？当时刘禅刚死（公元二七一年）四十多年，真假二刘合二而一，人多势众胆子壮。如此说来，就不能排除我是匈奴刘氏之后的可能性。当一个匈奴皇族的凤子龙孙，岂不比挂在昏庸、荒唐、懦弱、卑怯的刘阿斗名下更有脸面？所以，我曾宣告以刘匈奴为自己的别名，并自封为山楂汗。嗜好考据的读者，可以翻阅一下五十年代中期的旧报，便可找见我的几篇杂文，都以山楂汗署名。

目前，中国境内，匈奴人已经绝迹，衰落、西迁、同化，湮没无存。我自称匈奴刘氏之后，喊破了嗓子也得不到认可；但是我在小说里自言自语，却有我的充分自由。蒲松龄是蒙人、回民还是汉人？论者各执一词，谁说得清楚？

我另外还有个名字，也在鱼菱村通用。

这个名字非比寻常，不同凡响，来自明朝大戏剧家汤显祖的笔下，可以从汤老先生的四大剧作中找到出处。

北运河西岸，距离鱼菱村六里，有一个里二泗村，村里有一座大庙，大庙里建有一座高耸入云的玉皇阁醮坛，塑河神像。明朝嘉靖十四年，道士周从善向皇上乞赐观名，嘉靖皇帝赐名佑民观。清朝顺治八年，世祖章皇帝爱新觉罗·福临，曾来佑民观烧香祷告，又赐帑重修一新，也更抬高了这座庙宇的身份。

直到清末民初，京汉和津浦两条铁路通车之前，元、明、清三朝数百年，大运河一直是全国唯一的一条南北交通要道。南来北往的客商行旅，往返都要乘坐大运河的官船。官船早晨从北京东便门码头启程，中午到达里二泗歇站，客人下船打尖，船家上岸祭祀河神，至少停留一个时辰。汤显祖一生多次出京入京，也就几度路过里二泗，下船观赏风光景色。见景生情，下笔成诗，写有《登里二泗道院高阁》一首，收入《玉茗堂集》。诗曰："弭舳聚氤氲，踊舄凌晖皎。旅积方此舒，波情亦堪绕。棒丘见蒙密，重关思窈窕。况此羽人居，青荧满幽眺。双扉永平直，层楼回飞娇。陵岳翠西矗，河渠白东淼。幢檣密林树，伊优轧鱼鸟。封畛四如画，岐术纷可了。非经霸陵桥，复异河阳绕。如何帝乡云，悠然映江表。"我出生的时候，汤老先生已经死去三百二十年，但是并非上乘之作的这首诗，还被道长周清远以恭楷大字书写在大庙正门的影壁墙上。周清远是我的师父，我理当为尊者讳，不便对他过多过细地描写，笔墨尤其不应涉及隐私。他老人家当了一辈子道士，一本《老子道德经》到死也没有精通，却最喜爱《牡丹亭》之类的香词艳曲，更擅长采阴补阳房中术。我五岁拜在他的门下当记名道士，那时他老人家已经年过半百，仍然面如冠玉，唇若含丹，目如朗星，只是身子微胖，富态了点儿。很像五十多岁的小生演员，在戏台上扮演的《三笑点秋香》中的唐伯虎。他在琴、棋、书、画上很见功力，医治妇科和儿科百病又能妙手回春。他给女人治病是为了拈花惹草，为儿童治病却是出自善心。一积（德）一损（寿），将功补过。我自幼多病，主治大夫一直是跳大神的朱二仙姑。朱二仙姑当时已经四十出头，出嫁之前跟周清远相好八年，捉妖拿邪得过真传，嫁到鱼菱村之后，便自立神坛，香火很盛。这位仙姑有一大嗜好，那就是爱喝童子便。我小时候的溲溺都撤在一只葫芦里，朱二仙姑一大早取走，如饮琼浆玉液。不过，朱二仙姑的道行，跟周清远相比，只能算是小巫见大巫。所以，她每遇疑难，还得向周清远求教。我的病久治不愈，她感到力所不及，便背着我坐船过河，找周清远起死回生。周清远住在大庙的跨院里，院里不是花便是树，挂着一只只鸟笼和蝈蝈篓子，虫吟鸟啼，小院更静。上房是卧室，厢房是斋堂，卧室和斋堂窗外都有一大丛翠竹。真是别有洞天，人间仙境。朱二仙姑把我背进斋堂，拜见了这位久仰大名的活神仙。不知是我跟他有天生的缘份儿，还是他有一双入木三分的慧眼，一见之下就对我大感兴趣，说我脑瓜顶子上有三尺高的灵气，一不扎针二不吃药，只要我认在他的门下当记名弟子，妖魔鬼祟便不敢近我的身。我给他行过拜师礼，他便赏了我个道号叫四梦。好多年以后，我才知道这个四梦原来是把汤显祖的《牡丹亭还魂记》《南柯记》《邯郸记》《紫钗记》捆在一堆儿，送给我一个人。拜了师便是自家人，可以穿堂入室，随意走动，朱二仙姑便带我到上房玩耍。上房五大间，住着正在周清远身边学道的十名仙女，大的十八九，小的十三四，个个人面桃花，鲜艳白嫩，身穿赤、橙、红、白、黑、青、黄、紫、绿、蓝的衫子。朱二仙姑跟她们打牙逗嘴儿，她们叽叽喳喳像树林子里的黄鹂、柳叶、红蓝靛颏儿。中午，十名仙女和朱二仙姑陪伴周清远饮酒进餐，吃的是全素席，却比粉条子炖肉更解馋。我大饱口福，便在朱二仙姑怀里睡着了，不知何时朱二仙姑把我背回家，醒来躺在自家炕头上。我跟周师父只有这一面之缘，后来我进城念书，就再也没跟他见过面，只是每年到我拜师的那个日子，家里替我送他一份薄礼，以表孝敬，而且都是朱二仙姑转呈。

鱼菱村管我叫四梦的人，都跟周师父有过千丝万缕的瓜葛。

2

自称匈奴人的刘四梦，压根儿没想过要当一个摇笔杆的文人。

龙生龙，凤生凤，老鼠的儿子会打洞，我当个大车把式或是大船舵把子，正是家传手艺，门里出身。听评书，看野台子戏，我曾想当杀富济贫的绿林好汉，或者飞檐走壁的游侠刺客。八路军到了鱼菱村，我又想当个出没大河上下，埋伏青纱帐中，闭着眼睛也能百发百中的神枪手。最低的志向，也要在高跷会里扮演武扇或小二哥，里二泗庙会上大出风头。可惜呀可惜，我这个野草、野花、野鸟儿，身不由己被送进北京城里，关入中学和大学的温室、竹笼和象牙之塔，书香熏染，文墨浸润，匈奴人的野性丧失净尽，不能舞刀弄枪，只会舞文弄墨，好比熊掌大脚被裹成了三寸金莲，扼杀了我的天然情趣。

民间花会高跷，是一种糅合了武艺、杂技和戏曲表演的民间舞蹈，舞台动作的主调是粗犷奔放。但是任何艺术演出都有张有弛，所以在粗犷奔放的间歇，也有细腻的风情和问答的对唱。高跷的来源有二：一是从武术中的梅花桩演化而来，剔除了击技，加强了杂技；一是从梨园行中的跷功变化而来，舞台上早有踩跷表演，走下舞台打地摊，为了便于群众观看，又加高了木跷，发展高跷功的表演技巧。二者互相渗透，最后合流，形成非驴非马的骡子艺术。通州的高跷会，始自明朝永乐年间，世代相传，技艺高超，共有二十八档，至今已有五六百年历史。

高跷最初主要用于祭祀，表演活动依附于民俗和庙会。通州是大运河的起点，大运河和它那横七竖八的支脉，在通州全境织成一张水网，万民百姓最敬畏的是河神。因而，里二泗的河神庙，也就位居通州众庙之首。每年阴历正月十五、三月十五、四月十八和五月初一，都要举行进香赛愿的盛大庙会，尤其以正月十五和五月初一的两次庙会最为隆重。各路民间花会艺人，高跷、秧歌、狮子、龙灯、花棍、竹马、腰鼓、旱船、中幡、少林、十不闲、小车会……争先恐后奔赴里二泗河神庙朝顶进香。二十八档高跷齐集庙前，各逞其能，大显身手，请神人校阅，看客观赏。虽是以祭神为名，却是以娱乐为主。高跷的表演叫走会，走会有严格的规矩。二十八档高跷虽然各立门户，但是在二十八档之上还有个总揽其事的会头，又叫大架子，只管应酬重大的场面，实权拿在会头之下的督官手里。清远道人的老爹，早年曾拜我的曾祖父为师，学过南拳北脚中路刀；所以，我的祖父便是清远道人的俗家师叔，清远道人对我的祖父执礼甚恭。有一年，二十八档高跷争抢会头的宝座，冤打仇杀互不相让。眼看正月十五走不了会，清远道人只得热手抓个冷馒头，抬出了我的祖父。鱼菱村没有高跷会，跟二十八档高跷并无利害之争，我的祖父当会头能够不偏不倚，于是便应运而起，众星捧月当上了盟主。不过，他老人家当这个会头实在是徒有其名，大事小事都是清远道人做主，督官承办一切。我的祖父一不争权二不夺利，甘当虚君共和的傀儡，竟然连任三届会头，大有世袭罔替铁帽子王的趋势。

祖父的相貌，最具有匈奴人特色。他人高马大，虎背熊腰，豹头环眼，四方大脸，枣红脸膛，高颧骨钩鼻子，嗓音黄钟大吕，走路大步流星，能八步赶鞯骑光背儿马，闻鼻烟打喷嚏响如炸雷。他侠肝义胆，为朋友两肋插刀；割肉喂鹰，广交三教九流。然而，他老人家的致命弱点是虚荣心过强，爱戴高帽子而不权衡利弊得失，一辈子受害于小人却执迷不悟。他自命为刘备正根之后，大骂刘禅是小老婆养的王八羔子。歪批三国，另有考证，硬说刘备跟关羽和张飞桃园三结义之前，家里本有一位原配卢夫人，是刘备的老师卢植的女儿；这位卢夫人生有一子，名叫潜龙。后来，刘备带着关羽和张飞破黄巾打天下，戎马生涯中才娶了糜氏和甘氏；糜氏生了个阿斗，应该排行老二，又是庶出，本不是当皇上的材料儿。留在涿州楼桑村的卢夫人，害怕被袁绍和曹操灭门，便带着潜龙搬到通州隐居，这便是我家的祖先。刘备在西蜀称帝，曾经派人乔装打扮，到涿州寻找卢夫人母子，几次都没有找到，刘备不得已才册立那个酒囊饭袋的阿斗当太子，最后落得个家败国亡。我的祖父说起刘备，总是一口一个"我家先帝爷"。先帝爷这个称呼，来自戏曲里的唱词，不那么考究，他老人家却认定最恰当不过。

只念过三个月私塾的祖父，却喜好附庸风雅，听评书如醉如痴。看唱本手不释卷，野台子戏唱到哪里追到哪里，十天半个月不回家，地里放了荒也在所不惜。耳食牙慧，日积月累，凝聚了满肚子学问。他确实认识不少疑难怪字，考倒了好几位被认为是饱学之士的私塾先生。但是，他能认不会写，我从没见过他捏过一回笔管，只怕连自己的姓名都写不出。记账在墙上画道儿，记事拴绳结和绕蒜头疙瘩，完全是伏羲氏那一套。

学问一多便会撑破肚皮，胀昏头脑，产生离奇的念头，干出荒唐的行动。一直是聋子耳朵的祖父，忽然异想天开，不安分起来。他要亲理会政，对二十八档高跷进行变法维新，不但内容全部戏曲化，而且要男女同台演出。习惯势力是难以打破的铜墙铁壁，我的祖父自不量力，竟想孤掌而鸣，于是惹起了众怒，二十八档高跷联合发动政变，把我的祖父赶下了台，给最会投机取巧的督官黄袍加了身。

这个头朝下的倒栽葱大跟头，栽得我的祖父一个月不起炕，两个月不出门，丢了面子窝了脖儿，一口气堵住了嗓子眼儿。睡不着觉，吃不下饭，躺得烦躁就抡起拳头砸炕面，一拳砸塌一块炕坯。他老人家的饭量很大，虽然比不了黄忠日食斗米、薛仁贵一顿饭吃九牛二虎，却也能一口气连吃十二个半斤重的大菜团子，啃一只猪头搭一条羊腿。可是，趴炕的这一个月，一碗清汤寡水照得见人影的稀粥，吃了三顿还喂了我两口。下炕不出门的那一个月，一天也没有过去的一顿吃得多。两个月光景，不添灯油光熬油捻子，我的祖父瘦成了长胳膊细腿大脑壳，活像河滩荒地上的一棵野高粱，摇摇晃晃的秸秆挑着个大穗子。

“三年不出这口窝囊气，我一头碰死在先帝爷的庙门前！”他开开街门，双手撑住门框，咆哮如雷吆喝了这么一嗓子。

我的祖父卖了十亩地，要在鱼菱村办起高跷会子弟班；重金礼聘高手教习，传授鱼菱村的子弟十大全活，三年之后到里二泗庙会上，压倒那二十八档高跷，傲里夺尊找回脸面。

高跷共分三大门类：文跷、武跷、跑跷，大同小异却各有故事。文跷演的是金花娘娘戏耍张天师，武跷演的是张天师人间降妖伏魔，跑跷演的是梁山好汉劫法场。表演风格，各具特色，讲究的是文跷稳、武跷荤、跑跷狠。全部角色，一般都是十二个人扮演，也有十个人表演的。头一名角色文跷叫陀头，武跷叫蜈蚣精，跑跷叫花和尚。以下十一名是：文跷的小二哥，武跷叫蝎虎精，跑跷叫武行者；文跷的武扇（公子），武跷叫九尾狐狸精，跑跷叫小旋风；文跷的文扇（老座子），武跷叫黄狼精，跑跷叫智多星；文跷的樵夫，武跷叫青石精，跑跷叫拼命三郎；文跷的渔翁，武跷叫蛤蟆精，跑跷叫浪里白条；文跷的渔婆，武跷叫鲤鱼精，跑跷叫一丈青；文跷的俊锣，武跷叫白蛇精，跑跷叫浪子燕青；文跷的丑锣，武跷叫青蛇精，跑跷叫矮脚虎；文跷的俊鼓，武跷叫白蟒精，跑跷叫小李广花荣；文跷的丑鼓，武跷叫红蟒精，跑跷叫鼓上蚤；文跷的老膏药，武跷叫螳螂精，跑跷叫入云龙。

通衢大道，市集街头，河边渡口，客店酒肆，张榜招贤；我的祖父请来了文、武、跑三名高跷师傅，就住在我家里。

我家宅院地很大，曾祖父时代，南北长一百丈，东西宽十二丈，折合二十亩。在鱼菱村并非只此一家，差不多家家如此。当年北运河从鱼菱村南擦边而过，全村家家户户都是住在河滩上，河滩地可以随便圈占。曾祖父有两个儿子，分家各得其半，我祖父要的是从杜家买来的老宅子和老宅子门外的菜园。北运河改道，转移到鱼菱村西一里以外，但是在村南留下一道河影，后来走成了一条大车道。

老宅有北房三间，东西厢房各三间，小跨院还有三间泥棚茅舍，周围圈起一道高墙，半个院子是空场，空场上只有一棵几百年的老槐，遮住了半个空场不见阳光，天上下火地下阴凉，下小雨不漏一个雨点儿，下大雨也不过斑斑驳驳湿几块地皮。三伏天在树下吃热汤面不出汗，夜晚在树下睡觉要盖半截被子才不着凉。

教文跷的佟师傅，外号佟盆子，教武跷的于师傅，外号于进锅，他俩住跨院；教跑跷的王师傅，大家都叫他王大把式，带着个女扮男装的假小子金裹银儿，住在里院西厢房南间。

3

高跷的十二个角色，又有所分工。陀头、小二哥、武扇和老膏药是四跳；俊锣、丑锣、俊鼓、丑鼓是四打；渔翁、渔婆、樵夫、文扇是四唱。全部表演以跳为主，以打为辅，唱是串场。跳的舞蹈姿势有：单腿跳、向后下腰、迈毛、蹲桩、劈叉、背剑、蝎子勾、朝天蹬、怀中抱月、鹞子翻身；从八仙桌上倒立翻跟头、跳板凳、跃高桌、走桥、跳坡等。四打是一边伴舞，一边敲打锣鼓伴奏；四唱是一边伴舞，间歇时在表演场上对唱，其他八个角色伴唱。十二个角色都要熟练蹬、扳、蹲、蹦、跳、扭、耍、逗、耸、瞟十种技艺而各有侧重。蹬是高跷的基本功，小腿绑上木跷，不但离地站立，而且行走、跑动、舞蹈；木跷越高，路程越远，跑得越快，舞蹈越难，越见功夫高深。扳是金鸡独立，倒踢木跷，手扳着一条腿表演各种技巧性的动作。蹲是两膝弯曲，姿势如坐，挺身提气，上身垂直，最吃腿劲和腰劲。蹦是连蹦带跳，不管锣鼓点儿，八仙过海，自我表现。跳是腾空跳跃，腰劲带动全身，表演杂技武术结合的高难动作。扭是双肩和腰身前后不停地摆动，每个角色自始至终贯穿这一舞蹈姿势，伴随着锣鼓点儿而快、慢、进、退、多姿多彩。耍是舞动手彩（道具），如陀头的短棒，小二哥的花棍，武扇的扇子，老膏药的串铃，渔翁的钓竿，渔婆的花篮，樵夫的扁担，文扇的鹅毛扇，施展令人眼花缭乱的腕子功上的技艺。逗是以种种滑稽或挑逗的动作和表情，引人发笑或动人心弦。耸是微抬双肩上下抽动，多与扭和逗交替运用。瞟是眉目传情，频送秋波，勾魂摄魄，身子贴、粘、挨、靠，忽即忽离。陀头是十二角色之首，身穿青缎镶边白纽襻衣裤，围征裙，打丝绦，扎鸾带，披肩发带月牙紫金箍，或勾脸，或净扮，表演主要以蹬、扳为主，要有主将风度，绝对不能逗和瞟。小二哥穿红色桃形领上衣和镶云边的红绿裤，头戴孩发。小二哥主要表演扳、蹲、蹦、跳，要勇、猛、狠、帅，武功最硬。武扇穿内衣软靠外套红色绣花公子袍，头戴公子巾，顶端有一红绒球，蹦、跳、耍、逗、瞟，像游龙戏凤满场飞舞。老膏药穿紫袍、黄马褂、青彩裤，戴红缨帽，十二个人中只有他是清朝服装，他以蹲、扭、逗、耸的滑稽动作，为全场表演增添喜剧气氛。渔翁穿草黄色缎子衣裤，系鸾带或外套黄袍，白发髻戴镶边草帽圈，白髯口。樵夫穿豆青或蓝色长裤，系鸾带，通梱水发戴草圈饰面牌。这两个角色主要是蹲、扭、耍、逗、耸，但要稳中讨俏，而且互相对唱，或分别跟渔婆和文扇对唱。文扇穿红色锦缎上衣、外套青官衣、绿彩裤碎花青褶裙，包大头饰八宝彩珠，他的扭、耍、逗、瞟，要表现出书呆子的儒雅和酸气。渔婆穿粉红色衣裤，白水裙有披肩，包大头，她是十二个角色中唯一的女性，也就最惹观众注目。渔婆有的扮成半老徐娘，渔翁、樵夫、老膏药跟她逗、瞟，动作粗野，唱词都是村话；有的扮成思春少女，文、武扇跟她逗、瞟，武扇的动作热情奔放，文扇的表情风流细腻，唱词都是妙语双关、弦外有音的情歌俚曲。俊锣和丑锣穿红或红色锦缎衣裤，有饭巾和四喜带，戴绒球娥子。俊鼓和丑鼓穿青箭衣，扎丝绦系鸾带，戴蛐蛐帽饰面牌。这四个角色、扭、耍、逗、耸，主要是傍角儿，调度和凑趣。

我的祖父好大喜功，请来三位师傅，要招三十六名徒弟，三个月就要在村里演出。鱼菱村的乡亲父老也是心急吃热粥的脾气，等不得三年压倒二十八档高跷，一定要在当年的五月初一庙上，就跟二十八档高跷叫阵对垒。于是，三位师傅紧锣密鼓，日夜传习响排。

这三位师傅，都是科班出身，而且还是同一门下的师兄弟。王大把式三十四五，三十以前专演小二哥，三十以后改演陀头，在二十八档高跷里都当过台柱子；他能绑上一身子高的跷腿，一口气奔走二里地。佟盆子虽是大师兄，年纪四十却只会演丑锣和丑鼓，他这个教习全靠嘴皮子说艺。师弟于进锅，刚拜师学艺，还没有学到多少招数，老师父得了偏瘫之症，残废了左手右腿，他的玩意儿还不够半瓶醋，只能扮演俊锣和俊鼓，给二师兄王大把式打下手。鱼菱村的男子都粗通一点武艺，我的祖父挑选了二十四名十七八岁的小伙子；佟盆子口传，王大把式身教，于进锅助理，传习了几天，响排了几夜，武跷和跑跷就有个模样儿了。

文跷七分是花会，三分是戏曲，观众看的是脸子，听的是嗓子，身上的硬功不大重要。过了筛子又过箩，我的祖父选中了十一名青头俊眼小白脸，嗓筒又响脆嘹亮的童儿，只差一个扮演渔婆的小丫头，角色还不齐整。

不是我的祖父面子大，而是重赏之下必有勇妇；朱二仙姑贪财起意，拿出了她的女儿蓝袜子。

蓝袜子本是十八世纪法国女作家们的诨名，怎么一个中国的柴火妞子竟会得此雅号呢?

朱二仙姑跳大神为生，找她捉妖、拿邪、治病的都是小户人家，小打小闹，油水不大，她生孩子又多，过的还是缺吃少穿的窄日子。话说有一年她带领五女二男，出门串亲打秋风，三丫头刚绱得一双新鞋上脚，却没有新袜子匹配新鞋；她急中生智，就在三丫头的脚背上刷上一层翠蓝颜色。三丫头十分小心，到那个亲戚家打扰了一天也没有露出破绽，想不到功亏一篑，临走最后一步露了馅儿。朱二仙姑带领众儿女向主人告别以后，三丫头头一个拐过影壁，不提防亲戚家的一个半大小伙子挑水进门，两人正撞个满怀；一筲水都洒在了她的脚背上，浇出了两洼蓝汤子，暴露出脚背上的白肉，三丫头因而得了个外号叫蓝袜子。蓝袜子姿色平常，但是自幼乖巧伶俐，一张油嘴滑舌的薄片子嘴，满肚的花花肠子鬼点子；朱二仙姑在儿女群中最偏爱她，每回出外做生意，都把她带在身边，直观教学，现场传艺，所以她从小就被老娘熏染了一身狐媚子气。

于进锅教她踩跷，佟盆子教她扭、耸、耍、逗、瞟。木鱼改梆子，墙柜改驴槽，她天生是这个材料儿。身子轻腿子快，她上了跷就能扭，扭得像油炸麻花银纽丝，耸动肩膀像她的老娘下大神儿，逗得那个扮演武扇的半大小子走火入魔，夜夜做梦娶媳妇，腰酸腿软蜡黄了脸，有气无力上不了跷。瞟得那个文扇迷了眼，乱了心，丢了魂儿，走了神儿，一头栽倒，磕破了五官，粉面书生变了花脸丑八怪。

眼看临近五月初一庙会，子弟班还没有出场上阵，文武扇一病一伤，我的祖父急得嘴唇上肿起一圈火泡，个个亮晶晶的蚕豆粒大。

上轿扎耳朵眼儿，王大把式却不慌不忙，推出他那个女扮男装的假小子金裹银儿，扮演武扇当替身。

金裹银儿的女扮男装，当时谁也不知道，连佟盆子和于进锅都被蒙在鼓里。

这个丫头刚八岁，虎头虎脑一脸憨气，剃了个青皮光葫芦头，腰间扎一条宽板带子，脚上一双抓地虎的靴子，每天头顶着三星起炕，王大把式手拿一根藤条，操练她下腰拿顶，蹿跳蹬高，踢腿飞脚，打掌劈掌。她比十三四岁的半大小子矮半截，王大把式就在她的跷上加高一尺，竟成鹤立鸡群之势，蹲、蹦、跳、逗比原来那个武扇更高出一筹，只是蓝袜子嫌她岁数小，难通情曲，逗不出兴致。

有了武扇缺文扇，佟盆子的儿子不早不晚补了这个缺。

佟盆子的儿子叫宝庆，在北京前门外王寡妇斜街胭脂铺学徒，满了师回家探亲，正赶上这场热闹。王寡妇斜街紧邻有名的八大胡同，胭脂铺专门供应妓女们浓妆艳抹的化妆品，佟宝庆一年、四季、十二个月、二十四节、三百六十天都跟这些粉头打交道，又常常到妓院送货，知多见广，心贼眼杂。他模仿嫖客中那些纨绔浮浪子弟的打扮，油头粉面，斜眉吊眼儿，身穿纺绸褂子灯笼裤，脚穿丝光袜子缎面鞋；蓝袜子眼窝子浅，一见之下便看中了这个绣花枕头。两人在排演场上眉来眼去，打情骂俏，走起高跷更是逗得像狂蜂浪蝶，瞟得难解难分如胶似漆。

在五月初一里二泗庙会上，鱼菱村的文跷、武跷、跑跷，在技艺上并没有压倒二十八档高跷；然而一巧破千斤，在表演上却把二十八档高跷欺得黯然失色。我的祖父找回了面子，也就对高跷会失去了兴趣；而且，一进五月，就要割麦大忙，花会也就散了摊子，欲知后事如何，且听下回分解了。

但是，三位师傅却没有走。

三位师傅何以在鱼菱村流连忘返，各有各的原因，各有各的故事，堪称花会余韵的却是佟宝庆娶了蓝袜子。

佟宝庆见习风月，早想一试身手，施展嫖客的手段勾引柴火妞子，三招两式便把蓝袜子迷了心窍，几盒官粉香皂就哄骗蓝袜子失了身。生米已经熬成稀粥烂饭，朱二仙姑只得打掉了牙咽进肚子里，心疼得像抠出眼球子，把爱女蓝袜子嫁给了上无半砖片瓦、下无立锥之地的佟宝庆。

朱二仙姑是我家的常客，最能讨取我祖母的欢心，我祖母不但答应当媒人，还把跨院那三间泥棚茅舍借给佟宝庆和蓝袜子入洞房。花烛之夜，小儿滚床，我那年两岁，便当了这个喜差，被抱到洞房小炕上，扔在大红被子上打滚儿。我刚吃了几块西瓜，肚子溜圆，滚起来像轧地的碌子，循环往返滚个不停，不由自主滚出了一大泡尿，湿透了被褥和炕席。佟宝庆和蓝袜子硬说他们一辈子受穷倒霉，都是因为我从他们结为夫妻的头一天，就冲了他们的喜，欠下了难以偿还的陈年旧账。

4

朱二仙姑能捉妖拿邪，却惹不起村里爬墙钻洞的嘎杂子。佟宝庆在王寡妇斜街胭脂铺当店员，每年只有夏季十天歇伏，冬季十天年假，平时不许回家。朱二仙姑怕女儿耐不住空房寂寞，心痒难熬便可能不守妇道，就搬来跟蓝袜子同住。我拜在周清远师父门下，朱二仙姑对我的生命安全更加尽心，她在我祖母耳边嘀咕，哄我祖母把我交给她看护，黄、白、胡、柳、灰便可望而却步。黄是黄狼，白是刺猬，胡是狐狸，柳是长虫，灰是老鼠。黄狼、刺猬、狐狸、长虫、老鼠成了精，最喜欢缠附少妇幼童。朱二仙姑的鬼话，我祖母一向言听计从，夜晚就把我交给朱二仙姑，睡在她的身边。朱二仙姑别有用心，却假戏真唱，每天晚上等我睡着，她的食指蘸上胭脂汁子，在我的额头上画一道符箓，两只脚心点上两颗红痣，脖子上挂一只长命锁，枕边放一把三寸碧桃剑。我的脑瓜子一挨枕头就睡到大天亮，把我扔到阴山背后喂狼也不会惊醒。我只知道，每晚入睡之前，朱二仙姑和蓝袜子都逼我吃炒玉米花或咸花生仁，干渴得我嗓子像烟囱，一碗又一碗喝水，也就一遍又一遍起夜。一泡尿装满半葫芦，都被蓝袜子一饮而尽，朱二仙姑把多年嗜好让给女儿独享。每回起夜都睁一睁惺忪睡眼，躺下来也要过一会儿才能沉睡，我迷迷糊糊感觉，好像睡在赤条精光的蓝袜子怀里，而且被她的奶头堵住了嘴。这个女人的身上散发着一股熟瓜蔫杏的气味，混合着香、酸、骚、馊呛鼻子，不困也昏迷。她的两只乳房像啃不动的死面馒头，小而又硬，乳头上看不见窟窿眼儿。佟宝庆回家歇伏休假，我到朱二仙姑的被窝睡觉，他俩光着身子从炕头滚到炕脚，常常把我从睡梦中惊醒，只听朱二仙姑低声骂道："你俩文明一点儿，吓着了孩子！"直到我六岁上小学，才离开了这母女俩。几年以后才知道，朱二仙姑把我拢在她的身边，并不是为了保护我避免黄、白、胡、柳、灰的侵犯，而是为了给结婚三年还没有怀孕的蓝袜子暖窝儿。

我上学之后虽然知书识字，却一直没有看出金裹银儿是女扮男装，直到七岁那年王大把式打发媒人到我家，要把金裹银儿许配给我当正宫娘娘，我才魂飞魄散而恍然大悟。

花会散摊子以后，王大把式带着金裹银儿，从我家搬到阎天贵家的西屋。阎天贵家有三间房，五亩地，在河边渡口开了个小饭铺，卖烧饼、切糕、炸果子、老豆腐。媳妇大巧儿，生了个儿子叫傻货；大巧儿像一只巧嘴八哥，傻货却傻得八岁还穿开裆裤，一夜要尿三回炕。王大把式跟大巧儿不知是新朋还是旧友，反正来到鱼菱村没有几天就跟大巧儿相了好。王大把式本想离开鱼菱村，大巧儿扯住他的腿，难却阎天贵的盛情，只得留下拉帮套。

王大把式两膀有千斤膂力，当过十顷财主家的打头的。阎天贵的几亩河滩地不够他伸一伸懒腰，所以他常常出外打短工。但是，不管他走出多么远，他也是大巧儿手里牵线的风筝，放出百里开外，当晚也得收回家来睡觉。不过四五年时光，阎天贵买了二三十亩地，盖起一座半砖半坯的三合院，渡口的小饭铺关了张，到镇上开了个两间门面的酒馆，真好像有黄鼠狼给他搬金银。大巧儿又生下一儿一女，却都长得跟阎天贵一模一样；难道王大把式竟是长年吃素，真令人百思不得其解。

拉帮套的男子本来就低人一头，王大把式又早出晚归，村里人难得跟他照面，却有不少风言风语吹进家家户户。

里二泗庙这几年常常闹贼，大殿屋檐上四两一个的铜铃铛，被贼人摘得一个不剩，玉皇阁醮坛上的香火钱柜子，月月都被偷个精光，更惊人的是清远道人斋房里的金钟玉磬不翼而飞，庙门外旗杆上挂着河防局巡官太太的红兜肚……清远道人心中有愧，也为了息事宁人，没有到官府报案。河防局巡官却不肯善罢甘休，方圆左右十几里撒下耳目，白天扫影子黑夜蹲坑，一定要生擒活捉这个骚扰道家净地的恶贼。听说王大把式便是嫌疑犯，河防局巡官的耳目已经盯上了他。

就在这时，大巧儿到我家保媒。

大巧儿这个女人姿色平常却媚态迷人，一双眼睛能勾魂儿，鱼菱村的人都说她前世是一只妖狐。她本是北运河花船上的一名水妓，十六岁那年怀了孕，老鸨子给她吃红矾、巴豆拌寒露草灰，拿擀面杖擀她的肚皮，绱鞋的大针扎她的水房，却怎么也打不下她肚子里那块孽胎。眼看肚子大得像口锅，人瘦得只剩一把骨，接不了客白吃饭，老鸨子就把她推下了船，漂到了岸上。也是她命不该死，在渡口开小饭铺的阎天贵救活了她，用不着三媒六证，睡在一条炕上就是夫妻，没有多少日子就生下了傻货。她的眼界比阎天贵宽，心机比阎天贵多，手段比阎天贵巧妙，口齿比阎天贵伶俐，阎天贵自从娶了她，就像把财神奶奶迎进门，每天都多卖几十套烧饼果子和几十碗老豆腐，客人们掏出整票也不找回零钱。大巧儿的胸脯留下客人们的手印子，腿裆被客人们拧得青一块紫一块，阎天贵并不计较。

买了几亩地，盖上三间土房，大巧儿就回村关门过日子，渡口小饭铺的生意马上冷落下来，大巧儿却另有生财之道。一个是为年轻媳妇收放小印子钱，另一个是给要出阁的大姑娘说风月。

那个年月，做媳妇四面受气，八向受管。婆婆是压在头上的磨盘，开口骂动手打，不开口不动手也要甩脸子。大姑子冷脸锥子眼，不打不骂却给小鞋穿，小姑子一条长舌头，无事生非在婆婆耳根下进谗言，遇上个活驴小叔子，骂敢祖宗八辈儿，打敢拳脚交加。平日买点针头线脑胰子粉，怀孕想吃一把山里红，婆婆不给钱，男人又没有进项，只得悄悄向大巧儿借贷，等到年关公婆给几个节赏，加倍偿还。也有的媳妇男人能挣外钱，大数交给父母，小份子留下给媳妇当私房体己，媳妇又怕婆婆和小姑子掀炕席、撕被角、拆枕头，把这几个钱搜走，就赶忙转存到大巧儿手里，用钱的时候再找大巧儿取来；如果一年不用，年底还能得几个利钱。别看这个银钱往来不起眼儿，积少成多也是一笔大收入。那时，女儿家一到来了月信的年龄，便失去了人身自由，即便是穷门小户的柴火妞子，虽不是大门不出，二门不迈，深锁闺房，当娘的也要严加看管，不许男女私情之事沾耳朵。待到出嫁前夕，大户人家给女儿买一套春宫匣子，看图识趣，似懂非懂；小户人家花不起这个钱，就请本家或是乡亲老嫂子抹下脸皮给女儿开窍。不知哪年哪月，大巧儿包揽了鱼菱村的这桩生意，经过她指点的黄花闺女，新婚之夜都熟练得像风月场中的老手，报答她的谢礼十分丰厚。蓝袜子得到大巧儿的传授演习，洞房之夜过分逞能卖弄，竟被佟宝庆怀疑她早被别人开苞，不是原封货。

我家是鱼菱村的高门槛，大巧儿不大到我家走动；其实我家入不敷出，只是个唬人的空架子，常常要挖东墙补西墙，也免不了向大巧儿借钱应急。不过，我祖母拉不下这个脸，都是打发她的心腹人朱二仙姑出面。大巧儿却十分慷慨爽快，借多借少不要利息，早还晚还也不催讨。我的祖母心里欠她的情，也就一天天改变了过去的印象，不夸她也不贬她，连王大把式不明不白的住在她家里，也不在背后妄加评论。

这一天，大巧儿到我家串门子，我正在大槐树下温书。

她有一张鸭蛋脸，脸颊上天生的桃红色，浓密密的头发梳着个大圆髻，也不插花朵戴银簪，身穿洗得半旧的粉红衫子和膝头打着补丁的黑裤儿，虽不打扮却别有风韵。她走起路来有板有眼，不扭腰拧胯晃膀子，两只眼睛也不滴溜溜东瞧西看，稳稳当当的像戏台上的官娘子。说也奇怪，她越是一本正经，越叫人动心和入迷。这些日子，我放学路过她家门口，她都招手叫我进屋坐一坐，问长问短说闲话儿，给我洗净手上的泥巴和脸上的汗水，我觉得她比蓝袜子可亲可爱。

“巧婶！”我从蒲团上站起身，笑嘻嘻叫了一声。

“好个圣人的门生乖孩子！”她快步走上前来，一只手摩挲我的脑瓜儿，又弯下腰眯着眼看我的书本，“念完半部《论语》了吧？再长几年身子就能当官儿了。”

她不识字，只当新学堂里还念老书。

我咯咯笑道：“巧婶您是大文盲，认不得这是一本算术，曲里拐弯的都是洋字码儿。”

“巧婶有眼无珠不识金镶玉哟！”她也哧哧笑起来，忽然又压低声音，“四梦，巧婶无事不登三宝殿，你猜我不年不节的所为何来？”

我歪着脑瓜儿想了想，猜道：“借我家马尾箩筛细面。”

她含笑摇了摇头，两只耳坠子叮当响，说：“不对！”

“借我家的柳罐斗浇园子。”

“事事不过三，还能猜一回。”

“借我家的……”

“不猜了！”她咬着我的耳朵吹气，“我来给你说媳妇，你乐意不乐意？”

我虽然年幼无知，可是看到蓝袜子和佟宝庆白天指鼻子剜眼对骂，夜晚在炕上你死我活厮打，觉得娶媳妇就是多了个冤家对头，便一口回绝：“不乐意！”

“小小子坐门墩儿，哭哭啼啼要媳妇儿……”她唱起了这首流传千古而不朽的儿歌。

“我没有哭哭啼啼，不想要媳妇！”我更咬定牙关不松口。

“娶媳妇儿干嘛？”她继续唱下去，“点着灯说话儿……”

“我点着灯背书，做功课。”

“……吹了灯吃咂咂儿。”

“我爱吃烙饼卷蚂蚱，鸡蛋打卤过水面。”

“你是个生瓜蛋子！”她伸出手指，戳了一下我的额头，“过几年你就眼馋心痒手抓挠了。”她眨眨眼，走进里院。

5

七岁的我还不懂得馋女人，但是好奇心却痒得难受，我坐下来看那本算术教科书，满篇的洋字码儿就像小虫子爬，一字一句也不能入目。又像从大槐树上掉下两只吊死鬼儿，钻进我的脖领子，在我的脊背上蠕动，令人坐立不安。

书已温不下去，不如偷看大巧儿葫芦里装的是什么药。

祖父母住在北房东屋，天井一架马奶子葡萄，滴里嘟噜挂满了架，房顶上又耷拉下来粗麻绳子似的南瓜藤蔓，把窗户遮掩得严严实实。我蹑手蹑脚来到葡萄架下，钻进南瓜藤蔓里，手扒着窗台正得偷听。

“哟！”我的祖母发出一声惊叫，“那个野马不戴笼头的秃小子，怎么摇身一变成了女儿家？”

“嘻嘻嘻嘻！”大巧儿贱声谄笑，“婶子，我把那丫头带来，您老人家揭皮看瓢儿，就眼明心亮了。”

“大巧儿，你是听说我这几天胸口堵得慌吃不下饭，编个故事给我开心取乐儿吧？”

“侄媳妇在婶子面前不敢有半句戏言。”

“你把我闹糊涂了！”

“人家名叫金裹银儿，明摆着是假小子真丫头的意思。”

“原来金裹银儿是个丫头片子！”我刚要喊出来，慌忙抽出一只手捂住了嘴，那一只手扒着窗台打千斤坠儿，心跳得咚咚响。

金裹银儿比我大得多，前两三年常逗我玩儿，最喜欢拧我的鼻子喝酸梅汤，鼻子酸得我一串一串掉眼泪儿，她就伸出舌头舐进嘴里。我爱吃鸟蛋，她爬上大树梢上掏鸟窝，点着一把干柴，把鸟蛋烧熟了给我吃。我贪吃西瓜，她就钻进瓜园给我偷来斗大的一个，逼着我吃得腹胀如鼓才收场。后来，有一回我一边吃瓜一边撒尿，她瞪圆了眼睛看不够，折一根茅绒草拨来拨去，害得我奇痒难熬。一会儿，她的尿也来了，却躲进草棵子里，我也想照方抓药，一报还一报，折了一根蒲棒走过去。她刚解开裤子蹲下来，一见我跟踪而至，忽然像火烧屁股蹦起三尺高，大吼一声吓得我一溜滚儿。她手提着裤子，一只脚尖踩在我的腰眼上，粗脖子红脸喝道：“你看见了没有，看见了没有？”

我呻吟着答道：“什么也没看见。”她又追问道：“你拿这根蒲棒想干什么？”我还不会说谎，只得照实招供。她狠剜了我两眼，脸上的怒气才散去，抬起了脚把我从地上扯起来：“你敢拿那根蒲棒碰我一下，我撕下你的皮卷大葱吃！”从这以后，我再也不敢找她玩，她也不再哄我玩。这二三年，她已经长成半大小伙子，起早摸黑跟她爹王大把式出外打短工，我又关在学堂里，没走过碰头，见不着面。

屋里，我的祖母又说了话：“王大把式这个人也真古怪，好端端的一个女儿，为什么要改扮假小子呢？”

“这叫从小就当花木兰，长大才不会人善被人欺。”

“女儿家疯生恶长，野调无腔，进门不懂一点儿妇道，我家可不想拴一头活驴。”

“等跟您家四梦侄子定了亲，就教她女儿经学规矩。”

“长得五大三粗，没个模样儿，委屈了我家四梦。”

“婶子，您这是聪明一世糊涂一时！”大巧儿像王婆儿卖瓜，拔尖了嗓子叫卖，“四梦侄儿自幼三灾六病，长大也是个身子骨儿单薄的白面书生，您给他娶个柳叶眉、杏核眼、樱桃小口一点点、杨柳腰赛笔管的小娘子，只怕给您生下的重孙子个个是病秧嫩苗儿，风一吹就断，雨一打就倒，活不长站不住，坑死您老人家。俗话说母大儿肥，四梦侄儿配上金裹银儿那丫头，生下的孩子脑瓜儿像爹，身板儿随娘，文能安邦武能定国，您家先帝爷在九天之上也笑不拢嘴。”

我的祖母好像被这只巧嘴八哥说活了心，只剩下一条疑虑还拿不定主意：“可惜那个丫头比我家四梦大六岁呀！”

“好汉娶九妻，我给四梦侄儿送来一大一小！”我的祖母难不倒大巧儿，她早有两手准备，“这个比他大六岁，是正宫，还有一个比他小六岁，算偏房。”

“刚一岁的那个是谁家的女儿呀？”

“于进锅的女儿小戏子，活脱脱是观音大士莲花座下的那个玉女。”

于进锅留在鱼菱村，在一个麻脸寡妇家扛长工。这个麻脸寡妇，原是野台子戏班唱小旦的出身，专演倚门卖笑的娼女和谋害亲夫的淫妇，颠倒了台下不知多少轻狂男子。谁想乐极生悲，好景不长，二十二岁那年出了一场天花，一张俏脸子变成了雨打沙滩点点坑，班主一脚把她踢出门外，过去那些捧角的戏迷望影而逃。多亏她腰里积攒了几个钱，嫁给了鱼菱村一个赶驴驮子的脚夫，买了十亩地，盖了几间房，也算落地生根了。这个赶驴驮子的脚夫有一双铁腿，一口气跑百八十里，健步如飞赛过大走驴，但是娶了这个小旦不到二年光景，就得了下痿症，瘫在炕上不能动窝儿。脚夫死后，这个小旦又改嫁给一个铁肩膀子拉纤的，也过上没有几年，便一年比一年打蔫儿，最后气虚肾亏，血痨而死。于进锅不知深浅，到她家扛长工没有多少日子，两人便搭了伙。也许是于进锅血气方刚，命硬难克，也许是这个女人人老色衰，或有意留情，搭伙三年于进锅仍然强壮如牛，女人却面黄肌瘦怀了孕。这个女人已经年过三十，到了分娩之日，胎儿像茶壶里煮饺子倒不出来。于进锅请来朱二仙姑接生，朱二仙姑摸了看，看了摸，面有难色，说："母子不能双全，保哪一个？"于进锅不敢做主，女人却视死如归，说："姥姥，舍出我这条命，千万保住孩子。"于是，朱二仙姑口中念着咒语，下手像掏螃蟹，把一个粉白鲜嫩的小丫头儿抻了出来，在女儿呱呱坠地的啼哭声中，这个女人血崩红山倒，惨叫一声断了气。正巧大巧儿在月子里，于进锅忙找王大把式，王大把式把小丫头儿交给大巧儿喂奶，每月三斗黄豆包下大巧儿的一只奶子。小丫头儿越长越好看，细眉俊眼粉团的脸儿，白鼻梁花骨朵嘴儿，听过当年小旦唱戏的人，都说她描下小旦的影子一丝一毫也不差，管她叫小戏子，小戏子便成了她的奶名。小戏子只跟金裹银儿一个人亲热，连她爹想抱一抱她，都被抓破了脸。有一回，金裹银儿背着她在我家墙外捡枣儿吃，我突然把她抢到手里，挟起来就跑，她又抓又咬，隔着两层衣裳，竟在我的肋条上抓出几道血痕，咬出两排牙印，从那以后我再也不招惹她。

大巧儿的买一送一，引起我祖母的疑心，不冷不热地一笑，问道："我家四梦又没长着一身唐僧肉，怎么王大把式和于进锅都看他眼馋？”

“婶子，谁人不知哪个不晓，四梦侄儿本是天上的文曲星下界？”大巧儿拍着巴掌颠屁股，笑不住声赞不绝口，“七岁看大，八岁看老，四梦侄儿是当朝一品的命相。”

这几顶空口无凭的高帽子，只能起到反作用。文曲星下界而又官居一品，应该丞相说媒，军师合婚，被皇上招为驸马，怎么能娶一对草民贱姓之女为妻呢？

“只怕我家四梦儿跟那两个丫头命相不合吧？”我的祖母已经流露出嫌贫爱富的口气。

“婶子，您一百个放心，我上门之前就给他们合过八字。”大巧儿真是不打无准备之仗，“金裹银儿和小戏子都是属马的，四梦侄儿骏马得骑，才能高官得坐呀！”

大巧儿句句话甜得像蜜里拌糖，我的祖母已经另有打算不为所动，吧嗒吧嗒抽了一阵子烟，把大巧儿晾得败了兴，才打了个哈欠，说：“大巧儿，我家四梦儿的婚姻大事，只有他爷爷金口玉言说了算，等他爷爷三天之后从京城回来，我讨了他的圣旨就给你回话。”

我的父母两年前已经搬到北京城里，在前门外的一座大杂院里租了三间房，做零整批发民间土布的小本生意，所以我的祖父每年都要进城住些日子。最近，听说富连成科班排演了连台本戏《混元盒》，演的就是武跷里张天师捉妖的故事：金花娘娘和张天师同赴王母娘娘蟠桃会，金花娘娘贪吃琼浆玉液的长生不老酒，归途中醉倒在里二泗庙的玉皇阁醮坛下沉睡不起，鼻孔一呼一吸香气四溢，招引来千百只彩色斑斓的大花蝴蝶落满一身。张天师恼她举止轻狂不守仙戒，扒下她一只绣花鞋，吹了口气扔下大河，变成了莲舫菱舟顺流而下。金花娘娘醒来一看，绣花鞋丢了一只，一猜便断定是遭到张天师戏弄，恼羞成怒从腰间掏出了聚宝瓶，拔开塞子放出九妖十八怪，替她找张天师报仇雪耻。最后，还是张天师法力无边，把这九妖十八怪一一降伏，装进了混元盒，金花娘娘只得低头认输，拜倒赔情。我的祖父进城看这出连台本戏，最大的兴致还是要亲眼验证，戏台上的里二泗庙画得像不像。

大巧儿白费了唇舌，心里恼怒便口气尖酸放起刁来，说："婶子，您这是瞧不起侄媳妇才不赏脸，只怕换个有头有脸儿的媒人您就得改口！"

我的祖母也上了火，说："你就是搬来骊山老母做媒，我也是这几句话。"

大巧儿从鼻孔里冷笑两声，下炕就走，我也急忙从南瓜藤蔓里钻出来，踮着脚尖溜之大吉。

大巧儿的眼睛捉住了我的后影，三步两步走出里院门口，一把揪住我的脖领子。

我就像偷瓜被人家按住了手，臊得脸一下子通红。

"小小子听窗根儿，你还敢说不想媳妇儿？"大巧儿把我抱在怀里，拧我的脸蛋子，"巧婶送给你这一大一小，想要不想要？"

我把脸埋进她的胸口窝，说："金裹银儿拳头硬，小戏子指甲尖，我不敢要她俩。"

"巧婶教你个高招儿！"她把我抱回大槐树下，在我耳边嘁嘁喳喳，"你把她俩娶进屋里，今天钻金裹银儿的被窝，小戏子抓你，金裹银儿替你抵挡；明天跟小戏子一个被窝睡，金裹银儿打你，小戏子抓她的脸。”

我笑了，连连点头：“我就爱看斗蛐蛐儿，您快把她俩送来吧！”

6

我的祖父从京城回来，一听大巧儿给我说媒，火冒三丈大吼大叫：“秃尾巴鹌鹑想飞上梧桐树！”而且怪罪我的祖母没有把话说死，留有一道门缝，臭骂了我祖母一顿。他老人家的妄自尊大，荒诞而又顽固。在他看来，汉高光武之外，就数先帝爷的身份最高，晋、隋、唐、宋、元、明、清的皇上，只算三流二等。先帝爷之后被三流二等的皇上招为驸马，不算屈才也说不上高攀。他在京城看连台本戏这几天，忙里偷闲到白云观替我求了个签，签上有言：“姻缘天定。”这本来是一句废话，但是我的祖父却望文生义，认定我的婚姻自有玉皇大帝安排，任何人插手都是逆天行事。多谢他老人家的迷信思想！虽然你出我进的媒人踢破了我家的铁门槛，我的祖父都不屑一顾，我才没有尝受封建包办婚姻之苦。

老爷子一声令下便是圣旨，我娶不了金裹银儿和小戏子，看不到斗蛐蛐儿的好戏，烦恼了好几天；怎奈胳膊拗不过大腿，学堂里又临近大考，功课十分吃紧，也就把这一大一小扔到脖子后头了。

我的祖母打发朱二仙姑给大巧儿回话，朱二仙姑慈悲心肠，报喜不报忧，把这个得罪人的差事交给了女儿蓝袜子。蓝袜子那条麻花舌头，最会添油加醋，挑三窝四，不知她在那边如何搬弄是非，火上浇油，返回我家又说王大把式拍着胸脯叫字号：“七天之内，我要招刘家四梦儿当倒插门女婿！”我的祖父哼了一声，没有放在心上。

就在这天晚上，河防局巡官带领他的虾兵蟹将，月黑风高包围了鱼菱村，直捣大巧儿家的三合院。我从梦中惊醒，只听几声枪响，一阵杀声，火光照红了我家的窗纸。天亮之后才知道，王大把式这几年，白天外出打短工，黑夜出外偷盗抢劫，不过并不祸害穷人小户；于进锅和佟盆子是他的左膀右臂，三个人五、三、二分账。王大把式把打短工挣来的和偷盗抢劫得来的钱，都交给了大巧儿盖房买地。佟盆子给他观风，于进锅给他帮手，脚踩着高跷扒上里二泗大殿，神不知鬼不觉摘光了屋檐的铜铃铛，一个一个不声不响递给于进锅。然后又从殿脊爬刮跨院斋房，偷走了金钟玉磬，却发现河防局巡官的娘子正跟清远道人在灯下看图采补，陷入昏迷便瘫如死狗，他就顺手摘下那个女人的红兜肚，挂到庙门外的旗杆上出河防局巡官的丑，惹下了大祸。

阎天贵和傻货住在镇上酒馆不回家，王大把式和大巧儿带着大巧儿跟阎天贵生下的一儿一女，还有小戏子，睡在正房，金裹银儿睡在厢房。河防局巡官带兵闯进来，王大把式怀抱小戏子破门而出，夺路而走，金裹银儿也在混乱中爬出后窗，逃出村外。于进锅还住在唱小旦出身的麻脸寡妇的老房里，一听枪响便钻进了青纱帐。佟盆子这几年游手好闲，半夜赌博回来，听见杀声也没敢进村。河防局巡官只抓住了大巧儿和两个孩子，枉费心机扑了个空，一怒之下放了把火，又到镇上去抓阎天贵和傻货，以假乱真给自己圆场。

这一场风波三五天便平息下去，我们的期考也发了榜；我虽然又考了第一名，但是一场痛打也就迫在眉睫。

我自幼天资较好，记忆力强，学习成绩一直在全班领先，每个学期的月考、期中考和期末大考，一直考第一名，在全校也只此一人。月考、期中考和期末大考都要发榜。我的祖父虚荣心强，发榜那天，他起大早头一个来到榜前，看到孙子出人头地，名列榜首“三连冠”，扬扬得意，眉飞色舞。老师陪同我祖父看榜时，对我大加夸奖，顺情说好话便免不了言过其实。我信以为真，难免沾沾自喜，傲视同学。但是，不出三天，老师必定找个因由，将我痛打一顿，直到把我的趾高气扬打得一干二净为止。

期考完了放假一天，我疯玩野跑了一整天，眼看夕阳下山，月上柳梢，我的心沉重起来；背靠着河边一棵雷殛得枯焦的老树，一动也不想动，懒得回家。回家吃过晚饭，温一会儿书睡觉，一觉醒来上学，头一堂课就要挨打。想到杉木板子打在手心上，一板子疼，二板子红，三板子肿得紫又青，不寒而栗，连打冷战儿。我已经是二年级学生，正念教科书第三册；与此同时，我在学堂外的评书场上，也听完了《彭公案》和《施公案》，正听《三侠剑》。评书场比课堂的吸引力大，说书艺人也比老师和蔼可亲得多。我远望着残阳夕照中的山影遐想：念书枯燥乏味，不如进山拜师习武，武艺高强当侠客，杀贪官斩恶霸，除暴安良。官府画影图形严拿，那就遁入绿林占山为王，改行当寨主，劫富济贫，替天行道，也其乐无穷。我要像《三侠剑》里的五爷飞天玉虎蒋伯芳，手使一根亮银盘龙棍，打遍天下无敌手。可惜蒋伯芳是一只旱鸭子，见水就晕，下水就沉，所以还得把六爷海底捞月叶成龙的水性学到手，水旱两路都是天字第一号，江湖上一提飞天捞月海底玉虎刘四梦，如雷贯耳，无不臣服。寨主要有压寨夫人，那当然就是金裹银儿和小戏子这一大一小。金裹银儿本是母老虎转世，可当我的旱路副将；小戏子乃是小白龙之女投胎，正是我的水路先锋……

想着想着，脑瓜子一沉耷拉在胸脯子上，上眼皮挂下来粘在了下眼皮上，河风水汽中飘然入梦，好像骑着一匹日行千里夜行八百的快马，跨过一道道河，越过一座座山，大将军八面威风得胜回营。

忽然，快马失蹄，连人带马一头栽下峭壁悬崖，跌了个屁股坐子把我从梦中惊醒。我想看睁不开眼，想叫张不开嘴，只听得凉风飕飕和水声哗哗，难道我栽到了阴曹地府望乡台？我想抬手拧一下大腿，却发现一根麻绳把我的两手双腿七缠八绕像捆猪。我的心里惊吓得打了个寒噤，迷迷糊糊的脑壳一下子清醒了，原来我的眼睛被黑腿带子勒住，一张狗皮膏药封了我的口。

我吓出一身白毛冷汗，暗叫哎呀不好！羊入虎口难逃生，一条小命落在了人贩子手里。

一声口哨，却听见于进锅笑声喊道："大哥，我把咱俩的倒插门女婿请来啦！"

"兄弟！同喜，同喜！"王大把式一阵风奔跑过来。

他解开我身上的麻绳，摘下了我的眼罩，我抬头看见一轮明月当空和王大把式那喜形于色的笑脸，这才知道我身在大河湾子的一片柳棵子地里。

"四梦侄婿，受惊了！"佟盆子也趔趔趄趄来到，摇头晃脑而又挤眉弄眼，"我这个点礼官，要奉送侄婿几句金玉良言，保你一生享用不尽。"

我哆哆嗦嗦，呜呜呀呀。

"别害怕，别害怕。"王大把式那长满老茧的大手，揉搓我的脑瓜顶子，“从今以后，咱们就是一家人了，我要比你爷爷还疼你。”

“四梦侄婿，今晚上把你请来，是给你和金裹银儿跟小戏子完婚。”佟盆子从我嘴上揭下狗皮膏药，“只因你爷爷敬酒不吃吃罚酒，我们万不得已才出此下策。”

“完了婚……放我……回家吗？”我胆怯心怵地问道。

“早则一日，晚则两天，你爷爷就来接你们小三口儿。”佟盆子一抹脸儿，面带凶相，“你要善待她们姐妹，白头到老，子孙满堂，不可猴儿拉稀坏肠子，良心给狗吃了。”

“还是多多管教您那两位侄女儿吧！”我忍不住跟佟盆子顶嘴，“金裹银儿一拳头把我砸成柿饼，小戏子伸出爪子能抠出我的眼珠儿。”

“她俩一当你的媳妇，就把你顶在头上，不敢冒犯你了。”王大把式的话悦耳动听，“你念书，小戏子给你翻篇儿，你写字，金裹银儿给你研墨，吃的、穿的、用的你都占头份儿。”

“赶快拜天地吧！”于进锅不耐烦起来，“我背着女婿跑了一路，饿得前心贴后腔；送他们入了洞房，咱们大碗喝酒大块吃肉。”

“我肚子也咕噜噜响，还没吃晚饭哩！”一听有大块肉可吃，我的口水便从嘴角淌下来。

“早就准备下了。”王大把式是个疼姑爷的老丈人，“忍一忍，等一会儿，你佟大伯给你换上新郎官的喜服，拜过天地就吃饭。”

佟盆子像一条泥鳅入烂塘，钻进一片柳丛，眨眼之间去而复返，拿来一套文跷中武扇的行头给我穿戴起来。这套行头拆大改小，短粗肥大，针脚疏密大小参差不齐，后来才知道是金裹银儿的手艺。

“侄婿，请！”佟盆子把我打扮完毕，恭施一礼。

前呼后拥我进入柳棵子地深处，月亮像一盏天灯，照得白沙地上明光光，令人恍如置身仙境。

“二位侄女，也请步出闺房吧！”佟盆子拐进一条弯曲狭窄的柳巷，连连叫着。

“你们真是老奶奶坐牛车，我都等急啦！”柳巷子里一串朗朗笑声，金裹银儿高声欢叫。

今夕是何年？佳期在眼前，只怕疯丫头要笑掉了下巴。

我瞪圆了眼睛，要见识一下这个摇身一变的新娘子，心跳声好像给新娘子出场亮相敲着鼓点。

风吹柳叶沙沙响，柳枝摇曳着忽明忽暗的月影，不等佟盆子头前引路，金裹银儿一跃而出，整个是高跷会的渔婆儿，怀抱着双手抓挠玩耍的小戏子。

“四梦在哪儿，四梦在哪儿？”金裹银儿四下张望，扯着嗓子呼叫。

“在这儿哩！”我捏着鼻子回答一声，闪到王大把式身后，玩起藏猫儿。

“你落在我的手心，跑不了你！”金裹银儿一个箭步扑过来，从她爹的身后把我捉住。

我们厮闹着满地打滚儿。

7

没有香案，堆起一座土台，没有红烛，插上三根蒲棒；我被摁倒双膝跪地，金裹银儿扭扭捏捏、羞羞答答跪在我的身边，那一边的小戏子还不会下跪，趴在地上抠沙窝儿。

点礼官佟盆子三唱，我们拜了天地，又拜王大把式和于进锅；夫妻相拜的时候我一不小心，正跟金裹银儿头碰头，就像一头撞在了石磙子上，前额马上肿起一个桃子大的硬包。小戏子不会磕头偏要模仿，啃了一嘴沙子。

在一片祝福声中，我们被送进柳巷中的一座窝棚里，那便是我们的洞房。

这是一座匆匆忙忙搭起的窝棚，柳枝篱笆还很青翠柔韧，抹上的泥巴还很潮湿黏糊，地上铺着几层厚软的高粱叶子，高粱叶子上又铺了一张刚编得的蒲草席子；我一屁股坐下来，颤颤悠悠，颠了又颠。

“我的小爷们儿，刚才把你撞疼了吧？”金裹银儿揉了揉我前额上的肿包，热烫的嘴唇在我脸上亲了一下，却又连啐了三口吐沫，“呸、呸、呸！满脸又馊又臭的汗味儿。”

我站起身，说：“到河边洗洗脸去。”

“不许动！”金裹银儿手疾眼快钩住我的脚脖子，“你敢逃跑，我就撕票儿。”

在她眼里，我这个新郎官原来是个肉票，那么这座洞房也就是牢房了。

这时，佟盆子手托着一大片荷叶喜眉笑眼走来，说：“三位新人快吃这顿合欢饭，吃饱了早早安歇。”

大片荷叶上，有猪头肉、牛蹄筋、羊杂碎和六个馒头，并不是子孙饽饽长寿面。佟盆子把这一堆吃食放在蒲草席子上，又转身而回喝他的喜酒去了。

“我的小爷们儿，吃呀！”金裹银儿又换上一副甜蜜的嘴脸和柔顺的腔调。

“我这个肉票，没这个口福！”虽然我的喉咙里直咽唾沫，却气哼哼地扭着脖子。

“两口子男在上，女在下，你理当吃头口。”金裹银儿把荷叶扯到我面前，“媳妇疼，拿手拧，媳妇爱，用脚踹。我一口一口喂你，你就消了气吧！”

“我有手，自个儿会拿；我有嘴，自个儿会吃！”于是，我抓起一把猪头肉塞进嘴里，又啃了一大口馒头。

她只掰了一小块馒头和撕了一小片肉，放在嘴里嚼了又嚼，才嘴对嘴喂给小戏子吃，就像母燕子给小燕雏儿喂食。

我大吃大嚼撑鼓了肚皮，四脚八叉躺下来；金裹银儿打扫我的剩货。吃了个精光，还伸出舌头舐了半天荷叶，半饥半饱而已。

她侧着身子躺下来，解开上衣纽襻儿，掏出奶头塞进小戏子的嘴里，鼻孔哼着催眠曲儿，一只手轻轻拍打小戏子。

“你有奶水？”我大为惊奇。

“放屁！”她整个儿掏出另一只乳房，“你摸摸，硬邦邦的生瓜蛋子，没下过崽儿哪儿来的奶水？”

我弯起手指敲了一下，问道：“那你……？”

“这个小丫头子不嚼着奶头儿不睡觉。”

“你真会哄孩子。”

“哄睡了她就哄你。”

她的话我并不介意，吃饱了犯困，又已经半夜三更，我翻了个身就睡着了。

不知睡了多大一会儿，我感觉有两只手在我身上解扣子，扒衣裳；于进锅的绑架造成我的神经过敏，骨碌打个滚儿爬起来。

皎洁的月光装满了窝棚，金裹银儿光着身子，两只眼睛黑沉沉的像两口井。

“你……你要……干什么？”我慌忙向窝棚角落里退缩。

“趴到我身上……”她低下了头，脸皮也没有厚得长茧子，“两口子……都这样儿。”

“你听谁说的？”

“我亲眼见过……我爹跟巧娘……”

“他们是大人，咱们是小孩。”

“不管多小，成了亲就算大人了。”

“不……我怕……”

“等巧娘得了救，她能教会你。”金裹银儿并不打鸭子上架，“枕着我的胳膊说悄悄话儿，怕不怕，会不会？”

我只得理解的执行，不理解的也执行，头枕着她的胳膊问道：“巧娘给河防局抓走好几天了，王大伯怎么不把她救出来呀？”

“不许叫大伯，你得叫咱爹！”她撕了一下我的嘴，“佟大伯和于三叔跟巧娘没情分，一个扯胳膊一个抻腿，不许咱爹闯进河防局劫牢反狱。”

我们正窃窃私语，忽听在柳巷外喝喜酒的老哥仨，又吵起来了。

“老二，我敬你……九分，偏有一分……看不起你！”佟盆子撒着酒疯，舌头短嗓门大，“吴汉杀妻……反王莽，关公月下……斩貂蝉，你也算是……一条好汉子，怎么就……扔不下……这个千人……万人……的贱货？”

“当年……是我破了她的身，才害得她被卖到花船。”王大把式喉咙哽咽，又灌了一大口酒，“我得赎罪，赎罪……”

“你这几年给她挣下一片家财，早已本利人情两不欠！”于进锅的酒气更呛人，“难道她长着西施的脸子，杨贵妃的屁股，春宵一刻值千金！”

于进锅小时候给财主家少爷当过书童，颇有耳食之学，后来跟小旦出身的麻脸寡妇同床共枕，那个女人开口闭口爱说戏词儿，他又大拾牙慧，所以常有惊人妙语从舌尖上蹦出来。

哐啷哗啦一声响，王大把式摔碎了酒碗，吼道：“依你们下一步怎么走？”

“两个孩子……交给了……刘家，咱们摘了枷卸了镣……”三个人中，佟盆子馊主意多，“展翅摇翎下天津卫啦！”

“哪座青山没柴烧，哪块黄土不埋人？”于进锅也趁热打铁，紧敲边鼓，“大巧儿犯不了死罪，你跺脚一走吧！那娘儿们出了监，另找个野汉子就把你忘了。”

“好吧！”王大把式跟佟盆子和于进锅是桃园三结义，不能为个女人伤了义气，“等刘家前来接人，立下画押婚书，咱们就远走高飞放风筝。”

“我唱这个黑红脸儿！”佟盆子自告奋勇，“事不宜迟，兵贵神速，我这就到刘家当说客。”

“你醒一醒酒……”王大把式拦他。

“关云长温酒斩华雄，武二郎醉打蒋门神……”佟盆子唱唱咧咧，摇摇晃晃而去。

只剩下王大把式和于进锅喝闷酒，后来又心平气和说起话。

“哥，咱们抢男逼婚，只怕强扭的瓜不甜呀！”于进锅酒入愁肠，犯起嘀咕，“刘家是名门大户，跟咱们门不当户不对，咱俩的女儿进了他家的门，屋檐下低头矮三分，一辈子受委屈。”

“你他妈的想打退堂鼓？”

“小戏子才一岁零几天，还不够童养媳的尺寸……”

“不搭上小戏子这个美人胎子，傻大黑粗的金裹银儿更高攀不上啦！”

“把我的小戏子给你女儿当陪嫁呀！”

“小戏子早晚抢了我女儿的上风。”

“金裹银儿是一根顶梁柱。”

“男人爱的是一朵花。”

他们的话我越听越没兴致，就打起了盹儿；金裹银儿却拧我的鼻子扯我的耳朵，不许我闭眼。

“咱爹的话你听见了吗？”

“老师给我们念整天的课文，我听过一遍，一字不丢全记住。”

“进了你家的门，婆婆给我气受，你可不能见死不救。”

“我在家里是小祖宗儿，你受不了气。”

“你只把美人胎子放在心上，就不管傻大黑粗的死活了。”

“谁跟我好我跟谁好，荞麦面的轧饸饹吃着更香。”

“长大了你变心呢？”

“那你就打我骂我。”

“娶来的媳妇买来的马，由人骑来由人打；我这个当媳妇的打你骂你，就犯了天条王法。”

“那你就拿刀宰了我。”

“我怎么下得了手呢？”

“想不出高招儿了。”

“四梦儿，小冤家你敢……”金裹银儿忽然脸色铁青，挥手如刀，在熟睡中的小戏子的脖子上比画了一下，“我就把这一朵花一刀两断！”

好家伙！二马不能同槽，还不知哪天圆房就争风吃醋起来。

我刚入梦，突然远村犬吠，河边水鸭子嘎嘎噪叫，一阵阴风吹进柳棵子地。

“不好！”王大把式惊跳而起，“河防局的警狗子摸上来了。”

“起锚吧！”于进锅说着黑话，“船走哪路风？”

“早看西北天连雨，晚看东南雨连天。”王大把式也用黑话下令，“扯篷！”

我虽然贵为乘龙快婿，身价却要随行就市，因地制宜，因时而异；为了从警狗子的围剿中逃走，于进锅又用麻绳捆住我的手脚，黑腿带子勒住我的眼睛。

“咱们到哪儿去呀？”我提心吊胆地问道。

回答我的还是一张狗皮膏药粘嘴，使我哑口无言。

“三叔，我背四梦儿吧！”金裹银儿从于进锅手中把我揽过去。

“一个四梦儿顶五个小戏子，三叔怎么能叫你受累呢？”

“四梦儿是我的人了。”

“好个有心的侄女儿！”

金裹银儿又找来一根绳子，把我绊在她身上，浑然一体。

我们逃出柳棵子地，钻进了青纱帐，只听身后枪响人叫，警狗子端窝扑了个空。

想不到金裹银儿有一双飞毛腿和赤兔马的脚力，嗖嗖的子弹紧追我们不放，她竟然跑出了超音速，没有一颗子弹打中我的屁股。

8

我又被摘下了眼罩，只见早已天光大亮，我们来到一个大坟圈子里。

这个坟圈子三五亩大，一座主坟像一座小山，雁翅排开两列大坟；每座大坟又是一个中心，一环套一环的小坟有如星罗棋布，整个坟圈子像一屉窝头。坟圈子里那一棵棵奇形怪状的老树，几个人手拉手搂不过来，枝枝杈杈都比房梁大柁还粗两拃；不少被剥了树皮裸露树身，不少树身都有个井口大的窟窿，钻进去能摆上一张八仙桌，四家推牌九。每棵老树都已经枯朽，难得看见几片绿叶；只因树身被野藤缠了一圈又一圈，绕了一层又一层，垂死的老树才算有几分活气。

主坟前面的青石供桌，大得像一面炕。金裹银儿背着我先到一步，喘了口气，于进锅挟着小戏子才赶到。我的这位老丈人并不偏心眼儿，也给他女儿的嘴上贴住膏药，免得小戏子一路上哭闹，给警狗子通风报信。金裹银儿把我从她身上解下来，便仰面朝天倒在青石供桌上，胸脯子大起大落像拉风箱,满头热汗冒白烟；我不知怎么心疼起来，扯起袖子给她擦汗。金裹银儿那疲乏得黑瘦的脸色上，掠过一抹欣慰的笑影，颤动干裂的嘴唇，吐出几个字：“四梦儿……你是个……有良心的孩子。”眼角淌下两大滴眼泪，像两大颗露珠滚动在青石供桌上。于进锅放下小戏子，阴沉着脸抽烟；小戏子在青石供桌上爬来爬去，我怕她打扰金裹银儿歇息，便把她拢在我的身边，她枕着我的大腿扮鬼脸儿。

三袋烟抽进于进锅的肚子里，满脸黑胡茬子的王大把式也来了。

“哥，是不是佟盆子把咱们卖了？”于进锅红着眼珠子问道。

王大把式愣了愣神儿，说：“我怕他醉得像断爪子的螃蟹，半途路中碰上了警狗子，三盘四问酒后失言。”

“此地不可久留……”

“先找点吃的，填饱了肚子睡觉。”

大坟圈子里，乱草蓬蒿丛中，常有一片一片的野瓜秧。喜鹊、老鸹、刺猬、野獾从瓜园偷来甜瓜和面瓜，在坟圈子里饱餐一顿，瓜籽留在了地上，扎根开花结果，自生自灭。王大把式和于进锅转了一圈，每人都摘回一大抱。金裹银儿躺着吃；我啃瓜肉，把甜瓜汁子滴进小戏子的嘴里。

王大把式心里火大，一口也吃不下，说：“三弟，你睡觉我放风，过了晌你替换我。”

于进锅不等他吩咐，在青石供桌下吃着瓜就打起了呼噜。

我更睡过了头，睁眼已是满天星斗。金裹银儿守在我的身旁，吸溜着鼻子抽泣，小戏子在她的怀里咂着奶头儿，一只手摸着她的泪脸。

“你……怎么啦？”我坐起来，抱着她的膀子问道。

“于三叔……找朱二仙姑……刚回来……”

“给我家捎话了吗？”

“你爷爷一会儿就赶车把咱们接走。”

“回到家我就叫奶奶烙饼、抻面、蒸馒头，吃三天年节饭食！”我一阵欢喜之后又犯了愁，“逃了两天学，老师至少多打我十板子。”

“那也比巧娘的苦刑好受得多呀！”金裹银儿甩了一大把鼻涕，哭出了声。

我摸不着头脑，正要问个明白，忽听大坟后面，于进锅长吁短叹。

“朱二仙姑耳闻眼见，大巧儿白天陪着阎天贵，在河防局门外站木笼子，两只奶头上挂着两个秤砣，血珠子点点落地。”于进锅被泪水堵住了嗓子，“黑夜收监，七八个警狗子……都在她身上过一遍。”

“别说啦！”王大把式牙咬得咯吧咯吧响，“见死不救是小人……”

大坟圈子隔一块高粱地，便是一条大车道，远远地传来车轱辘的滚动声，大叫驴喷着鼻子的奔跑声，叮叮当当的脖铃声。

“刘老会头来了，我去接驾吧！”于进锅三步两步抢在头里。

三声响鞭，像爆竹三声，驴车停在高粱地外的大车道上。

王大把式也从主坟后面闪出来，在月光下六神不安地走来走去。

高粱叶子唰啦啦一阵山响，我的祖父怀抱一杆大鞭，脚步踉跄走出来，高声喊道：“王大把式在哪儿，我刘某人会亲来啦！”

我想跳起脚来叫爷爷。金裹银儿一巴掌捂死了我的嘴，一只手掐住我的脖子，只许老老实实，不许乱说乱动。

王大把式紧跑几步迎上去，在我祖父面前屈膝打了个千，说：“刘老会董，惊了您老人家的驾，求您恕罪。”

“亲家，一家人怎么说两家话？”我的祖父急忙把王大把式搀起来，“我家四梦儿跟你家金裹银儿是天赐良缘，从今后咱们就是骨肉至亲。”

“还有我家小戏子哩！”于进锅盯在我的祖父身后，手中的刀尖顶住我祖父的腰眼儿。

“骏马要配金鞍银镫，双喜临门才正合我的心意！”我的祖父从怀里掏出两份大红婚书，“王亲家，于亲家，空口无凭，立帖为证，请你们各自收下，谁敢翻悔大堂上见，千年的字纸会说话。”

“老亲家……晚辈我感恩不尽！”王大把式扑身便拜，碰着响头。

于进锅接过婚书也收起刀，给我的祖父作了个大揖。

三方家长皆大欢喜，我也就被金裹银儿解除了管制。她刚一撒手，我就跳下青石供桌，扑到我的祖父怀里，问道：“把我奶奶急病了吧？”

“四梦儿，爷爷差一点没有急死……”我的祖父咧开大嘴想笑，眼睛却不争气，老泪滚滚而下，“你不告而别，私自招亲，小心先帝爷留下的家法！”这几句话，不过是假装门面，遮掩自己的失态。

“杨六郎辕门斩子，自有穆桂英救命呀！”平日爷爷最喜欢拿评书戏本上的典故跟我谈古论今，我也就巧取一例跟爷爷耍贫嘴。

谁想金裹银儿却当了真，抱着小戏子双膝下跪，哭道：“爷爷，我替四梦儿挨打受罚。”

我的祖父哈哈大笑，说：“本该打四梦儿一百鞭子，三天不给饭吃，有你这一句话，我就饶他这一回，只是不许重犯。”

“怎么叫重犯呀？”金裹银儿不想囫囵吞枣，抬起头问道。

我的祖父眨了眨眼睛，说：“他再给我招一大一小两个孙媳妇，我家就揭不开锅闹饥荒啦！”

金裹银儿霍地站起身，说：“不劳您老人家动手，我替您把他打出个改邪归正！”

愁眉苦脸的王大把式也被逗笑了，他向我的祖父高高抱拳，说：“老会头，夏景天夜短，您老人家还是赶快打道回府。”

“二位亲家，我也有一句良言相劝：三十六计走为上！”我的祖父从肺腑中长叹一声，“你们在外边得着了落脚之地，找个人给我捎个口信儿。盼到天下太平，咱们还要大办高跷会，里二泗庙上独占一。”

“多谢老会头……”王大把式热泪盈眶，又要下跪，“我这个丫头自幼失母，缺家规少家教，请您老人家念她是个苦孩子，狠打重罚都应该，只是别一纸休书把她撵出刘家门儿！”

“亲家，你这叫什么话！”我的祖父拦腰抱住他嚷叫，“我家四梦儿喜爱的猫儿狗儿，在我的眼里都是贵重的，更别说是他的媳妇了。”

“儿呀！”王大把式紧紧拉着金裹银儿的手，泪下如麻，“爹给你……找了个享福的人家，终身有靠……我死也闭眼了。”

生离死别，父女抱头痛哭。

于进锅也哭成了泪人，唠唠叨叨只有一句话：“侄女儿……小戏子这小命……交给你了。”

我的祖父带着我和一大一小离开坟圈子，坐上驴车连夜返回鱼菱村。

祖母一见我全须全尾、汗毛无损地平安归来，便埋怨祖父吃了亏上了当。没有三媒六证，野婚不算成亲，刘家也不能落下收留童养媳的名声；她叫金裹银儿带着小戏子，住在西厢房北屋，自立门户，另起炉灶，吃穿我家供应，又请朱二仙姑代为严加管教。

三天之后，大巧儿、阎天贵、傻货和一对小儿女，从河防局放回来。大巧儿被折磨得像一具活尸，下身溃烂，不能起坐，她家的宅院烧成一片焦土，无处栖身，金裹银儿就哀求我的祖母大发善心，答应叫大巧儿和一对小儿女住在我家西厢房南屋，但不许阎天贵和傻货出入我家。镇上的酒馆已被河防局宣布充公，盘给了别人另开新店，所得钱财都装进了河防局巡官和警狗子们的私囊，阎天贵只得在一家大车店当店小二，傻货便乞讨为生。

大巧儿生还，王大把式却被砍了头，挂在河防局门外示众：是他不惜一死，投案自首，换出了大巧儿。

招了供又后悔的佟盆子，在牢房里一见王大把式的面，羞愧难当，拴一根绳子上了吊。佟宝庆不奔丧，蓝袜子不收尸，河防局的警狗子半夜把他的死尸扛到镇上，挂在一家山西人开的油盐店门前，敲了山西掌柜的一笔竹杠。山西掌柜又拿出一张芦席，包裹了佟盆子的死尸，打发两个徒弟抬到镇外，掩埋在一个树坑子里。

只有于进锅一人逃走，好几年下落不明，直到一九四七年闹土改，他才从外省他乡回来，一回来就投入大巧儿怀抱。他俩相爱恨晚，想给五岁的小戏子跟大巧儿的五岁儿子结下娃娃亲，于进锅就找我家退婚；我家划的是上中农，先帝爷之后更不吃香，不能也不敢不同意。那一年我十一，金裹银儿十七，她已经是熟透的大姑娘，我却连半生不熟也算不上；她几回给我开窍，我都是擀面杖吹火，心气也就冷了。她是贫农团的骨干，还背上一杆老套筒当民兵，河防局巡官变成还乡团团副，她说谁打死这个家伙她就嫁给谁；外村有个小伙子替她报了父仇，她就嫁给了那个小伙子。

9

一九四七年土改，头榜我家划的是中农，二榜又升为上中农，是鱼菱村几十户人家中成分最高的。鱼菱村竟没有一个地主，土改工作队很不甘心，看来我家三榜凶多吉少。于是，我的祖父和祖母带着我偷渡运河，躲进北京城里。虽然我家后来并没有被划成地主，但是落了个逃亡户的坏名声，在鱼菱村的地位也就一落千丈了。我的祖父觉得回村没脸见人，最后在北京城内老死，死后不能不葬入祖坟，才被运回鱼菱村，叶落归根了此一生。

家里的大宅院，大巧儿一家占用了里院北房和西厢房，蓝袜子一家除了久占跨院的三间泥棚茅舍外，又进占里院的东厢房；老宅路南的菜园，两家也是平分秋色各得其半。

一晃四年过去，我已经十五岁，小荷才露尖尖角，我也在文坛上升出一朵米粒大的小花，没有念完初中三年级，就被调进省里的一个文艺部门。百闻不如一见，首长见了我的面，才知道我是个鸡肋，食之无味，弃之可惜，放在哪儿都尺寸不够。恰巧省委抽调万名干部下乡挂职，我吃了两个月闲饭之后才有用场。好孩子谁也不肯舍庙里，我们的首长亲自把我送到工作团，恨不得写个死契。省、地、县、区、村，我愿一竿子插到底，不过得回我的家乡。于是，我被分配到包括鱼菱村在内的中心村，当个挂名的副村长，在鱼菱村蹲点。

回到鱼菱村我能投奔谁呢？只有朱二仙姑最可依靠，但是我在中心村村公所得知，朱二仙姑早已羽化而登仙。那么，退而求其次，我便投靠了她的女儿蓝袜子。

土改运动中里二泗庙的二十顷地也被没收，分割三百小块交给贫农团处理。清远道人头榜划的是地主，二榜升为反动地主，三榜更上一层楼，定的是恶霸地主。恶霸地主都要判处死刑，召开斗争公审大会，然后押赴刑场一弹毙命。这个吃、喝、玩、乐一辈子的花花道士，抢在被捕之前点火自焚，还有被他蛊惑和奸占的十几名女弟子自愿陪葬，真是罪莫大焉。朱二仙姑是清远道人的早期门徒，中毒最深，倾运河之水也给她洗不了脑筋。清远道人烧死，她哭得痴呆，失去了灵性，跳大神的生意歇了业，成了蓝袜子的累赘。女儿不但不给她好脸子看，而且不给她饱饭吃；她气上加饿，神经错乱，八月十五的晚上，月亮又圆又大又白，老神婆子搬梯子上房，跳跃着双手伸空要摘糖饹饼，乘风而起却飘落在后房山下，摔得当场断气而身上无伤，四肢绵软死而不僵；都说她是仙魂出窍升了天，只留下一副轻飘飘的空皮囊。

蓝袜子的成分，头榜二榜划的是游民，三榜改划贫民也比贫雇农低一等。北京市人民政府封闭妓院，她的丈夫佟宝庆当伙计的那个王寡妇斜街胭脂铺，跟八大胡同的妓院共存亡，妓院封闭胭脂铺也关了张。佟宝庆改行串街走巷打鼓儿，收买倒卖破烂儿为生。此人好酒贪杯而又嗜赌成性，年复一年欠下一屁股两肋账，三十出头就落下一个大红酒糟鼻子。他一年不给家里捎一分钱，也不回家一趟，蓝袜子进城找他，还得倒贴他一篮子鸡蛋半袋子米。我挂职蹲点，本该吃百家饭，但是蓝袜子结婚我给她滚过床，结婚之后又给她暖过窝儿，可算多年的老交情，她偏要一家独揽我的伙食，我也就不能驳她的面子。公家的伙食标准是每日三千元（现在是三毛钱），我另外又给她加了一倍算是酬谢。

蓝袜子有一双巧手，虽然她给孩子们做饭像熬猪食，给我做饭却是精心细致得像雕花绣朵，手也洗得干净。

区政府每月给我送一车煤，我吃的是煤火饭。煤火没有灶火快，而且蓝袜子以自我为中心，必须先喂饱了她的猪才来喂我，所以我每天都是“日当午，饥肠辘辘响如鼓”。

蓝袜子有一双巧手，我最爱吃烙馅饼和荷叶饼，制作这两种食品正是她的拿手好戏。她烙出的馅饼，皮薄如纸，透明见馅，不焦不煳，不跑油水。她的荷叶饼更见手艺。薄如蝉翼，层次分明，撕下一片，噘起嘴唇猛吹一口气，能吹出个通明透亮的窟窿；团在手里成了个蛋，松开手仍然平整舒展，不折不皱。我到全聚德吃过不知多少回烤鸭，这个举世闻名的老字号的薄饼，远不如蓝袜子的荷叶饼水平高。

她擀皮烙饼手不闲，口沫飞溅嘴不闲，绘声绘色向我报告本村今日桃色新闻，淋漓尽致有如现场报道。

嘴皮子薄，脸皮子厚，是蓝袜子的一大特色。

“傍晌时分，我亲眼看见，金裹银儿跟着野汉子钻进了高粱地。”蓝袜子前三句压低声音，后四句拔高嗓子，“过了一顿饭的工夫，我进垅一看，刚才就像二虎相争，平地刨出个大坑。”

“你为什么不当场拿获，偏要捕风捉影呢？”蓝袜子的话，我一向是左耳进右耳出，半句也不相信；而且喜欢刨根问底，逼得她不能自圆其说，自己的舌头堵自己的嘴。

“我孤身一人，又是女流之辈，怎么敢拿着鸡蛋碰碌碡呀？”蓝袜子揭下一张荷叶饼，饼上有一块蚕豆粒大的煳斑，她团在手中扔进嘴里，“我可不想羊入虎口。”

“金裹银儿一拳能把我砸八瓣儿。”

“我动一动小指头，她就得瘫在地上。”

“你得过二仙姑的真传，能捉妖会拿邪，肉眼凡胎的女人哪是你的敌手？”

“那娘儿们浑身上下都是痒痒肉儿，我抓挠她一下，她就软成了一团泥。”

“那你为什么不敢闯进高粱地？”

“我怕……”

“怕谁？”

“她的野汉子。”

“野汉子是谁？”

“你！”

“我？”

“就是你！”

“睁着眼睛说瞎话。”

“我这双眼睛是夜明珠子照妖镜，天上飞的，水中浮的，草棵里蹦的，墙根下打洞的，我眼角一瞟就能分出公母，还认不出你这个打野食的馋猫儿。”

蓝袜子那张嘴，整个儿是一口泔水缸，三句话不离荤腥，我已经习以为常，不以为意，不怕她当面嚼蛆，笑道：“你娘带着我拜清远道人为师，采花折柳门里出身，你不就是个铁证吗？”

她却抹下脸儿，假装正经，不苟言笑，说："那不过我一时说走了嘴，你别得着便宜还卖乖，小心佟宝庆犯起醋劲儿也像喝醉了酒，跟你白刀子进红刀子出。"

我回到鱼菱村，当然要住自家的老宅，但是正院已被喧宾夺主，鸠占鹊巢，我只得反主为宾，住在跨院。有一天，蓝袜子那个九岁的大女儿，要买几尺花布，做一件新褂子，只不过一块多钱，蓝袜子却是荷包串在肋骨上，一个子儿不给。大女儿死心眼子牛脾气，两脚蹦跳像砸夯，号啕大哭震屋瓦，不知道的还当她是被猫抓狗咬蝎子蜇了。

"我光着屁股落得一身干净，也不穿那套死人皮！"大女儿哭天抢地嗷嗷叫，满地打滚儿尘烟四起。

蓝袜子骂不解气，抡起手中的烧火棍就打；只听大女儿凄厉一声鬼叫，好像被打断了一条腿。

正院和跨院之间，天井原有一堵矮墙相隔，大雨浇塌了矮墙，化为一摊泥水，两院便连接一片，畅通无阻。我听见大女儿惨叫心中不忍，一个箭步从跨院跳到正院，大喝一声："蓝袜子，你住手！"跟着又一个白鹤亮翅，劈手夺过蓝袜子的烧火棍，抬起膝头，咔嚓一声一折两断。

烧火棍下打滚的大女儿，爬到我的身边，抱住我的一条腿，哭叫道："大哥，你可救了我的命啦！"

"你该叫他小爹，怎么能不分尊卑上下，管他叫大哥呢？"蓝袜子忽然阴阳怪气地尖声笑起来，"你不愿穿死人皮，这个爹的笔杆子是棵摇钱树，一字值千金，能叫你穿绫罗裹绸缎，单、夹、皮、棉四季十八换。"

蓝袜子一年忙得像千手佛，只能顾全了肚皮，却顾不得脸面，几口人从不买布做衣裳。蓝袜子每回进城，从佟宝庆收买的破烂儿堆里精挑细选，找出跟自己和四个女儿身量大小差不多的旧货，洗一洗，缝一缝，补一补，背回一大包袱，足够全家穿一年的。这一趟从城里背包袱回来，打开按人头份儿分配，分配给大女儿是一条男式旧制服裤子，一件打了几块补丁的古铜色团寿字马褂儿，大女儿已经懂得要点儿脸面，死活不穿。

“蓝袜子你无中生有，我抻出你的舌头蹭剃刀子！”说着，我又摆出个苍鹰扑兔的姿势。

“四梦，木头眼镜我看不透，我借给你二两胆子你也不敢！”蓝袜子一副泼妇形象，伸出舌头像个吊死鬼，却又忍不住扑哧一笑，“你跟我在一个被窝里溜溜儿睡了整一年，离开我的被窝十个月，我下出了这个丫头，反正不能全推在佟宝庆一个人身上。”

“我……那时……才六岁！”面对蓝袜子的死皮赖脸，我这个苍鹰变成了斗败的草鸡，气得打嗝儿转而退守。

“桃三杏四梨五年，你六岁更能挂果子！”蓝袜子打败了我的苍鹰扑兔，抢了上风像狸猫戏鼠，“我不冤枉好人，大女儿有你一股，那三个丫头没你的份儿。”

“撕了龙袍是个死，打了皇上也是死，干脆这四个丫头都算是我的！”全面败北还死要面子，我只有乞灵于阿Q的“儿子打老子”战术。

“那你得买四身新衣裳！”不要脸的蓝袜子亮出刀子割我的肉。

自己挖坑自己跳，死要面子的我只能掏钱买个圆场。

蓝袜子巧取豪夺，最怕金裹银儿出马，把我从她手中抢走，所以才满天下臭雾，在我和金裹银儿之间挖一道封锁沟。

10

二十一岁的金裹银儿，花烛之夜就守了寡，守寡已经四年。

她嫁了个生吞豹子胆的男人，这个小伙子天生一双打枪的手，把脑瓜子拴在裤腰上，哪一天都到阴阳界上打个来回。还乡团死在他枪下七八个，他这条命早就够了本儿；半夜三更打埋伏，摸着黑一枪穿透了还乡团团附的前胸后背，他就更觉得神鬼都怕他。这一天他跟金裹银儿拜完了天地入洞房，吃过子孙饽饽长寿面，一口气吹灭了明灯亮烛，小两口儿宽衣解带正要同床共枕，忽然有人砰砰砰敲了三声门，小伙子披上衣裳走出去，开门一看门外扔着一封鸡毛信。是土改工作队叫他连夜过河，到一个半掩门子的女人家里，处死正跟那个破鞋女人寻欢作乐的伪乡长。夜闯黑窝子，割下敌人的狗头，比跟新娘子滚炕更有乐趣。他回屋摘枪，拔腿就走，金裹银儿扯住他的胳膊，纠缠不放。他一脚踢了金裹银儿一个屁股坐子，跳出屋门就跑，气得金裹银儿咒他一句：“你这一走就别回来！”谁想这句气话竟应了验，小伙子刚出村口便被一阵乱枪打死，原来是一个内奸伪造鸡毛信调虎离山，他落入了还乡团的四面埋伏。

丈夫死在内奸和还乡团手里，罪名却落在金裹银儿的头上。公公说她是克夫命，婆婆骂她是扫帚星，小姑子嫌她饭量大，跟她同岁的小叔子死皮赖脸，躲过公婆的眼睛就跟她动手动脚。金裹银儿自幼是女儿家的身子，男子汉的脾气，忍无可忍便大闹天宫，戗了公公，啐了婆婆，骂了小姑子，打了小叔子，顶风冒雨返回鱼菱村。

脸儿还是那张脸儿，人还是那个人，一来一去成了寡妇。

十七岁的女儿家是一朵花，一成了寡妇就好像堕落泥塘，洗净了污泥也减了色；要想改嫁是个二婚头，菊花青的大骡子当个毛驴卖。干娘大巧儿是说媒拉纤老手，亲自出马给金裹银儿找主儿，肯娶她的只有年过四十的二茬子光棍，年龄相当的又都是秃、瞎、聋、哑、瘸腿子。金裹银儿是个黄花闺女，大巧儿更不忍心“削价处理”委屈了她；高不成低不就，金裹银儿心如死灰，不想嫁人了。

金裹银儿跟着干娘大巧儿过日子，也就住在我家的里院，低头不见抬头见，我跟她一天至少打八回照面。

这个曾是我的未婚妻的寡妇，比我大六岁的女汉子，四年前撕碎我们的大红婚书，扔下我嫁给那个拿玩命找乐子的男人，那时我一点儿也不怨恨她，现在就更觉得这是她的大慈大悲，把我放了生。我念了三年中学，会写小说，当上了省里的供给制干部，虽然只不过享受每月一百八十斤小米的区级待遇，在鱼菱村却是史无前例，亘古一人。如果我娶了金裹银儿，那可就像孙猴子戴上了紧箍咒，焊在了头上，这辈子别想摘下来。我们那个单位，首长带头儿，凡是在乡下娶了黄脸婆的人，进城以后十有八九都离了婚，另娶女学生出身的城市小姐。他们的农村老婆都很温顺胆怯，换上金裹银儿的脾气，一定打得他们五官破相，折胳膊断腿。

当了寡妇的金裹银儿，反倒比出嫁之前显得好看。十七是青杏，二十一是红桃；她那浓密的黑头发梳成一条大辫子，剪下来能当拴马笼头的缰绳，齐刷刷的刘海压在眉梢，遮掩了大方脸盘子，身、肩、腰、胯都很匀称，只有胸脯肥大得像一胎双生、乳房里涨满了奶水的女人。

我们头一回相见，是在老宅路南的菜园里。她挽起袖子卷起裤腿，大辫子缠绕在脖颈上，光着两只脚丫子，在井台上脚站丁字步，摇着辘轳把，打水浇园。

“喂，你好！”我抬开菜园的柴门，打了个招呼，沿着畦埂向井台走去。

她扭过脸儿，斜眉吊眼从我头上看到脚下，才假装大吃一惊，尖叫道：“原来是省里的大干部驾到，小百姓有失远迎，该死该死。”“几年不见，你的舌头变成了马蜂钩子，出口就蜇人。”我走上井台，一把抓住柳罐斗上的井绳，“歇一会儿，喘口气儿。”

她放下辘轳把，一边抬起胳膊擦抹脸上的汗水，一边问道：“你怎么没把城里的对象带回来，给我们看看呀？”

“我还不知道丈母娘有没有出门子，对象从何而来呢？”

“你是眼眶子高，目中无人，不是金枝玉叶不中你的意。”

“干部制度里有明文规定，我这一级的得参加革命十年才能结婚，早找对象要挨整，受处分。”

“十年，十年……”金裹银儿掐指一算，脸上一喜，眼睛闪亮，“到那时候小戏子十九了，命中注定还得归你。”

小戏子，这个当年给我订下的偏房，也早已解除婚约；虽然并非我的罪过，但是一想起我曾有纳妾的丑史，便感到心中惭愧，不愿旧事重提，于是皱起了眉头沉下脸，说：“咱们别嚼这些陈谷子烂芝麻啦！”

“你这个当大官儿的人，怎么小肚鸡肠呀？”金裹银儿却恼怒起来，“我是薄情寡义扔了你，小戏子可是她爹撕了你们的婚书，你不能怪罪那个自个儿做不了主的丫头。”

“她爹撕得好，好得很！”我念了一声南无阿弥陀佛，“那张婚书保存到眼下，他们不撕我也得撕。”

“你敢！停妻再娶是死罪。”金裹银儿那满脸的神气，一身的架势，活像包老爷堂前的刀斧手，“皇亲国戚龙头铡，文臣武将虎头铡，你还没当上七品县令，只配狗头铡铡你。”

我陷入被动，必须转守为攻，换一副嘴脸嬉笑道：“我劝你还是各人自扫门前雪，休管他人瓦上霜吧！”

没想到我的反唇相讥，竟好像狠打了金裹银儿当头一棒，半晌她低头不语。

“我这是……恶有恶报……”她滴滴答答掉眼泪，“你跟我唱《朱买臣马前泼水》，是想羞辱我跳井一死哩！”

无意之中的一句笑谈逼死一条人命，我吓慌了手脚，忙掏出手帕给她擦泪，说：“天地良心，我没这个意思。”金裹银儿却又倒打一耙，扭动着身子，说：“你跟我这个寡妇拉拉扯扯，叫人家看见，我丢不起这个脸。”

“咱们改日见吧！”我猜不透这个女人是何用心，玩什么手段，还是赶快脱身为妙。

我虽然动如脱兔，她却自幼学过拳脚，一个箭步抢在我的前头，转身拦住去路，我一头撞在了她的胸脯上。

“看把你吓得尿湿了裤子，我吃不了你！”她推推搡搡，把我又推搡到井台上。

“你满嘴荤词儿村话，我不想没吃羊肉反惹一身膻气。”井台上的葡萄架下能够遮人耳目，我躲了进去。

金裹银儿身子倚靠着辘轳架，目光盯着我的眼睛，说："四梦，我这辈子不打算找主儿嫁人了。"

"庙里的姑子都还了俗，难道你偏要带发修行？"我满脸带笑，婉言相劝，"好马不配二鞍，好女不嫁二男，那是老封建的旧礼教，你年纪轻轻的应该树立新思想。"

"拿我当二婚头，不许我坐花轿，我不受这个委屈。"

"你已经跟那个人拜过天地入洞房……"

"我还跟你拜过天地入洞房哩！"

"咱们那是儿戏。"

"那个死鬼只在我脸上啃了一口，伸手想摸我的咂咂儿，被我打了一巴掌，连一场儿戏也算不上。"

"你跟他是夫妻名分已定……"

"我清清白白一条干净身子，不想背黑锅，吃哑巴亏。"

"你这就把路堵死了。"

"我还有两条活路，只看你帮忙不帮忙？"她的眼睛在我身上滴溜溜打转。

看她又要邪气上升，我马上小心提防，说："你是个歪嘴儿和尚，念不出正经。"

她凄然一笑，说："你们这些念书人，当官儿的，都是贼心眼子。"

"言归正传吧！"我怕她顺口溜跑了题儿，天上一拳地下一脚，搅乱了我的脑瓜子。

她咬了咬嘴唇，哽咽着说：“嫁给你，我过去就不配……”

“你别反咬一口！”我据理驳斥，“是你弃我改嫁，不是我停妻再娶，包黑子的狗头铡应该铡你。”

“眼下我这只癞蛤蟆更不想吃你的天鹅肉了。”

“我不是天鹅肉，你也不是癞蛤蟆；只不过我得十年以后才能结婚，怎忍心叫你在我这棵歪脖儿树上吊死？”

“甭跟我甜姐姐蜜哥哥儿，你的嘴不对着心，一肚子鬼画符。”

“你过了初一还没到十五，残春剩景也算好时光，找个比上不足、比下有余的对象，趁早嫁了吧！”

“我听你这句话，你也得依我一件事。”

“投桃报李一对一，我跟你绝不缺斤短两。”

“那……你跟着我……”金裹银儿抻了抻我的衣角，“到大河湾子……柳棵子地……”

我迷惑不解，问道：“你想拉我投河溺水呀？”

金裹银儿双手抓住我的两条胳膊，眼露凶光，恶狠狠地说：“咱们本是原配夫妻，你破了我的身，我改嫁个糟老头子也不冤枉！”

我大叫一声：“你疯啦！”她的指甲嵌进我的肉里，没有一把削铁如泥的钢刀剁下她的手，我就别想逃脱她的利爪。

“四梦，我可找见了你！”菜园里那一道分界篱墙下，蓝袜子一声喊叫，从豆角秧丛中突然站起身，“饭菜热了凉，凉了又热，快回家填肚子。”

蓝袜子救了我的驾，可也点滴不漏地偷听了我和金裹银儿的隐私，就更抓住了一个把柄。

11

我的乡亲父老，管北运河叫“铜帮铁底运粮河”。铜帮铁底是夸张了点儿，可这是亲生儿女对养育自己的母亲的赞美，那么这四个字就一点儿也不过分了。

大运河从北到南，北运河是大运河的龙头；大运河从南到北，北运河是大运河的凤尾。整个大运河的风水都汇聚到了这儿，我的家乡人民怎能不以大运河的凤子龙孙自居？

名正言顺，金字牌匾。

想当年，北运河上，光是运粮的漕船，每年就有将近两万艘，押运漕船的官兵十二万人次；连同官府的水师船和大量的商船，多达三万艘。这是古书上写着的。如果算上沿河村庄的打鱼船、摆渡船和短途运输船，那就多乎哉如过江之鲫焉。

北运河沿岸曾有许多著名的码头和集镇，号称京门首驿的河西务便是其中之一。河西务的地理位置，在北运河的半腰上，无论是北上北京，还是南下天津，往返船只都要在这里停泊过夜。明代小说家冯梦龙在他的《醒世恒言》里，形容从河西务路过的船只“如蚂蚁一般”。元、明、清三代，河西务主要收纳从南方海运而来的漕粮，曾有十几座大粮仓，修筑砖城六百三十五丈，折合两公里多，并且驻扎军队，拱卫京师。河西务外的屈家坝，留存着康熙皇帝手书“导流济运”的石碑。屈家坝竣工之日，这位万岁爷曾亲赴现场阅坝。康熙皇帝多次到过北运河，写了不少诗，他那个喜欢舞文弄墨的孙子乾隆皇帝，为北运河而写的诗更多。在康熙皇帝手书的屈家坝石碑几十丈外，有一棵乾隆皇帝曾下马乘凉的古槐，乃是当地的一大胜景。

北运河衰落，河西务也就破败下来，古老的粮仓已经荡然无存，铁瓮城墙也只剩下断壁残垣。不过，每逢集日，镇里的中街，河边的野市，人来人往川流不息，大声喧哗吵买叫卖，闹得方圆几里都不得清静，可算是百足之虫虽死未僵。

河西务的著名特产大油饼，每个油饼一斤整，一锅只能炸一个，炸出的油饼又脆又香。北运河上走船几百年，船工，纤夫和装卸漕粮的搬运工人很多；他们饭量大，挣钱少，买上两大个油饼一吃，既饱肚子又省钱。于是，这种传统美味食品，世代相传下来。

阎天贵小时候在河西务学过炸大油饼的手艺，他不愿土里刨食，喜欢耍手艺为生。一家之主是他的老婆大巧儿，零块整片的土地有拉帮套的于进锅主管，干女儿金裹银儿和大儿子傻货，也都能耕、耩、锄、耪；他便到河西务中街租下一间鸽子笼小屋，每日到河边野市炸大油饼。勒肚子刮牙齿，一个小钱看得磨盘大，攒够一个整数才回家一趟，全数交给大巧儿；不敢在炕上躺一躺打个盹儿，便连夜赶回河西务，怕的是耽误了早市的生意。

只因金裹银儿那天在菜园里吓破了我的胆，我一直不敢到大巧儿家串门，甚至避免到里院走动，也就跟难得回家的阎天贵难得见个面。不过，阎天贵每趟回家的一动一静，都有口头报告文学家蓝袜子向我口述得如闻其声，如见其人。比如，平日大巧儿和于进锅住在正房东屋，金裹银儿、小戏子和大巧儿的女儿住在正房西屋，傻货和大巧儿的那个儿子住在西厢房北屋。阎天贵回来，于进锅便抱着一床破被子和一只枕头，低头苦脸到西厢房北屋暂避一时，阎天贵起五更返回河西务，临走都要敲一敲西厢房北屋的窗户，叫醒了于进锅，说：“她叫你过去哩！”蓝袜子这个女人，虽然常年守空房，却并无轨外活动，心痒难熬便听窗根儿，也算望梅止渴。阎天贵跟大巧儿的匆匆春风一度，久别胜过新婚，枕边的风情话儿也便多而肉麻，蓝袜子最饱耳福。她听见，阎天贵像个碎嘴老婆子，一遍又一遍叮咛大巧儿：“于进锅强壮得像头大叫驴，你得知道心疼自个儿，别贪多了伤身。”大巧儿撒娇装痴，哼哼唧唧答道：“喂饱了草料大叫驴才拉套，我依了他还不也是为你？”蓝袜子还听见，于进锅受不了大巧儿的三翻四覆，嘟嘟囔囔：“我白天下地累个贼死，黑夜上炕你还要喝我的血，我浑身是铁能捻几根钉？早晚我脚底儿抹油逃活命。”大巧儿又抓又咬，又哭又骂，啐道：“一年三百六十天，你三百五十天占着我的身子，我跟你是长久夫妻，不是露水姻缘。你敢丧良心撇下我偷跑私奔，坐车车翻，乘船船沉，下雨雷公电母殛了你，刮风大树倒下砸死你……”这两个男人都是一身贱骨头，阎天贵被大巧儿哄得心花怒放，于进锅被大巧儿骂得叩头告饶。

我在鱼菱村蹲点，共有三大任务：整团、夏管和防汛。中心村有个团总支，鱼菱村只有五名团员，刚够成立一个团分支。五个团员开了五回会，每人把自己臭骂了一顿，整团工作便胜利结束。那时，不但没有人民公社或农业合作社，而且还没有常年互助组，都是一家一户种自己那块地；土地是农民的命根子，不必我多费唇舌，谁家也不会把土地放荒。但是，防汛却是当务之急，不能粗心大意。鱼菱村七十二户，我下令成立一支护堤队，每户出一人，十亩出一工；一百二十名男子，六十名妇女，十八个人一大班，白天六个人蹓堤，晚上十二个人巡夜。

开头，我只不过坐在河堤的土牛上看风景，说几句官话，夜晚到河堤的哨位上转两遭，走一走过场。后来，雨越下越大，接二连三，难得一日晴，下得大河满了槽，只差一瓢水就要漫过大堤；我再也不能稳坐钓鱼台，急得吃不下睡不安，不得不亲自出马上阵，搬到河堤上的窝棚里，每天蓝袜子给我送三顿饭。

这天夜晚潮湿闷热，蚊子又多，躺下来便泡在汗水里，身上叮满蚊子，直到天光闪亮，吹来阵阵凉风，我才入睡。

“四梦，醒醒儿！”蓝袜子千呼万唤，把我从沉睡中叫醒。

“我想睡觉，不想吃饭！”骨碌翻了个身，我给蓝袜子一个后背。

“阎天贵昨晚上回来了……”蓝袜子扳着我的肩膀，哧哧笑道，“于进锅陪他跟大巧儿睡在一条炕上，嘀嘀咕咕，嘁嘁喳喳……”

“你白蹲了窗根儿，活该！”

“我隔三岔五也能听见一句，听阎天贵说河西务出了个小皇上……”

“小皇上！”像一只毛毛虫落在我身上，惊吓得我打了个滚儿爬起来。

“康熙爷的御碑，乾隆爷的大槐树，都显了灵，小皇上是大河里的小白龙出世。”蓝袜子眉眼儿飞动，两片嘴唇像敲响板，“国师爷替小皇上选娘娘挑妃子，阎天贵说得于进锅动了心，摸黑起早把小戏子送到河西务去了。”

“我把他们追回来！”十万火急刻不容缓，我钻出窝棚就跑。

一夜没有睡上半个时辰，没吃早饭腹内空空，我跑出不到百米，便头晕腿软出虚汗，忽然看见金裹银儿在河边放驴，只得向她连连招手，却气喘胸噎喊不出声。

“四梦，什么事儿？”金裹银儿只当我回心转意，不生她的气了，笑着跑来。

“驴……驴……”我一阵咳嗽，站住脚打手势，“我……骑……驴……”

金裹银儿又转身回去，一边牵驴一边大声问道：“你骑驴到哪儿去？”

“把……小戏子……从火炕里……抢救回来……”

“小戏子跟她爹到河西务赶集，吃大油饼，买新衣裳，怎么是跳火炕？”

我连捯了几口气，呼吸慢慢平静下来，说：“于进锅上了阎天贵的当，把小戏子送给什么小皇上当妃子，你不知道？”

“吃醋了，吃醋了！”金裹银儿拍掌跌脚大笑，“你骑驴，我赶脚，咱俩双擒小戏子。”

我顾不得跟她打牙逗嘴儿，蹿上驴背，大喝一声：“走！”

大叫驴呜哇呜哇一阵鸣叫，便沿着河堤，放开四蹄飞跑起来；金裹银儿甩开大步，流星赶月，跟我形影不离。

跑过了鱼菱村，大堤上前不见过客，后不见行人，她三步紧跑一个飞身，从我的背后跃上驴背，搂着我的腰，脚踢驴肚子，大叫驴跑得更加欢快，一路烟尘赛过乌骓马。

“四梦，我干爹和于三叔把小戏子送给小皇上当妃子，你是听谁说的！”热烘烘的金裹银儿紧贴我的后背，我好像身背一口烧红的铁锅。

“蓝袜子。”

“那娘儿们一张臭嘴，见缝就下蛆。”

“她在正房东屋窗根下偷听，亲耳所闻。”

“我割下这个贱货的一双贼耳朵！”金裹银儿勃然大怒，破口大骂，“她放屁你闻香，你也是个下流坯子。”

“真假虚实，一到河西务便见分晓。”我冷笑一声，“本人虽然官衔儿不大，却是明镜高悬，从不偏听偏信一面之词。”

金裹银儿满肚子火气，一呼一吸烫我的后脖颈子。

来到渡口下了驴，只见水大河宽，这岸望不到那岸，公家的渡船都拴了桩，撑船的人不知躲到哪里睡大觉，这一来私人的小划子便到渡口抢码头。北运河一年比一年萧条，沿河村庄的船只也就一年比一年减少，短途运输的货船早已绝迹，打鱼的小船也不多见，拥挤在渡口的小划子，都是梯子上绑着个大笸箩，一趟只能运送一个人。过河的人坐在笸箩里，两名水手浮水护送，船到河心，遇上急流漩涡，风向突变，便会被掀翻扣底，危险很大。

这些船家一见我和金裹银儿来到，就像争抢两块到口的肥肉，一窝蜂包围上来，兜揽生意。虽然七嘴八舌，却是众口一词，送一个人过河十（万）块钱，我和金裹银儿各坐一只笸箩，要掏二十（万）元。

过河要紧，我并不心疼这几个钱，怎奈来得匆忙，身上分文皆无，船家又不肯赊账，只得望河兴叹。

“我把你背过去！”金裹银儿照驴屁股上猛拍一掌，一指鱼菱村的方向。

大叫驴比得上老马识途，不待扬鞭白奋蹄，长鸣几声飞奔而回。

12

金裹银儿跑进一片茂密的野麻地里，过了一会儿便喊道："四梦来呀，过河啦！"

河边上长大的人，没有一个不会浮水，只因我自幼是个娇哥儿，这些年又在城里念书，我那点儿水性不进则退，差不多变成了旱鸭子。雨季前后，北运河最宽不过三五十丈，水平如镜，流速缓慢，我浮上一个来回，上岸便累得躺倒沙滩站不起身。眼下，大河比平日宽出两倍，水势凶猛狂怒，我下河浮不了多远，便会被漩涡吞没，葬身鱼腹。但是，我一文不名，一窝蜂的船家又鸟兽四散，不过河抢救小戏子又不甘心，只有铤而走险。

而且，有金裹银儿保驾，我就像带着救生圈，比坐那个一叶浮萍似的笸箩船更放心。

当年金裹银儿女扮男装冒充假小子，跟男孩子们一块下河浮水，只是不光屁股。穿裤子浮水比光屁股浮水难得多，累得多，浸透了水的裤子坠在身上，就像腰间挂着两只碌碡，比趟上大镣还难行动。谁想金裹银儿歪打正着，日久天长浮出一身硬功夫，比鱼菱村哪个年轻小伙子的水性都好，本领都高，嘴上无德的坏嘎嘎儿，背后叫她蛤蚌船。日本鬼子占领北运河，从天津到通州有一支水上巡逻队，巡逻队乘坐安装着柴油发动机的快艇，快艇上架着机关枪，在大河上横行霸道。快艇跑起来比木船快，追赶木船就像鹞子抓鸡。老百姓看那快艇的形状像张开了壳的蛤蚌，管快艇叫蛤蚌船更顺口，一来二去也就约定俗成了。

金裹银儿护送我过河，我只想当拖车，不愿坐快艇。

小时候，瞒过我祖父祖母的眼睛，金裹银儿带我下河学浮水，都是在她的腰上拴一条三丈长的绳子，这条三丈长的绳子也拴在我的腰间，首尾相连就像一根线拴两只蚂蚱。她在前面牵引，我在后边狗刨，只要我气力不支，身子下沉，她就甩着胳臂扑过来，一只手搀在我的胳肢窝下，回到岸上歇息。她教我一回，我给她说一个故事，等价交换，公平交易。从初伏到三伏，我就在这个水上速成学堂毕了业，达到了黄花鱼的水平，能够一个人溜边浮了。

不过，自从金裹银儿还原女身，我就没有跟她在同时同地同一条河里浮水；今日重温旧梦，我又感到青梅竹马的旧情复发，消除了隔阂又亲近起来。

然而，我走进野麻地，却发现金裹银儿摆出蛤蟆下河的姿态。

她把裤子洒上一层水，紧紧绷绷挽到大腿根上，很像比基尼三角裤衩，脱下身上的衫子包着头，胸前只挂一条大红兜肚，叉开双腿半蹲身子，叫我骑到她的脖子上，手里抱着她的鞋。

“还是……腰上……拴根绳子吧！”我觉得骑女人脖子很不雅观，有失干部身份。

“你那几步狗刨，一下河就得灌坛子，临死还想拉我垫背呀！”她凶眉恶眼，粗声大气，“你看，小戏子在河心的笸箩船里，一闪一闪的是她的花褂子。”

我手搭凉棚遮住刺眼的阳光，远远看见河心上一只笸箩船拧旋子，歪歪扭扭漂向河西务。

“快追！”我像猫蹿鼠跳，骑上了她的脖子。

金裹银儿下河就踩水，我也就不知河水深浅。她轻轻晃动肩膀，我在她的脖子上摇曳不定，低头一看河面更是头晕目眩，差一点儿栽下漩涡。

“抬起头，仰着脸儿，盯住河那边的柳树梢！”金裹银儿被急流拧了个转身，像有一条大纤绳把她拽到河心。

“哎呀！”我惊叫一声，手忙脚乱，丢了金裹银儿的鞋，扯断了她的红兜肚，抱住她的头却掀掉了她那包头的衫子。

“你……叫我怎么上岸见人呀？”红兜肚随波而去，金裹银儿不得不矬下身子，我也就双腿插进水中。

“上了岸，脱下我的衣裳给你穿上。”

“那我把裤子也脱下来！”

她一身扒光，真是如鱼得水，驮着我顺流而下，竟跟小戏了乘坐的笸箩船一前一后到达河西务，在村北的一片浅滩靠岸。

上岸便是河西务野市，我把自己的一身干部制服脱下来，给金裹银儿穿上，又把一双轮胎底的解放鞋交给她，穿在脚下。供给制的干部服只有几个型号，我这套制服穿着肥大，金裹银儿穿起来却正抱身儿；十五岁的半大小伙子和二十一岁大姑娘的脚丫子差不多大小，金裹银儿穿上我的解放鞋也正抱脚。这个五大三粗的柴火妞子，把我这一套行头披挂起来，气势雄壮，威武强悍，虎虎有生气；如果腰间挎上一支驳壳枪，活像一名单人独闯敌营的女武工队长。

我的形象，可就令人目不忍睹了：上身一条背心，下身一条裤衩，光着两只脚丫儿；金裹银儿大步流星朝前走，我一溜儿小跑紧相随，正像个死缠住路人君子讨小钱的叫花子。

大水吞没了河滩，野市搬到了堤上，连绵不断一字长蛇阵。只见阎天贵像一把风钻，从人群中打开一条窄巷，于进锅身背小戏子快步穿行；金裹银儿三步两步奔扑上去，一连撞倒几个行人，这才抓住于进锅的肩膀子。

于进锅打了个趔趄，吓得小戏子一回头，这个小丫头儿一双细眉，两只俏眼，瓜子仁的脸蛋上搽着凤仙花汁，点着红嘴唇儿，就像从杨柳青年画上走下来的玉女。

“三叔，您到哪儿去？”金裹银儿瓮着鼻子问道。

于进锅一阵慌乱，结结巴巴吐出两个字：“赶……集……”

金裹银儿黑着脸追问道：“卖什么，买什么，怎么赤手空拳？”

于进锅正张口结舌，打前阵的阎天贵急赤白脸折返回来。

“咱们误了见驾，快到御碑前看真龙天子现形！”阎天贵懊丧地拍着大腿跳脚。

于进锅挣脱了金裹银儿，紧随阎天贵而去，金裹银儿像一辆开足了马力的坦克车，撞开一道道人墙。我没有横冲直撞的力气，又衣不蔽体，不便抛头露面，就爬上了乾隆皇帝乘凉的古槐，站在树梢上向下观看。

四张八仙桌，在康熙皇帝御碑前搭起一座方坛；坛上的龙案座椅和旗罗伞扇，都是戏台上的道具，坛下六只香炉，升起袅袅白烟，三班鼓乐也都是戏班的文武场。一个身穿黄袍的小男孩儿，被一个身穿八卦仙衣的老头抱到几步之外的陡岸上。小男孩儿不过五六岁，光葫芦头留着个木梳背儿，顽皮而可爱；鼓乐声中，穿八卦仙衣的老头脱下小男孩儿身上的黄袍，光溜溜的只穿一条黄绫子兜肚，黄绫子兜肚上绣着一条张牙舞爪的小白龙。忽然，鼓乐高奏，爆竹声声，老头把小男孩托上头顶，抛下河去；我在古槐上失声惊叫，双手抓住树杈子，才没有摔下树来。

小男孩儿像一片风摘落叶，飘下河面，河面溅起一朵水花；眨眼之间，却又好像鲤鱼跳龙门，小男孩儿从水下一跃而出，手中托着一颗金光闪闪的大印，笑嘻嘻地在水中游戏。

“万岁！”穿八卦仙衣的老头子，扑通跪倒叩响头，一边叩头一边高唱，“真龙天子不虚传，奉天承运坐江山，金镶玉玺开国印，黎民得享太平年。”

阎天贵双膝爬行，一连声叫道：“国师爷，草民阎天贵带来侄女儿小戏子候选，请国师爷过目。”

这位国师爷爬起身，肉泡子眼张开两道缝，端着架了问道：“候选美人在哪里？”

阎天贵从于进锅身上抢过小戏子，抱到国师爷面前，说：“民女小戏子，今年九岁属马，钗钏金命是个贵相。”

国师爷翻了翻眼皮，伸出老鸹爪，一指陡岸下的河，说：“命于美人下河伴驾！”

“这……”阎天贵不敢做主，回头给于进锅递眼色。

于进锅本来三心二意，这时便想溜之大吉，抢过小戏子打算钻空子逃跑。

“我不怕下河，小皇上那两下子不算出奇！”小戏子从她爹身上跳下来，脱掉花布褂儿，又扒鞋卷裤子，跑了两步一纵身，像鸟儿展翅飞上半空中，唰地一声投下河，顺手抢过了小皇上的开国印。

观众来不及一眨眼，小戏子已经从水中拔出身子，像一朵红莲露出河面；小皇上跟她追逐夺印，两人像一对鸳鸯戏水。

“娘娘千岁！”国师爷又匍匐在地叩起头来。

小戏子不但能大河浮水，而且还会几下拳脚，都是得自金裹银儿的亲传。国师爷代传圣旨，封她为鱼藻宫皇后，于进锅也就当上了国丈。阎天贵进献美女有功，赏了个二品供奉大臣的头衔。金裹银儿想把小戏子抢走，昏了心的于进锅和迷了窍的阎天贵都不答应。她怕小妹吃亏，只得留在小戏子身边，国师爷不管她认账不认账，也封她为护驾大将军。国师爷租下一家鸡毛小店的后院三间房，随身携带一只大包袱，大包袱里都是虫吃鼠咬的一套套破烂戏装；金裹银儿挑了一套窦尔墩的胖袄和彩裤穿上，把干部制服还给了我。她又护送我过河，我顾不得回鱼菱村便直奔区政府。

我带着公安助理员和他的四名部下，夜入河西务，包围鸡毛小店，当场拿获小皇上和国师爷。五花大绑，柳枝穿鱼，关押在区政府的禁闭室里。主审的是公安助理员，四名部下轮换掌刑，我被允许陪审。

国师爷招了供。

13

国师爷原是里二泗庙的道士，还了俗到北京八大胡同的妓院门前摆卦摊，跟佟宝庆结为狗肉朋友。北京市人民政府封闭妓院，公安局严禁迷信活动，他这个马勺的苍蝇混不出吃喝，才又回乡另找财路。正巧他那个村里有个小男孩叫马挂钱儿，没出满月就死了娘，他爹为了娶填房，怕有个孩子是累赘，偷偷把他扔进河里。谁想马挂钱儿天生水性好，掉到河里不沉底儿，漂在水面上啼哭不止，他爹只得又把他抱回家去。马挂钱儿长到五六岁，受不了后娘的虐待，逃出家门，沿街乞食，国师爷认为奇货可居，就收养了他。今年眼看有一场百年不遇的大涝，四乡八镇人心惶惶，从偷偷烧香上供，到公开祭祀河神，迷信活动死灰复燃，国师爷装神弄鬼一天赶几场。胃口越来越大，忽然异想天开，要在马挂钱儿身上牟取暴利。他在里二泗庙出家当道士，学过篆字画符，便使用蝌蚪形状的篆字，偷偷在康熙御碑上题写四句歪诗："真龙天子不虚传，奉天承运坐江山，金镶玉玺开国印，黎民得享太平年。"又在乾隆古槐下，刨坑埋下一块方砖，方砖上刻着两行蝌蚪文："白龙本是乾隆子，转世投胎马驹子。"缠绕一条三尺长的小白蛇。于是，康熙御碑显灵的奇闻，一下子轰动了四乡八镇，国师爷又趁热打铁，从乾隆古槐下挖出蛇缠方砖，小白蛇哧溜溜钻进河里，马驹子应验在马挂钱儿身上，马挂钱儿每天在河西务陡岸上表演入水捞印，给国师爷招财进宝赚大钱。他自编、自导、自演的这出野台子戏，演来演去连他自己也完全进入了角色，走火入魔，欺人自欺，竟真以为能够自立国号，辅佐幼主坐龙庭。小皇上要有龙袍，他这个国师爷不可缺少八卦仙衣，文武百官都应该穿戴官服乌纱帽。他想起了老朋友佟宝庆在服装上比他知多见广，就到北京找佟宝庆代他搜寻置办。佟宝庆正收购了一大堆破烂戏装，砸在手里卖不出去，不想等来了国师爷这个财大气粗的主顾，真好比守株得兔，肥猪拱门，天上掉馅饼，窗外飞来一只烧鸭子。他把这一大堆破烂戏装全数卖给了国师爷，这一桩买卖比全年奔忙还赚得多。

国师爷供出了佟宝庆，公安助理员带着介绍信进京，逮捕了佟宝庆这个同案犯，押解回来先过了个热堂。

“佟宝庆，你跟这个国师爷，好得穿一条裤子还嫌肥，是不是？”助理员的阴阳脸上挂着冷笑，牵着佟宝庆兜着圈子跳陷阱。

“助理员圣明！”佟宝庆赶忙顺竿子爬，“我跟他就像一条娘肠子爬出来的双生兄弟。”

“他对你无话不说，是吗？”

“我跟他也开膛破肚掏心窝子。”

“那么，他有没有向你谈过他的政治背景？”

“政……治……背景……小人才疏学浅，革命词儿懂得太少，还请助理员给小人精批细讲。”

“也就是他被谁领导，受谁指使？”

“美帝！”

“具体是哪个人？”

“李安东。”

“呵！炮打天安门的主犯。”

“还有山口隆一，跟李安东一块绑到天桥刑场枪毙，我亲眼得见。”

“说了半天，死无对证呀！”

“有我这个活口，他赖不了账。”

“好，你在记录上签名画押吧！”

佟宝庆接过纸笔，端端正正签了名，一笔一画画了押。

“助理员，小人已经将功折罪，您就开恩把小人放了吧！”佟宝庆胁肩谄笑，摇尾乞怜，“我家蓝袜子守了大半年空房，早得七窍冒白烟，眼巴巴盼我回家水浇地哩。”

“大胆！”助理员突然变脸嗥叫，“串秧儿，把他带下去，你给他端正端正态度。”

“是！”名叫串秧儿的拧过佟宝庆的胳臂，掐住他的脖子，骂骂咧咧押走。

押走了佟宝庆，带上了国师爷。

从抓进来那天算起，国师爷过堂多，身子虚弱，面目脱形，八卦仙衣支离破碎。不知是装疯卖傻，还是已经神经错乱，他越来越口出狂言妄语，态度傲慢，目中无人。

“助理员，我倒背手撒尿——不服（扶）你！”一进审讯室他就大吵大闹，“你一个小小皂隶，不配审问我这个一人之下、万万人之上的国师爷，赶快备下八抬大轿，送我到北京刑部大堂论理。”

“我看还得叫串秧儿热你两遍，杀一杀你的邪气。”助理员狞笑着喷吐烟圈儿，就像猫儿戏鼠。

“串秧儿的拳脚不过是给我搔痒痒儿，你还是另请高明吧！”国师爷一阵狂笑，“我自幼亲得恩师传授老子道德真经五千言，刀枪尚且不入，拳脚能奈我何？”

串秧儿急得摩拳擦掌，助理员却知道打死了这个魔怔也不得要领，倒不如逗弄他胡说八道更有趣味。

“国师爷，你受美帝特务李安东和山口隆一指使，利用迷信妖言惑众，猖狂进行反革命活动，难道还不低头认罪吗？”

“助理员你狗眼看人低！我堂堂国师爷，位极人臣当朝一品，怎能受两个无名鼠辈指使？他们乖乖地听我调遣，那还差不多。”

“如此说来，炮打天安门是你在幕后一手操纵？”

“我还要打进紫禁城，扶保我家幼主登基坐殿哩！”

“你的供词，跟佟宝庆的口供大相反呀！”

“佟宝庆算个什么东西？小小的太监头儿，怎会知道我的军机大事？”

“佟宝庆是太监头儿！”助理员忍不住扑哧一乐跳起来，嘴里喷出的半支香烟，钻进了串秧儿的脖领子里，烫得他缩脖子耸肩罗锅腰。

国师爷大模大样答道：“我家幼主娶够了三宫六院七十二嫔妃，择个黄道吉日给佟宝庆净身，叫他专门倒尿盆子、打洗脚水。”

助理员如获至宝，急忙记录在案。

身穿黄缎子龙袍的小皇上马挂钱儿，只过了一堂，便从水中逃走，不知去向。

大热的天蒸、焖、烤，小家伙几天不下水就打了蔫儿，满身憋出绿豆粒大的毒痱子。他被押进审讯室，一进门就哭哭啼啼，抓挠着满身痱子喊道：“把我放回大河……放回大河吧！”

“马挂钱儿，你混充几天真龙太子，一共娶了几个娘娘，多少妃子？”公安助理员和颜悦色，开心取乐儿，“坦白从宽，你说了实话我就恕你无罪，放你回家。”

这位拳头大的小皇上，伸出两只小黑手，扳着指头算道：“一个、两个……七个、八个，加上小戏子，刚有三宫六院。”

“大的多大，小的多小？”

“大的十一二，小的还在她娘的怀里吃奶。”

“你跟她们都入了洞房吗？”公安助理员大感兴趣地问道。

马挂钱儿摇了摇头，说：“等我长到本命年，国师爷教会了我采阴补阳的法术，才给我们圆房。”

“只怕那些十一二岁的花骨朵儿，早给你的国师爷采过了吧？”公安助理员又问道。

“国师爷采了你妈那朵烂茄子花！”马挂钱儿蹦高大骂，像一道流星跳出窗口，撒腿就跑。

公安助理员被骂得头蒙，愣怔了半晌才清醒过来，大叫一声：“追！”

他带领四名部下拉开包围圈，五双手眼看按住了马挂钱儿这只小跳蚤，小家伙却像一只青蛙腾空而起，投下茫茫大河，踪影皆无。十只眼睛你看看我，我看看你，没有一个人敢舍生忘死，冒险下河擒拿逃犯。

公安助理员虽不是刀笔吏出身，却很会在给上司的报告中编排案情，堵塞漏洞。于是，将国师爷和佟宝庆两名人犯递解县公安局，呈送一份天衣无缝的报告，这个案子便了结了。

他立功受奖，我结怨挨骂。

从区里返回鱼菱村，天已大黑，我的肚子饿得咕咕叫，只盼一步踏进跨院的泥棚茅舍，蓝袜子早已做得荷叶饼或是馅饼，摆放在饭桌上，风卷残云大吃大嚼。谁想，蓝袜子赏给我的却是闭门羹。

黑灯瞎火我摸到跨院，就莫名其妙地感到阴风扑面，鬼气袭人。我捻亮了手电筒，只见三间泥棚茅舍被拆了窗户摘了门，像一只塌陷了眼窝张着大嘴的怪兽，面目狰狞蹲在我的眼前，我的浑身上下马上吓出一层鸡皮疙瘩。我壮着胆子走进屋里，手电光下看见我的蚊帐被扯成了碎片，被褥被泼上了泔水，屋顶被捅透了天，炕面被刨了个大坑，煤油灯被砸碎，八仙桌被掀翻，书籍和纸笔散落地上。

一阵气怒冲昏了头，我没有前思后想，便跑进里院踹东厢房的屋门，喊叫道：“蓝袜子，是谁到我屋里捣乱……破坏……”

“你这个见死不救的小人，恩将仇报的贼子！”蓝袜子哑着嗓子，叫骂起来更刺耳，“我的屁眼子大，拉出心来喂了狗；你把佟宝庆送进大牢九死一生，我们孤儿寡母咒你一辈子走背字儿，爬上高枝儿摔个倒栽葱。”

我猛然醒悟，擂得门扇像敲鼓，嚷叫着喊冤：“蓝袜子，你只知其一不知其二，我不能背这个黑锅！佟宝庆是被国师爷咬住不放，他自个儿又要小聪明乱供，才落得这个下场。”

“我不想听你花言巧语，打一巴掌揉三揉！”蓝袜子从炕上跳到地下，“姓刘的，你赖着不走，我端起尿盆子泼你的脸。”

好男不跟女斗，蓝袜子又是个冻豆腐难拌（办）的女人。心里起火，肚子也不饿了，我转身撤步，退回跨院想主意。

哐啷一声，正房屋门大开，金裹银儿怀抱着睡眼蒙眬的马挂钱儿迎门而立，满脸寒气冷笑道：“四梦，我窝藏着小皇上，你想不想把我们抓走，讨个官升三级？”

我羞愧难当，只有低头快走。

回到泥棚茅舍，手电光照明，我收拾散落满地的纸笔书籍，从被掀翻的八仙桌下，拾起一封我那个单位的来信。信中通知我已被保送到通州潞河中学念高中，人事档案转到了通州地委干部科，叫我立即报到入学。

我匆忙打起背包，心情凄凉，脚步沉重，连夜离开鱼菱村。

虽然大河已经退下二尺水，但是仍旧夜渡无船，我不能过河走京津公路，只得沿着东岸的河堤，深一脚浅一脚向通州走去。脑瓜子乱哄哄嗡嗡响，听不见风声水声脚步声，一口气走出七八里，两腿僵直迈不开步，想在土牛上坐下来喘口气，停住脚步才发觉身后尾随着一个黑影。

“谁？”我头皮发麻，两腿发软，惊叫失声。

“我！”金裹银儿一步赶到，手中拎着一根绳子，“看你的形迹，不像到区里报告。”

“我一辈子也不拿人血染红顶子。”我强笑了一下，却是一副哭相儿，“省里下来通知，叫我到通州上学，你多心了。”

“我若看出你是卖人请赏，就把你捆成粽子扔下河去。”她蹲下身子，“上来吧！我送你一送。”

我趴在她的背上，一会儿便扯起鼾声入了梦，当我醒来的时候，通州城影隔河相望，金裹银儿却不见了。

14

通州潞河中学，五十年代是京东一市十三县的最高学府，一百多年的金字招牌，国内外都享有盛名。校园南北一里，东西二里，七八百亩大，只有五六百名男女师生，是一座洋式大观园。眼下的北京大学，未名湖畔方圆左右是老燕京大学的旧址。然而，有谁知道，潞河中学乃是老燕京大学之父。美国教会创办了潞河中学五六十年之后，才又开办燕京大学。燕京大学的亭台楼榭，园林景观，完全模仿潞河中学的格局，几乎跟潞河中学一模一样，只不过放大了尺寸。燕京大学有未名湖，潞河中学有协和湖；燕京大学有燕南园，潞河中学有潞南园；燕京大学有湖心岛，潞河中学也有湖心岛……燕京大学个大辈小，潞河中学个小辈大。

我在高中一年级虽然年龄最小，但我是以省里干部的身份被保送入学，而且常有小说在报刊上刊登出来，有时占一整版，有时连载几天；所以一入学便被戴上桂冠，当上校务委员会委员和学生自治会副会长，还是新闻社的社长和油印文学杂志的主编，有如苏秦佩六国相印，这就把我拔了高，也给我带来沉重的心理压力。全班男女同学三十六名，二十四名男同学，十二名女同学。男同学中六人来自农村，十八人是城市学生。五十年代的中学生年龄参差不齐，六名来自农村的男同学只有我一人未婚，那五位都已年过二十，娶妻生子。十二名女同学里，也有一位年将二十的管某人，念完县立师范，教了二年小学，跟我们那个区的公安助理员结了婚，婚后一直没有生育，所以又考入高中。她的丈夫叫贾文德，同学们都开玩笑地管她叫贾嫂子；已婚的女人会过日子，大家选她当主管生活的副班长，因而又叫她管家婆儿。另外十一名女同学，十人分别来自北京、天津、唐山、保定、太原、济南、青岛，还有一位是来自东南亚的归侨。令人惊奇而又迷惑的是，这位南洋富商之女，竟在国外就地下入党。她比我大一岁，在十二位女同学中也是年龄偏低的，但是由于她是全班独一无二的党员，竟被全班男女同学尊称罗莎·卢森堡。她性情内向，少言寡语，端庄淑丽，处处以身作则，主管全班思想工作。我虽然小有名气，职务也高，但是在这位受人尊敬而又颇具神秘色彩的侨女面前，也不能不自惭形秽，甘愿低她一头。

潞河中学的男生宿舍，都有个村名，村名取自历史典故或古人诗句。比如，囊萤村、映雪村、画荻村，分别来自车胤囊萤、孙康映雪和欧（阳修）母画荻三个历史典故。我居住的鸣柳村，便来自杜甫诗句："两个黄鹂鸣翠柳。"每室有个门牌号码，一间屋子住两人。鸣柳村一至三号，住的是我们这六个来自农村的男生。物以类聚，人以群分，他们五个都娶了媳妇，相近之处甚多，紧紧抱成一团儿，非常排外；城市学生不但不能入伙，连我也当贼防。他们每星期回家一趟，返校之后便在二号房间开碰头会，大谈各自的枕席之欢，甚至互相交换各自女人的隐秘。隔墙有耳，我并非存心偷听，但是捂紧耳朵也能听得一字不漏；也许他们本来就是想叫我一字不漏地听见，以便跟他们同流合污，浑然一色。我一方面厌恶他们的粗俗、下流、愚昧、蠢笨、低级趣味，一方面却像儿时偷瓜，越来越耳馋，越来越想听。甚至他们在背后嚼蛆，胡说乱谈管家婆儿的阴私，我也充满好奇心地从头听到尾。

从他们鸡一嘴鸭一嘴的胡说乱谈中，我才知道，管家婆儿是个地主的女儿。北运河东岸一九四七年闹土改，搬石头运动中大开杀戒，她的父母被双双打死；当时，她在国民党军占领下的通州念县立师范，躲过了这一劫。她五六岁就定了亲，男家原来也是个地主。未婚夫姓郎，奶名小秧子，外号串秧儿。只因串秧儿爹是个懒鬼、赌鬼、酒鬼、色鬼、烟鬼五毒合一的角色，土改之前三年把祖产家财花了个房无一间地无一垅，竟被划为贫农，捞了个好成分；郎串秧儿还当上了村干部，后来又被调到区政府公安助理员贾文德手下当侦察员。这时，管家婆儿已经在我们鱼菱村当了一年小学教员，一个人教四个年级，四个年级一间教室，还是土地庙改造的。郎串秧儿忙里偷闲钻空子，就来找这个胆小怯懦的孤女纠缠不休，甚至当着小学生的面动手动脚。她不敢反抗，也不敢告发，几回想死却下不了狠心。正当她打算忍辱屈从郎串秧儿的时候，郎串秧儿忽然变了一副嘴脸，敲了她三个月工资的竹杠，转手把她送给了自己的上司。她并没有国色天香的花容月貌，贾文德看中的是她有文化；娶个有文化的女人，那时是很时髦的风气。

贾文德这个公安助理员，算得上科班出身，可就是老唱走了板眼，也就三十出头还没有成了气候。他自幼爹死娘嫁人，在北运河的花船上当过茶房，车马大店里当过店小二，饭馆酒肆里当过跑堂，眼皮子杂，贼胆子大，嘴头子伶俐，鬼心眼子多，到了八路军县支队便当上侦察员。刺探情报，擒敌锄奸，几回立功受奖，提升职务；但是又因为嘴馋、好色和嗜赌，立功之后过不了多少日子就要记过，提升之后神气不了几天便被降职。他的老部下有的当上了区长，有的当上了科长，还有的当上了县公安局的副局长，他才是个公安助理员。新盖的茅房三天香，贾文德把管家婆儿娶过来还没有两天就倒了胃口。这个女人一张寡妇脸儿，瘦得只有一身排骨，同床共枕就像熬刑，而且经血失调不能生育；贾文德如果不是渴望提拔，害怕处分，早就一脚踢开了她，或是退还郎串秧儿妥善处理。管家婆儿考进潞河中学，虽不是一登龙门身价十倍，但是逃出了贾文德和郎串秧儿的手心，身居县城就像住进保险柜，心情愉快开朗，脸上有了红晕，目光也有了神采，妇人的身子丰满起来别有风韵，心里很想自幽谷迁于乔木，撇了贾文德攀高枝儿，所以不但星期日不回家，寒暑假也不跟贾文德照个面。

两人好像按兵不动，暗中却都各有打算。

潞河中学有个好校风，那就是不管寒门子弟，还是富家儿女，都喜欢勤工俭学。虽然有人民助学金，但是一拿助学金便要受到各种管制：不敢吃零食，不敢穿新衣，不敢说硬话，不敢挺胸脯，不如自己动手挣来的钱花着随便。我有稿费收入，不在话下。罗莎在银行有大笔存款，也到图书馆打零工，修补旧书，填写卡片，整理书架。那五位来自农村的已婚男生，承包了养鱼种藕。通州市有一位副市长，原是我在省里工作的那个单位的办公室副主任，主管总务和保卫工作，下放到通州当副市长也还是吃、喝、拉、撒、睡的大总管。他已经四十大几，满脸麻子，是个大老粗；身边的黄脸婆子一双小脚儿，而且宁死也不肯放足，打开裹脚布便走不了路。他在文化部门工作多年，潜移默化受了传染，一心要把自己的儿女造就成材，当个文化人。我在节假日常到这位老相识家串门，他就托我找个家庭教师给他的儿女补课，我想到管家婆儿是小学教员出身，当场就保荐了这位行家。从此，管家婆儿便在副市长官邸穿堂入室，我到副市长家打牙祭，她竟喧宾夺主，下厨炒菜，摆台劝饮。我有口无心，有眼无珠，贾嫂子当起副市长的管家婆儿并没有引起我的多疑；而且也没有发现副市长那黄脸婆子的脸色越发枯黄，最后终于被诊断是患了不治之症，坐以待毙，死期不远，管家婆儿已经迫不及待地补了缺。我听到这个传闻，就像吃了苍蝇喝了醋，翻了几大胃，窝了一肚子火；节假日不再到副市长家做客，平日见了管家婆儿的面，也横眉立目，满脸煞气。

我最反感的是管家婆儿跟罗莎同出同进，寸步不离。罗莎在政治上虽然位居全班之首，但是在人情世态上却一片天真；管家婆儿在政治上左右不了她，但在人情世态上摆布她却易如反掌。罗莎的国语（普通话）只会说百八十句，北运河的京腔方言只能听懂十之二三，上课听讲管家婆儿替她记录，跟人谈话管家婆儿给她翻译。管家婆儿是罗莎的拐棍儿，罗莎也就变成了管家婆儿的傀儡；宿舍、教室、操场、食堂、行路、上厕所、坐图书馆……两人都形影不离，第三者难以插足。

布尔什维克应该亲贤人而远奸佞，我非常想找罗莎谈一谈，一语道破管家婆儿心术不正，品行不端，提醒她防人之心不可无，免得受骗上当吃大亏。但是，男女有别，我不敢公开跟罗莎约会，也不敢递条子写信，怕的是惹起飞短流长，招来一身晦气。骨鲠在喉，吐不出来真叫难受；我一见罗莎的影子，便心神不定，忐忑不安，欲言又止，手忙脚乱，有时更脸色大变，拧眉瞪眼，一脸的凶相像个强盗。

罗莎天真无邪，并没有觉察我的反常，但是我却瞒不过过来人管家婆儿的眼睛。

于是，她从我的背后，射出一支冷箭。

15

管家婆儿在我们鱼菱村教书的时候，我正在省里的大衙门口当小鬼。等我回乡挂职，她已下嫁贾文德，调到区政府驻地的镇上，在完全小学教史、地、音、体小四门。我在挂职期间，虽然协助贾文德办过案子，但是公事公办并无私交，也就不曾登门造府拜望贾嫂子。

虽无一面之缘，管家婆儿却深知我的底细，节骨眼儿上抛出一鳞片爪，便是她的杀手锏。

谁家锅底都有黑，谁的心里都有鬼。我最怕别人知道我在童年曾经当过记名道士，订下一大一小两个未婚妻。我那个风流老道师父早已羽化登仙，可以死不认账；但是那未婚的一妻一妾仍旧藕断丝连，可就活口难堵了。

一天，管家婆儿又到副市长家上课，罗莎一直把她送出校门口，才挥手告别，转身而回。我远远地看在眼里，急忙跑上前去，跟她约定，星期日上午在协和湖边的一棵大树下见面。星期日协和湖边人多眼杂，两人当众面对面谈话，有目共睹可以避免嫌疑。风声、水声、树声喧响一片，不大喊大叫谁也听不见；谈话虽然公开，内容却能保密。

扳着指头算日子，那滋味儿真像京戏《文昭关》中伍子胥的哀叹："过了一天又一天，心中好似滚油煎。"熬到了星期六，我亲眼看见，下午刚一放学，管家婆儿便招呼那五个来自农村的已婚男生，搭伴一同回家，我又惊又喜。走了这个眼中钉，就像拔掉了肉中刺，我可以解除顾虑，跟罗莎畅所欲言了。

虽然上唇已经毛茸茸的一抹黑，但是我从不失眠；睡觉之前看几页书，扔下书本就进入梦乡，而且一睡就到大天亮。谁想，这个夜晚，我却在床上翻起了饼，直到黎明时分，月落乌啼才入睡。醒来睁眼一看，满屋子阳光，日影儿爬上了窗台，早过了吃早饭的时间；我匆匆忙忙刷牙洗脸，饿着肚子就奔湖边大树下跑，正是宁失江山不失约会。

迎面，一个女学生从树影下招着手走来。我的眼睛已经近视，只是不好意思戴眼镜，百步之外便模模糊糊，所以只当走上前来的是罗莎，心怦怦猛跳，更加快了脚步。

"匈奴！"好似当头棒喝，金丝雀变成了夜猫子，喊我外号儿的竟是管家婆儿，"罗莎在校门口等你。"

"你……你不是回家了吗？"我像被冷水浇头，大为扫兴，"怎么又……神出鬼没……从天而降……破土而出……？”

“少跟我伶牙俐齿，油嘴滑舌！”管家婆儿白了我一眼，抹下脸儿撇了撇嘴，“是罗莎叫我赶早回来陪她会客。”

我的嗓子眼儿冒出一股怨气，说：“你叫她到湖边来，我在大树下等她。”

“她在校门口替你挡驾，脱不开身。”

“谁找我？”

“你们鱼菱村的一对姐妹。”

我的脑瓜子嗡地一声，一猜便知是金裹银儿和小戏子被管家婆儿从鱼菱村带来，叫我在罗莎面前出丑。

“谁家的姑娘，叫什么名字？”我胆怵心虚，却装出漫不经心的神气。

“大的叫秦香莲，小的叫霍小玉。”管家婆儿斜着眼儿，一瞟一瞟地察言观色，“你见不见？”

我被她瞟得慌了神，一边闪烁其词：“你别跟我开玩笑啦！我们鱼菱村没有姓秦的，也没有姓霍的……”一边转身回头，拔腿就走。

“痴情女子负心郎呀！”管家婆儿发出一声真腔假调的慨叹，却又换上一副恫吓口吻，“我跟罗莎把她们带到校长室，且等包龙图升堂，打发王朝、马汉一条铁链子锁了你去。”

我吓得慌忙刹住了脚，一百八十度大转弯，说：“你说出她们的真名实姓，我就到校门口看看。”

“好个明知故问的陈世美！”管家婆儿耸着鼻子冷笑一声，扭摆腰肢回女生宿舍了。

我像一根拴驴的橛子，钉在了地上。

一想到罗莎替我招待远道而来的金裹银儿和小戏子，我不禁汗流浃背，又好像有一大把麦芒塞我的脖领子里。脸皮儿薄如纸，不跟她们见个面，管家婆儿的唾沫不把我淹死，也从背后戳断我的脊梁骨。左思右想只得厚着脸子，硬起头皮，到校门口相见，每走一步都像懒驴下汤锅。

从我的脚下走到校门口，要绕过协和湖东岸和一座土山，沿路都是白杨、翠柳、小溪、苇塘，草地和菜园，十足的田园风光，却又是基督教堂散发的画片上的牧歌情调，很像缩小的美国西部原野的盆景。潞河中学的这座正门十分奇怪，平日紧闭着两扇雕花铁门，只有星期日开放一天。燕京大学有一座旱桥，潞河中学也有一座旱桥；平日师生出入，都是走旱桥进北门。燕京大学买的是一座旧王府，王府大门便是校门，潞河中学的校门却是仿造四品道台衙门的格局。当年通州道台是四品官，美国教会便给潞河中学前身的协和学院院长买了个四品顶戴，可以跟当地的最高行政长官平起平坐。

大校门的门厅里，罗莎正望穿秋水，盼望我或是管家婆儿赶快到来。

罗莎一心想生活上平民化，表现出革命化。回国之前，她完全抛弃了西装衣裙，摘下了耳环、项链、戒指，只留下一块手表，在唐人街的华侨服装店定做了几套女延安服，却忘了扒下脚上的皮鞋。想不到一入国门，仍然被视为身着奇装异服，来到通州更是刺眼。原来，她的服装虽然名为延安牌，却剪裁缝制得非常抱身合体，穿起来笔挺标致，出乎其类也就惹人注目，大惊小怪。管家婆儿每回到副市长家补课，都跟罗莎借一套衣裳穿在身上，果然增添好几分魅力，副市长一见便眼馋心痒手动。

这位南国女子，有一张白净的瓜子脸，深眼窝里有一双春水汪汪的大眼睛，浓密油黑的头发有三道波纹，笔挺的服装衬出苗条的身子。她具有文雅清秀的气质，缺少顾盼有神的风韵，基调是个冷色。

“匈奴，你大驾光临，我如释重负啦！”罗莎长吁一口气，掏出手帕擦着鼻尖上的汗粒儿。

我又汗如雨下，脖领子里的麦芒变成了蠓虫儿满身爬，说了声：“谢谢！”便四下张望，寻找金裹银儿和小戏子。

脑后一阵风声，像一头饿虎扑食，两只长满硬茧的大手蒙住我的眼睛。金裹银儿捏着嗓子，叫着我那记名道士的法号，嘻嘻笑道：“四梦，你猜我是谁？”

“把我的眼珠子抠出来啦！”我用力掰着她的两只熊掌，“小戏子呢？”

“四梦哥，吃瓜！”小戏子跳起脚，把一条金皮粉瓤儿的甜瓜塞进我的嘴里。

金裹银儿松开手，我的眼前一阵迷茫，眨了眨眼才发觉罗莎已经不辞而别，金裹银儿和小戏子一左一右，傍在我的身边。

一年不见，二十二岁的金裹银儿一年长了十岁，头发稀薄而又被阳光烤得枯黄，四方大脸上生出一块一块的蝴蝶斑，瘦得只剩下一副大骨架子；粗针麻线的毛蓝布衫子紫花布裤，活像是已经生过五男二女的妇人。我的心一阵疼痛，眼眶子酸涩，直勾勾地瞪着她，嘴叼着甜瓜却是满口苦味。

“脑瓜顶上开天窗，你眼眶子高啦！”金裹银儿噘起大嘴，能拴两头驴，“肚子里喝多了墨水，泡黑了你的心，见着我们翻白眼珠子，也不赏个笑脸儿。”

我忙咬了一口甜瓜，活动一下眼珠儿，挤出一丝微笑说：“没想到……在通州……潞河中学校门口看见你；我到小店租个单间，你们姐妹俩住几天，听戏看电影，开一开眼。”

“把小戏子给你留下，水米不扰你，我转脸儿就走。”金裹银儿消了三分气，仍然绷着脸，冷言冷语话中带刺，“我叫你丢人败兴就这一回，从今以后你走阳关道，我过独木桥，走碰头谁也不认识谁，到死不照面。”

我又懵了头，抬眼只见小戏子爬上翠柳梢头掏喜鹊窝，她红袄绿裤儿，秀眉、俏眼、花骨朵小嘴儿，正像天外飞来一只俊鸟。

“你把她给我留下吧！”我只得顺水推船，“住上十天半个月，叫她逛遍了九景八庙，吃够了什锦糕点，不住腻了不放她回去。”

“四梦，你得送她上学，叫她也进潞河中学念书！”金裹银儿连连跺脚，一脚一个坑，“比不过你那个外国来的女同学，也该赶上那个地主家的小姐呀！”

她淌下一颗一颗蚕豆粒大的眼泪，我还能缩脖子溜肩膀吗？

我把小戏了留下了。

16

一箭双雕，一石二鸟，管家婆儿用心何其毒也。

她昨天下午并没有回家跟贾文德同床共枕，而是到鱼菱村找金裹银儿，设下圈套，花言巧语，哄骗这个直肠子的傻丫头出马上阵，把我陷入困境，也给罗莎造成不良印象。

管家婆儿在鱼菱村教小学，小戏子是她的学生；这个丫头眉眼伶俐，念书却并不聪明，而且比顽皮可恶的男孩子还淘气。金裹银儿教过她几套防身的拳脚，她找碴儿跟男孩子打架，不给冤家对头挂了红不罢手。她考试不及格，打架连伤数人，气得管家婆儿不得不脊杖鞭笞；她却不服管教，一个黑狗钻裆，把管家婆儿掀翻在地，骑在身上拧、掏、抓、咬，差一点儿要了管家婆儿的命。金裹银儿虽是小戏子的干姐姐，却算得上半个老子整个儿的娘；她把小戏子反剪双臂，吊在小学校门外的歪脖儿树上，手拿着懒驴愁的皮鞭子蘸凉水，一鞭子一道血印，给管家婆儿出了气赔了罪，又把管家婆儿接到家里养伤，一日三餐像服侍月子人。管家婆儿被郎串秧儿百般调戏，多亏了金裹银儿路见不平，拔拳相助，郎串秧儿才只占了一点儿小便宜，管家婆儿保住了一条干净身子。

管家婆儿在金裹银儿屋里住了一夜，起大早坐长途汽车回来。金裹银儿和小戏子没有搭上船，只得沿着河堤，从柳荫下走。蒸笼火烤的天气，她们时走时歇，口干舌焦便趴在河边一通牛饮。小戏子编了两个柳圈儿，她一个，姐姐一个，浸了水戴在头上；凉快一阵，一会儿又被河面上吹来的团团热气烘干，柳叶一片一片落得秃光。金裹银儿怕晒蔫了柳篮里的甜瓜，盖上七八层野麻叶，三里一洒清水，五里一换叶子。走着走着，远远地望见了通州城西北角那高耸入云的燃灯佛舍利古塔，万绿丛中的潞河中学那中西合璧的钟楼，发电厂那冲天而立的烟囱，城中央那一棵大蘑菇头似的水塔。然后，高大古老的城墙出现面前，城门内外行人如织，车马如蚁，城门楼子像一座大佛龛。忽然，一列火车像惊牛吼叫，带着滚滚白烟，呼隆隆疾驰而过，地面一阵颤动。小戏子吓得捂紧耳朵，两只眼睛睁得像两颗圆圆的李子。头一趟进城的金裹银儿也心慌眼晕，神色大变，一手扯着小戏子，一手拎着瓜篮子，逃到路边一棵老榆树下蹲下来。柳篮里的香瓜散发着令人馋涎欲滴的芳香，行人闻香止步，纷纷围拢上来买瓜，金裹银儿双手护住瓜篮，连声喊叫：“不卖！”小戏子趁这个空子偷偷溜走，只见火车停在车站上，白烟像浓雾弥漫开来，从车上走下成百上千的人，小戏子惊讶得嘴咬着指头。

“喂！”有个悦耳动听的声音好像叫她，“你是不是小戏子呀？”

小戏子吃了一惊，从嘴里抽出指头望去，只见潞河中学的大校门口，站立着一个优雅秀丽的女学生，含笑向她连连招手。她却吓得连连倒退，像一只受惊的小山羊，逃回金裹银儿身边。

“你是金裹银儿大姐吧？”女学生迈着轻盈的脚步，风摆杨柳一般向金裹银儿走来。

“你……是谁？”金裹银儿乍见城里的学生小姐，胆怯自卑中暗藏着敌意，“你怎么知道我叫金裹银儿？”

“同学们都叫我罗莎。”罗莎笑不离口，平易近人，“管家婆儿刚从你那里回来一会儿，正吃早饭，她叫我来迎接你们。”

“找跟姐姐是来看四梦哥的！”小戏子揪着金裹银儿的衣角，半个身子闪躲在金裹银儿背后。

“一眼就看出你是小戏子！”罗莎上前牵起她的小手，看了又看，“我把戏子比西子，淡抹浓妆总相宜。”

“把她移植到潞河中学校园里，就是一朵无与伦比的校花！”管家婆儿在校门口出现了，“罗莎，请她们姐妹俩到门厅休息。”

管家婆儿要在金裹银儿和小戏子面前摆谱儿，那硬装出来的神态和口气，倒好像罗莎是她的使唤丫头。人配衣裳马配鞍，她又穿起罗莎一套没有上身的新装，更显得神气十足；罗莎身上的衣裳却穿得半旧，相形之下大为减色而又寒酸。

“管老师！”小戏子一蹦三跳跑过去，“您真是一步登天，当上花神仙女了。”

管家婆儿一只手拢住小戏子的肩膀，一只手捻弄她的辫子，说：“只要你那个四梦哥出血，掏钱送你念完小学，考进这所中学，你将来出落得比我还风光哩！”

“四梦哥哪儿来的那么多钱呀？”小戏子仰起脸儿问道。

“他写一篇小说能挣几十万（旧币），够你念一年书的。”管家婆儿又低下头嘁嘁喳喳，“小戏子，你有一张俊俏的脸蛋儿，你那个四梦哥有满肚子的才学，小两口儿真是郎才女貌呀！”

“管老师，看您说的……”十岁的小戏子已经懂得害羞了。

这时，罗莎带着金裹银儿，也来到了校门口。

“罗莎，你不是对匈奴有两个未婚妻很感兴趣吗？今天算是幸会了。”管家婆儿忙把小戏子推到罗莎面前，“只是国家颁布了婚姻法，匈奴必须二者取其一，这姐妹俩也不能平分秋色，其中一人只得割爱了。”

罗莎皱着眉头沉思了半晌，无可奈何叹了口气，说：“看来只有如此了。”

“一个不下马，一个不接鞍，只怕要演一出《意大利童话》中的悲剧。”管家婆儿爱看外国小说，更喜欢在人前卖弄学问。

罗莎脸色一阵煞白，深眼窝中流露出恐慌的神气，看看金裹银儿，又看看小戏子，提心吊胆地说：“你们姐妹二人，可不要……不要合伙杀死了匈奴。”

“这是哪儿的话！”金裹银儿恼了，脸色不悦。

所谓《意大利童话》中的悲剧，乃是高尔基所写的《意大利童话》中的一个故事。说的是一对意大利姐妹，共同热恋着一个漂亮的小伙子，谁都想一口独吞，不愿另一人染指，于是约定通过决斗解决这场三角恋爱，你死我活才能独占所爱。姐妹二人一人一柄利剑，各显其能展开厮杀，互相在对方身上刺得遍体鳞伤，鲜血淋漓却不分胜负。手足之情忽然萌动，姐妹二人同时扔下利剑抱头大哭，不能有福同享那就不如分尝痛苦，两柄利剑刺入漂亮小伙子的胸膛，漂亮小伙子一命呜呼，姐妹二人握手言和，一同到修道院出了家。

管家婆儿说完这个悲剧故事，冷眼看着金裹银儿，说：“你们姐妹俩可不要拿刀动杖，还是和平解决抓阄儿吧！”

“我早跟四梦撕了婚书，怎么能跟我的小妹子争风吃醋？”金裹银儿太阳穴上青筋暴起，气恼得喊叫，“你们二位要是好心好意，那就劝说四梦把小戏子留下念书。我这个小妹子喝了墨汁有了文化，哪一疙瘩哪一块都比得过你们这二位学生小姐！”

管家婆儿讨了个没趣儿，才灰头扯脸到湖边找我，把一肚子恶气撒在了我的身上。我跟金裹银儿和小戏子见了面，罗莎却很识趣，悄悄抽身而去，她本来就不爱多管闲事。

我答应留下小戏子，金裹银儿把小戏子喊下了树，耳提面命进行训教。

“妹子，你都看见了吧？”金裹银儿整着脸子，声严色厉，“就是那个名叫罗莎的学生小姐，想夺走你的四梦哥，你得根根汗毛眼上都长心呀！”

“这是从何说起！”我急得搓手。

金裹银儿不理睬我的羞恼，仍旧挑唆小戏子，说：“你一没人家有钱，二没有人家的学问，难道就眼巴巴地瞧着你四梦哥被她抢走？”

小戏子却没那么多心眼儿，嬉笑道：“她不是一只猫，四梦哥也不是一条鱼，想叼走就叼走呀？”

“强中自有强中手，能人背后有能人！”金裹银儿忽然变了一副腔调，轻声柔气地哄劝小戏子，“你脸子比她俊，脑子也不笨，只要一心扑在念书上，学问再比她大，你四梦哥也就不会喜新厌旧，嫌贫爱富了。”

“住口！”我吼了起来。

小戏子的笑脸儿却罩上了愁云，小声嘟哝道：“我就怕念书识字，脑仁子疼。”

“你敢！”金裹银儿叉开二指，撕小戏子的嘴，“你不上进要强，我砸断你的腿，叫你嫁个秃头、麻脸、嘴歪、眼斜的瘸子。”

小戏子最怕金裹银儿下毒手，只得忍痛含泪，点头称是。

几十丈外有个长途汽车站，我带着金裹银儿，叫着小戏子，到代售点的小饭铺买车票。离开车还有一个半小时，我又给她们叫了四菜一汤，一大碗肥肉粉条子，还有当时少见而难得一尝的白米饭；她们吃得盘干碗净盆子空，眉开眼笑油汪汪的嘴，像过了个早年。

吃过饭，还有半个多钟头，我带她们四下转了转，最后在京津路边的树荫下等车。公路下有一条小河，流水潺潺，水鸟啼鸣，小戏子到小河边洗手、漱口、洗脸、梳头，这个小丫头儿从小就好干净爱俏。树荫下只剩下我和金裹银儿，金裹银儿打着饱嗝儿，我耷拉着脑袋。

“四梦，你是不是憋着满肚子委屈，不想认小戏子这门亲事？”金裹银儿伸手托起我的下巴，眯着眼儿问道。

我躲闪开她，说：“土改的时候，她爹怕我家划成地主，收回了婚书，并不是我要赖账。”

“她爹收回了婚书可一没撕二没烧，收藏得严严实实，千年的字纸拿出来也算数儿。”

“不是把小戏子许配给你干娘的二小子了吗？”

“那不过是枕头边的嘴上结亲，并没有落在纸面上。”

“难道小戏子爹又变了卦？”

“是我那干娘跟小戏子爹绝情断义了。”

“她又跟了谁？”

“你就爱打听这些骚事儿！”

我只得回到正题，垂头丧气地说：“日子还长，我不想一句话说死，走着瞧吧！”

“四梦，我劝你别这山望着那山高。”金裹银儿一指在河边梳头的小戏子，“你瞧，刚是个花骨朵儿，就多么照眼！过几年打苞开了花，更得赛过西施，气死貂蝉了。”

我不为所动，说：“西施有胃病，我可怕破锅、漏房、病老婆；貂蝉是个淫妇，我更怕戴上绿帽子还蒙在鼓里。”

“小戏子土命人心实，不会水性杨花，我打保票！”金裹银儿拍着胸脯，挺起两只大奶子，“你一要疼她，二要管她，好草细料喂她，她也就百病沾不了身，磨房的驴听你的吆喝。”

我被她这个粗俗的比喻逗得忍不住扑哧一笑，说：“你放心，我不会虐待她。”

“还有一句丑话说在头里……”金裹银儿直勾勾盯着我的眼睛，“小戏子还小得娇嫩，你可不许碰她一根毫毛；放暑假她回家我要验看，你蹭破她一层油皮儿我也饶不了你。”

“你满嘴喷粪！”我挥起拳头，真想一拳捣烂这只母老虎。

金裹银儿抬起一只手，像一把老虎钳，抓住我的腕子，却又压低声音，说：“你一年小，两年大，馋得熬不住了，就拿管家婆儿开一开荤，反正那娘儿们原本是个贱货。”

我挣扎着骂道：“你安个尾巴是头驴！”

“君子动口不动手！”只听一声断喝，管家婆儿骑着罗莎的自行车赶来，车把上挂着一卷花布和一盒糕点。

恰在这时长途汽车也到了，金裹银儿接过管家婆儿的礼品，低低说了一句：“三天之内听喜信吧！”急忙上车。

管家婆连丢眼色，我莫名其妙，汽车远去。

17

舍了大未婚妻，留下小未婚妻，我这桩背着黑锅的桃色新闻不胫而走，被管家婆儿散布到整个校园。男同学见了我挤眉弄眼，把我当成了今日西门庆，女同学见了我更是避鬼神而远之，那奇异的目光明明是把我视如色狼；连女布尔什维克罗莎也似乎对我严加戒备，我也不敢妄想找她谈心了。声名变臭，身价暴跌，过去是众星捧月，一变而为茕茕孑立，我恨透了管家婆儿。

然而，我不但不敢得罪她，而且还要依赖她。她扮演大慈大悲的观世音，在校外租了两间民房，从女生宿舍搬出去跟小戏子同住；我每月交给她十五万元生活费，小戏子的衣、食、住、行和读书，她都包揽下来，不许我过问。避免跟小戏子见面，便可以逐渐减少谣言，我正求之不得，也就一切甘愿听从她的摆布。管家婆儿的这个善举，受到全校师生的好评，也博得社会人士的称赞，竟被补选为市妇联执委，迈出了她进入官场的头一步。

但是，弄虚作假，好景不长，小戏子在潞河中学附属小学插班念书不到一个月，便弃学逃走；管家婆儿也调到市妇联当副秘书长，麻脸副市长的黄脸婆儿刚一断气，她就跟副市长结了婚，肥大的罩衫掩盖不住她那五个月的身孕，一张大红结婚证书却能遮了丑。

管家婆儿早在金裹银儿返回鱼菱村四天之后，就跟贾文德离了婚，恢复了独身女子的自由。麻脸副市长的黄脸婆儿一死，她的补缺转正，也就水到渠成，瓜熟蒂落，不费吹灰之力。

贾文德是被金裹银儿捉了奸，只得跟管家婆儿离婚的；而金裹银儿在鱼菱村的捉奸行动，完全受在潞河中学稳坐钓鱼台的管家婆儿遥控。

金裹银儿的干娘大巧儿，当年在北运河花船上当水妓的时候，贾文德也在花船上当小茶房，鬼头蛤蟆眼儿的很讨大巧儿的喜爱。大巧儿为了叫这个毛孩子乖乖地听使唤，背着老鸨子偷偷摸摸给他开了窍，嫖客稀少的日子免不了给他尝点甜头。后来，大巧儿嫁了人，贾文德改了行，两人一别十几年不见。眼下，贾文德三十有三，大巧儿年将四十。

只因管家婆儿考进潞河中学以后一去不复返，长年累月不回家，贾文德空房冷炕搂着枕头睡，十分熬煎得慌，又大小身为朝廷命官，做梦都想步步高升，也就不敢随便寻花问柳。饥不择食，饮鸩止渴，便又在大巧儿身上旧情复发。大巧儿跟他本来是老相好，早想巴结他这个官不大而权不小的区干部，当然一拍即合。

于是，大巧儿一脚踹开了相好几年的小戏子爹。小戏子爹拉了几年帮套，白给大巧儿扛了几年长工，落得这个下场，早激起了金裹银儿的义愤。

大巧儿是灶王奶奶不出门，坐在炕头上放风筝，大杂烩的一家人，都被她抓在手心里。丈夫阎天贵，一边在河西务野市上炸大油饼，一边暗中当粮食贩子，双管齐下赚钱财。众人拾柴火焰高，拉帮套的小戏子爹于进锅忠心保主，儿子傻货和干女儿金裹银儿齐心合力，一道篱笆三根桩，家里的二十多亩地旱涝得收，打下的粮食涨破了囤。不到一两年时光，就在全村翻身户里拔了尖，一座新盖的宅院在村头河边之间平地而起。大巧儿把于进锅一脚踢开，金裹银儿也跟她拔锅分灶，身边只有傻货、二小子和三丫头。傻货住在院外牲口棚旁边的草厦子里，天一黑就倒头大睡，半夜醒来给牲口添草拌料，然后一觉睡到天明，吃饱睡足是他的最大享乐。这个大巧儿在花船上当水妓时生下的私孩子，已经二十挂零儿，五大三粗，力大如牛，只是缺心少肺，脑瓜儿笨得像个石砘子，口齿不清大舌头。后爹虐待他，亲娘也不疼他，连同母所生的小弟弟和小妹妹都欺负他；他不感到委屈，也没有怨言，只要一日三餐楦圆了肚子，便傻乎乎乐呵呵地低头死受。他娘作风不正，招野男人，他习以为常，不知道害臊。贾文德夜晚从村外来到大巧儿家，出入又走后门，避人耳目，十分方便。

急性子的金裹银儿，又被管家婆儿点了火，从通州回来的当天晚上，就腰藏一把杀猪的青条子，来到大巧儿家后门外蹲坑，等贾文德这个淫贼进门上炕，堵被窝里擒住他。

天黑得像口锅，四野蛙声一片，风吹阴云扯来一道道闪电，天边响起一声一声闷雷。金裹银儿头顶着斗笠，身披着蓑衣，蹲在大巧儿家后门外的一个土坑里，像一只大刺猬。虽然伸手不见五指，她却瞪圆了眼睛，狠盯着田野上的羊肠小路，心急不安地等候贾文德到来，凉风习习却一阵阵直出白毛汗。

忽然，大巧儿的后窗一亮，金裹银儿的肉皮子像被香头烫了一下，只听大巧儿一边点灯一边哼着小调儿：

一不贪你的财呀二不赚你的钱，
只爱你那豹头环眼、膀阔又腰圆；
哥哥你金枪不倒是好汉，
小妹我大河起浪能翻船……
送情郎送到大口外，
不睁眼的老天爷刮起了大黑风；
刮风不如下小雨，
下起雨哥哥你想走也万不能……

这本是一支淫词浪曲的情歌，金裹银儿却听得心酸，泪水模糊了眼睛。小调儿惹起她的伤情，回想自己八岁那年跟着爹爹来到鱼菱村，一晃十几年过去了。爹是大巧儿初当水妓时的旧情人，两人真心相爱，男婚女嫁也没有变心。大巧儿绊住了爹的腿，爹留下来给大巧儿拉帮套，她认大巧儿当干娘，大巧儿疼她像身上掉下来的肉。夜晚睡一条炕，她常听见大巧儿在爹的枕边唱这支歌。

“一不贪你的财呀二不赚你的钱……”大巧儿那时的嗓子甜脆悦耳，不像今晚这么低沉沙哑。

爹沉重地叹了口气，说：“巧儿，我这辈子欠你的情，下辈子也还不清呀！”

大巧儿一只手捂住爹的嘴，一只手把爹搂在怀里：“只爱你那豹头环眼、膀阔又腰圆……”

“情人眼里出西施，你高抬我啦！”爹呵呵笑道。

“哥哥你金枪不倒是好汉……”大巧儿唱着唱着缠绕在爹身上。

“好汉不提当年勇。”爹软得像被揉搓的面团，“哪一回不是你的手下败将？”

大巧儿一个鹞子翻身，把爹骑在胯下：“小妹我大河起浪能翻船。”

“你……你……”爹气喘吁吁，慌慌张张，“孩子……孩子……”

金裹银儿不敢看也不想听，闭上了眼睛，捂紧了耳朵，一会儿就梦见二马闹槽，双鱼戏水，喜鹊登枝喳喳叫，鸡吵鹅斗乱糟糟，炕上就像麦场滚碌碡。

七分睡三分醒，模模糊糊看见大巧儿枕在爹的胳臂上，有气无力接唱那支被打断了的歌，爹又一唱一和。

“送情郎送到大门外……”

“你躺着吧！我该到人市上去了。”

“不睁眼的老天爷刮起了大黑风……”

“那就带来雹子啦！”

“刮风不如下小雨……”

“六月连阴吃饱饭。”

“下起雨哥哥你想走也万不能。”

“闲一天就揭不开锅，还是风调雨顺好。”

那时一天三顿吃糠咽菜，粥碗里照得见人影子，大巧儿一不嘴馋，二不手懒，鸡屁股里抠出两个鸡蛋，舍不得打油买盐，煮熟了给爹吃。爹一年三百六十天打短工，天上下小刀子也拦不住他出门；他要拼上这一身筋骨皮肉，叫大巧儿吃饱了肚子，穿上不露肉的衣裳。大巧儿不怕挨饿，不怕露丑，就怕累伤了爹的身子。两人虽是露水姻缘，却胜过抓髻夫妻，活着一条炕上睡，死了一个坑里埋，下辈子投胎变成一对兔子两只鸡，也要卧在一个窝里。

鸡啼阵阵，大巧儿还是不许爹起炕，不放他到人市去。一人闲一日，一家子饿一天，爹硬了硬心肠。把大巧儿从身上撕下来，跳下炕就跑，一边跑一边穿裤子。大巧儿胆大不怕寒碜，光屁股追爹，爹逃出了柴门外，大巧儿才缩手收脚，转身而回。

急着给大巧儿盖房子买地，爹走了黑道，也就掉了脑壳。大巧儿从河防局的大牢里放出来，一身七窍都下了蛆，人活着可心死了，两三年不敢抛头露面，碾米磨面也打发金裹银儿去。直到土改分了地，大巧儿的一张死脸也有了笑模样儿，又把小戏子爹于进锅揽在家里拉帮套，只是少了真情，多了贪心，见钱眼开，厚了脸皮。金裹银儿虽然傻大黑粗，却是孝女心肠儿，不忍跟她大闹一场，只是为了给于进锅出气，给管家婆儿松绑，她才下了狠心捉奸拿双。

我回到鱼菱村找小戏子，才了解其中内幕。

18

大巧儿的情歌小曲，打动了金裹银儿的心，勾起了酸、甜、苦、辣的回忆，忍不住在一刀两断之前偷看干娘一眼，于心不忍那就赶快打退堂鼓。

后窗口离地一人多高，几道窗棂，钉一块冷布；入伏以后日夜都有穿堂风吹进窗口，蒸笼闷热的天气屋里也凉爽如秋。金裹银儿踮起脚尖，手扒窗台拔起身子，只见一灯如豆，大巧儿身穿一条水红兜肚，黑布裤儿解开了带子，露出半截柔细的腰，披散的头发遮住半边脸，牙关里唱着曲子却眼神发呆，好像刚从梦中惊醒，还没有从梦魇中摆脱出来。她已经没有多少姿色，只是那在花船上坐科而浸透全身的狐媚子气，七老八十也迷人。

金裹银儿一阵心软，正想抽身而回，改日动手，忽听坡下响起脚步声，手电光晃动，她急忙溜下窗台，蹲下身去。夜风羼进了酒气，贾文德跌跌撞撞而来，走到后门打了个口哨，不等开门就脱衣裳扒裤子。吱呀一声门开一道缝，贾文德偏着身子闪进门去，急不可耐竟忘了插上门闩，便把大巧儿推推搡搡进了屋。

油灯的火苗儿跳了跳，灯光大亮，金裹银儿又扒上窗台偷看。

贾文德像一条饿狗，将大巧儿扑倒在炕上，大巧儿却像一条泥鳅，打个滚儿从贾文德身下滑溜出来。

“你他妈的是跟我耍滑头，还是给我钉子碰？”贾文德的眼珠子挂血丝儿，喷出的酒气能呛死蚊子，“我满肚子烦恼，想在你身上找点乐子，你就给我散散心火吧！”

大巧儿在腰间系上带子，冷笑道：“你那娘儿们的骑马布上了天，我只当你红运当头，哪儿来的烦恼？”

“我不想当软盖儿王八！”贾文德蹦跳着狂叫，“我听说那娘儿们跟老骚麻子已经有了身孕，这不是骑在我的脖子上拉屎，还逼着我吃进嘴里、咽下肚子吗？”

“你写下一纸休书，跟那个娘儿们离了婚，也就用不着驮这块石碑了。”

“夺妻之恨，我岂能善罢甘休？”

“那你就一刀杀死奸夫淫妇，手提两颗人头上公堂。”

“杀人要偿命……”

“告他！”

“官大一级压死人……我惹不起老骚麻子。”

“孬种，癞狗！”大巧儿照他脸上啐了一口。

“反正有你当替身儿，我跟那娘儿们打持久战啦！”贾文德嬉皮笑脸，轻模贱样儿，“等那个娘儿们九月怀胎，十月临盆，破皮的包子自个儿露馅，不费我吹一口气，老骚麻子的乌纱帽就落了地。”说着，他又像一条摇尾巴的狗，向大巧儿身边爬去。

想不到大巧儿从炕席下摸出一把剪子，厉声喝道：“姓贾的，老娘我这颗果子，你别想吃了！”

“贾某人偏爱你这筐烂杏。”

“我跟你这段孽缘到了头。”

“难道又想叫于进锅吃回锅肉？”

“我不想炒冷饭。”

“那么你又靠上了谁？”

“我收心改过，立志给金裹银儿她爹守节了。”

“我才不信你这些鬼话！”

“刚才金裹银儿她爹给我托了梦……”大巧儿的眼窝子滚下两大串泪珠子，落地有声，“他烧得一大锅翻花滚开的香汤，煮的是荷花瓣子，熬的是莲蓬梗子，把我泡了又泡，涮了又涮，洗净了我的脏心烂肺。”

“捞上来你就成了五香卤鸡，吃着更有滋有味儿了。”贾文德嘴角直淌口水，“你跟他久别重逢，怎么也得叙一叙旧情呀！”

“我刚起这个念头，他又把我扔进锅里煮一遍。”

“看来他在阎王爷的后宫当上太监了。”

“放你妈的屁！”

“说下去，说下去。”

“他说我是狐狸精转世，从我的天灵盖上拔下三根毫毛，我的淫心邪念就烟消火灭了。”

“他这是劁猪阉羊呀！”

“孽根除净，改邪归正，他把金裹银儿许配给我那个傻货，过几年就儿孙满堂。”

金裹银儿听大巧儿痴人说梦，一会儿头发发奓，一会儿鼻子发酸，一会儿肉皮子发紧，一会儿脑瓜子迷糊，却句句当真，毫无疑问。听到她爹把她许配傻货，虽然心里感到委屈，却不敢违背父命。

“巧姐儿，你想修成正果，我成全你。”贾文德也好像改恶从善，通情达理了。

大巧儿解除了戒备，口气柔和下来，说：“那我还当你是个好兄弟。”

“只是……我乘兴而来，不能……败兴而归呀！”

“我从今晚上就守住身子。”

贾文德却又死皮赖脸起来，说：“砂锅砸蒜就这一回，巧姐儿可怜可怜兄弟吧！”

大巧儿摇摇头，说：“我屈从了你，金裹银儿她爹也饶不了你。”

“神鬼怕恶人，我镇得住那个死鬼！”贾文德又猛扑上去，使用捉贼办案的擒拿术，将大巧儿按倒，撕下水红兜肚堵住大巧儿的嘴。

哗啦，扑通！贾文德猝不及防，金裹银儿破门而入，一拳砸在贾文德的后脑勺上，贾文德当时就昏死过去。金裹银儿又解下贾文德的皮带，反剪双臂捆了个拴贼的死扣，扔到炕角落去。

“干娘！”她掏出大巧儿嘴里的水红兜肚，哭叫着又掐人中。

“我的……儿！”大巧儿搂住金裹银儿的脖子，放声大哭，“是你爹……给你托梦，叫你前来搭救我吧？”

“正是。”金裹银儿粗中有细，很会随机应变，“这些日子，我天天夜里跟我爹梦里相见，他叮嘱了我千言万语，也叫我给干娘捎过不少话。”说到此处，金裹银儿拴个扣子。

后来，金裹银儿给大巧儿当儿媳，就常假借她爹托梦，把大巧儿管得笔管条直。

贾文德从昏迷中醒过来，扯着脖子喊道："金裹银儿，八百斤鸡毛捆在旗杆上，你好大胆（掸）子！暗中埋伏，袭击国家干部，我办你个反革命罪！"

金裹银儿走过去，左右开弓赏了贾文德两个大嘴巴，大模大样地说："我奉麻脸副市长的军令，捉拿你这个采花淫贼，一会儿就把你押送通州，三堂会审。"

"姑娘，姑娘……"贾文德慌了神儿，麻了爪儿，"你高抬贵手，我百依百顺。"

"那你就给我写下两份文书，一份是从今以后不许打扰我的干娘，一份是明天起早就跟你那个娘儿们打离婚。"

"我明白了！照办。"

金裹银儿挑亮了灯，找来了纸笔，把贾文德搬到八仙桌旁的座椅上，拿一条麻绳捆住他的双腿，这才给他的两手松了绑。

贾文德文不加点，挥笔而就，将两份文书递给金裹银儿过目。

谁知金裹银儿接过来只扫了一眼，便摔在了他的脸上，喝道："重写！"

"是词不达意，还是错字连篇？"贾文德从眼角溜瞅着金裹银儿脸上的动静，"请指教。"

"你只当我没上过学，就是个睁眼瞎吗？"金裹银儿满脸傲慢，玩弄着贾文德的手枪，"难道你忘了我当过文曲星刘四梦的未婚妻？一天跟他趸一个字儿，也比你的学问大，你就别在关公门前耍大刀了。"

贾文德被她唬住，忙说："我重写，重写。"

写完两份文书，金裹银儿又逼他按上手印，才给他解开捆腿的绳子，还给他手枪，说："姓贾的，三天之内你许愿不还愿，我就拿着文书到通州告你。"

"不许动！"贾文德忽然变脸，枪口顶住金裹银儿胸口，"把那两份文书乖乖还给我，我大人不记小人过，网开一面把你放了生。"

"姑奶奶是金钟罩铁布衫，你就开枪吧！"金裹银儿面无惧色，挺高了胸脯子。

贾文德这才发觉，手枪已被金裹银儿卸下撞针，他又想施展擒拿术跟金裹银儿肉搏，金裹银儿上拳下脚，把他打躺地上。

"姑娘，姑娘……"贾文德连连叩头。

"哪一天你打了离婚，我哪一天把撞针还给你。"金裹银儿拎起贾文德的脖领子，扔出后门外。

"儿呀，是你爹在你身上显了圣！"大巧儿拍着掌开怀大笑，笑着笑着又放声大哭。

金裹银儿目光像锥子，冷声寒气地问道："干娘，您下得了狠心，改得了老毛病吗？"

"改，改，改！"大巧儿甩一把鼻涕，擦一把泪。

"睡梦里我爹一连叮咛了三遍，您要是狗改不了吃屎，他的阴魂就附了我的体，打得您上半身皮开肉绽，下半截儿……"

"你爹没有叮嘱你嫁给傻货吗？"

"您雇上三班鼓乐，八抬大轿，选个黄道吉日把我娶过来吧！"

"你本来就是黄花闺女，娘怎能亏待你？"

婆媳二人，公平交易。

“爹呀！”金裹银儿扑在炕上哭起来。

“儿呀，我知道傻货配不上你，你嫁给他好比一朵鲜花插在牛粪上。”大巧儿哄劝着金裹银儿，话里却是软中有硬，“我也知道你心上扔不下四梦，可是你这个柴火妞子怎能配得上他那个洋学生？你想嫁给他，又好比癞蛤蟆想吃天鹅肉了。”

平淡无奇几句话，却叫金裹银儿死了心。

入洞房的晚上，大巧儿劝酒，金裹银儿连喝了三大碗，醉得不省人事。听窗根的人舔破窗纸偷看，大巧儿亲临现场，一招一式传艺，然后把傻货推到金裹银儿身上，退出屋子关上门。傻货像一座石碑，把打着呼噜沉睡的金裹银儿砸得痛叫，卧槽马尥蹶子，一脚正踢中傻货下裆。傻货疼得抱着肚子，蹲在地上哇哇哭，下身肿得像猪尿泡，七八天直不起腰。

19

我回到鱼菱村扑了个空，小戏子躲藏起来不照面，只得到青纱帐里寻找她爹于进锅。

于进锅和小戏子有六亩河滩地。

已是傍晌时分，于进锅扛着大锄从青纱帐里钻出来，满头的汗气就像刚从蒸笼里出了屉，全身都被高粱叶子划得横一道子竖一道子。嘴唇干裂，嗓子冒烟，他到河边喝了个水饱，便像一堵墙倒在一棵河柳下，斑斑驳驳的花荫凉儿洒在他的身上，闭着眼睛四仰八叉像挺尸。

河柳的伞顶上，一只山鸽子咕噜咕噜叫得令人气闷，树杈上的一只吉鸟儿叫得令人烦躁，几只蚂蚁攀上他的胸膛，爬来爬去更搅得他心乱如麻。他气恼地狠狠拍了胸膛一巴掌，胸膛上留下五条红印，火冒三丈一跃而起，连踢了河柳几脚，山鸽子和吉鸟儿都吓飞了。

“进锅叔！”我跑了过去。

“谁？”他那一双怒目，看见了我便马上变得低眉顺眼，“原来是四梦侄子，是为小戏子回来的吧？”

我点了下头，问道：“她在哪儿？我要把她带走，不放暑假不许回家。”

“大侄子，你在她身上花的钱，还不如扔到大河里听响哩！”于进锅苦笑着叹气，“她是一块打袼褙的铺衬儿，扎不了花绣不了朵儿。”

“我看小戏子有一股灵秀之气，颇可造就。”

“知子莫过父，她是绣花枕头一肚子糠。”

“那也该念几年书，免受文盲之苦。”

“野鸟儿不进笼子，不念书她更快活。

“我要当面劝一劝她，不能白跑一趟！”我发了火，“您把她给我找来。”

“你愿意对牛弹琴，我也不拦你。”于进锅扛起大锄，带着我沿河边找去。

小戏子提着一只筛子拎着一口桶，正在河湾的一片浅水洼子里掏鱼、捞虾、摸泥鳅。她头顶个柳圈，柳圈上插满车轱辘菊、粉铃铛花、猫尾巴草和紫茄珠子，远看像头戴一顶凤冠。她怕湿了裤子脏了兜肚，上下扒得精光，腰间围起一层高粱叶子，满身野味儿。

本该悄悄走过去，我却忍不住大喊一声：“小戏子！”

小戏子大吃一惊，吓了一跳，溅起水花飞跑，一个青蛙投河，再潜水底，河面上只漂浮旋转着那枝插花柳圈。

“小戏子出水来，回你四梦哥的话！”于进锅喊了一遍又一遍，就像跳大神的在河边叫魂儿。

波平如镜的河面，翻了个水花，像一朵睡莲开放，小戏子破水而出，仍旧头顶着插花柳圈，只在河面上露出一张脸，两只黑亮亮的眼睛滴溜溜转。

我招手喊道：“小戏子，跟我回通州念书！”

“不！”小戏子半个身子蹿出水面，“那个学校是一座阎罗殿，校门就像鬼门关。”

“日子一长，你就习惯了。”

“老师看我不顺眼，骂我的脑瓜子是死膛手榴弹，炸都炸不响。”

“你们的校长跟我是爱好文学的朋友，我找他给你撑腰，今后老师就不敢讽刺你了。”

“那些城里的崽子给我起外号儿，管我叫小团圆媳妇儿，我骂了他们几句家常村话，老师就罚我连站三堂课，还说要把我送到医院的肛门科治口疮。”

“如此嘴上无德，怎配为人师表！”

“这个家伙跟管家婆儿是老同学，都是管家婆儿背后下蛆，我才吃了一个月的哑巴亏，受了一个月的窝囊气。”小戏子伤心落泪，泪珠儿滴滴答答落在河面上。

于进锅赶忙插话，问道：“桶里有几条鱼，够不够你四梦哥吃一顿？”

“两条泥鳅，四条草青儿，六条鲫瓜子，能叫他当个撑死鬼！”小戏子又破涕为笑了。

我已经馋涎欲滴，喊叫道：“小戏子，你快上岸回家做饭，我想吃贴饼子熬鱼。”

小戏子挥了挥手，说：“你先走一步，我紧跟就到。”

“又想跟我转影壁呀！”我站着不动。

“你……你……怪不得金裹银儿大姐叫我防着你！”小戏子的家常村话张口就来，“你进了洋学堂喝牛奶，变成了骚忙子。”

我这才醒悟，小戏子在水里光着身子，我不走她怎能上岸穿衣裳？急忙落荒而逃。

回到家里，我和于进锅在屋檐下说闲话，小戏子在天井的冷灶上炖鱼贴饼子。这个十岁的小丫头儿无师自通，手、眼、身、步不乱，不折不扣是个有板有眼的家庭主妇。模样儿俊俏手儿巧，居家过日子又会算计，在农村便是打着灯笼难找的好媳妇。如果我的理想不是上大学当作家，脑瓜子里没有被古今中外文艺作品中的才女形象搅得一塌糊涂，哪怕是教小学，当区干部，小戏子也可算是最佳伴侣。然而，我虽不敢自以为有宋玉般貌，却颇以为有子建般才；那么我的妻子就应该不同凡响，必须既有金玉其表，又有满腹珠玑。拿这把尺子衡量小戏子，小戏子可就不是差之毫厘了。

“她回来这两天，我吃上了熟菜热饭。”于进锅叼着旱烟袋，笑眯了两眼，“她进城念了一个月的书，我天天不是吃生的，就是嚼糊的。”

“您不能只看眼前三寸远！”我暴躁地劝道，“小戏子能学有所成，您到老才能安享清福。”

“那要等多少年呀？”于进锅抬起脚，在鞋底上敲着烟锅。

“她插班念的是小学一年级第二学期，还有五年从小学毕业。”我扳着指头算道，“中学六年，大学四年，十五年后就学有所成了。”

“到那时我早躺在地下听蛐蛐叫啦！”于进锅就像一块磨盘不渗水，我白费了唾沫，“桃三杏四梨五春，不及当年有收成。”

“四梦哥，你念的迷魂咒像唱曲儿，我爹就是不入耳！”小戏子从冷灶上扭过脸儿，挤眉弄眼吐舌头。

“小戏子，别忘了你是我的小团圆媳妇！”我半真半假地瞪起眼睛，“嫁鸡随鸡，嫁狗随狗，嫁根扁担扛着走，你不跟我回通州就是不守妇道。”

“你把我打死、勒死，我也不受那十五年的洋罪！”小戏子的眼里噙满泪水，“管家婆儿拿我当使唤丫头，张口骂抬手打，叫我吃她的残汤剩饭。你是只鸡也该叫一叫，是条狗怎不汪汪两声？你是一条软个沓沓的井绳，哪里是宁折不弯的扁担？”

“这个女人真是蛇蝎心肠。”

“那个老骚麻子天天晚上来找她，她就把我赶出门去，在墙根下一蹲到半夜；第二天上课老打盹儿，城里的崽子拿着墨笔在我脸上画眼镜，我都不知道。”

“我……真不知道她这般虐待你……”

“你的眼睛死盯着那个罗莎，还能把我放在心上？”

越说我越亏理，只得赶快转换话题。

“咱们还是把酒言欢，不打嘴架啦！”我从书包里掏出两瓶通州老窖，“进锅叔，我陪您喝两盅，小戏子也得湿一湿嘴唇。”

我在省里当供给制干部，每月三条烟，一个星期喝一回酒，都是公家供应，已经达到一天一盒烟、一顿四两酒的水平。重新上学以后，不敢违犯学生守则，把烟酒都戒掉了。现在，面对家乡的鲜鱼，又有满腹心事，便情不自禁犯起了酒瘾。

于进锅像个漏斗，两瓶酒他喝了一瓶半，端端正正坐在蒲团上不见醉意，只是麻木呆板的脸上有了一点喜兴，添了三分活气。拳不离手，曲不离口，我多日滴酒不沾唇，只喝了二两便不胜酒力，头晕目眩支撑不住；好像掏出二十块钱交给小戏子，吩咐她给金裹银儿送去，算我补个份子，此后便沉入醉乡去了。醒来瓷着眼珠儿躺在炕上，屋里一片幽暗，不知是黎明还是黄昏。

“吃块西瓜解一解酒吧！”炕沿上坐着小戏子，身边一个斗大的西瓜切八瓣儿。

“什么时候啦？”

“太阳压山了。”

“哎呀，我睡过了头！”就像炕席上冒出蒺针，我滚爬而起，“不能误了明天的功课，我得赶回去。”

小戏子把一块西瓜送到我的嘴边，说：“这时候往回走，越走天越黑，明天起五更上路，越走天越亮。”

“言之有理。”我感到头重脚轻身子软，不得不留下来住一夜，“小戏子，屋里只有咱俩，你痛痛快快说一句，跟不跟我走？”

“嫁狗随狗吧！”

“我打通了你的思想，不虚此行。”

"是我爹叫我跟你走的。"

"原来我也把他说服了。"

"你又裤裆里插轿竿，自个儿高抬自个儿！"小戏子耸起鼻子撇着嘴儿，"是金裹银儿大姐的雷鸣电闪，降伏了我爹。"

"金裹银儿来过啦？"我惭愧不安，"早知道她要结婚，我该陪她几样嫁妆；我回通州一定补办，雨过送伞吧！"

"她说你正念书，用钱的地方多，不叫你破费，连你的份子都退回来了。"

"难道不许我表一表心意吗？"

"她想跟你要一件纪念品。"

"我全身上没有一样贵重东西呀！"

"也许你肚子里藏着牛黄狗宝。"

"我找个皮匠缝上你的嘴！"

"金裹银儿大姐把我家当娘家，一会儿她过来说话，你可不能不赏脸。"

"只要她不是要我这条命，我有求必应！"

"当真？"窗外，突然冒出金裹银儿的声音。

我当然不能示弱，喊道："小戏子是见证，咱俩三击掌！"

"四梦哥说话不算数儿，我就不跟他走！"小戏子又紧逼一步。

"好！"金裹银儿像张飞闯帐进屋来，"四梦，你得帮我养个大胖小子。"

我吓了个半死。

20

生了儿子又当上村长，金裹银儿双喜临门。我也入了党，还出了一本书，可算少年得意，只因害怕金裹银儿饿虎扑食，才衣锦夜行而不敢回村。

这一年里，麻脸副市长早已从市里调到县里，在政府方面他是副县长，在县委方面他是农村工作部长，一身而二任。他常下乡蹲点，鱼菱村是他的重点落脚之地，堡垒户便是大巧儿家。管家婆儿给老麻生了个女儿，老麻很不高兴。他最怕麻家断了根脉，前妻连生五个丫头，才使他大倒胃口；满想管家婆儿能给他带来个贵子，谁知又大失所望，便怎么看管家婆儿都不顺眼；又想到管家婆儿的地主出身有碍他的仕途进取，不但反感而且厌恶起来。他蹲在点上乐不思蜀，除了开会很少回城，管家婆儿因失宠而多疑，得了失眠症，长久失眠便造成神经衰弱，又是一个黄脸婆儿。家花不如野花香，野花移栽到花盆里也就减了成色跑了味儿。管家婆儿从市妇联调到南街供销社当经理，工作十分繁忙，又带着个吃奶的孩子，虽然怀疑老麻另觅新欢，却难以跟在老麻身后盯梢。亏她满肚子螺丝转儿，心眼儿比汗毛还多，忽然想起我大可利用，便通过罗莎传唤我到她家叙旧。

管家婆儿嫁给老麻以后，就在新城南街挑选了一座小院，独立门户，把前妻留下的五个女儿推给了老麻的丈母娘。这座方砖墁地的小院，原是一个国民党还乡团长的外家，被市政府没收归公，老麻享用名正言顺。小院虽小却是两道门，头道门里两间房，有一架葡萄和一片花畦，二道门里三间房，有石榴树和夹竹桃。三间房也有三道门，开了门三室相通，关上门又成了三个独间。一间书房，一间卧室，一间闲人免进的密室。整座小院，十分严密、幽静、便利。

她怀疑老麻，更怕被老麻怀疑，所以门户很紧，严禁任何男客串门，女客也并不多。她的三亲六故，不是地主就是富农，她更是快刀斩乱麻，把门关死。

我是得其门而入的独一无二的男子。

她的住处和她当经理的供销社，都在潞河中学校外一箭之遥，快跑五分钟，慢走十分钟。她的供销社在潞河中学设立了一个小卖部，小卖部的女售货员是她的一名心腹。她召我进见的口谕，就是这位女售货员捎给我的，而且铁脸刀子嘴，好像我胆敢抗命违旨，脖子上的脑壳就保不住。

我这个人急性子，好冲动，女售货员的恫吓更叫我沉不住气，下午一放学就直奔老麻的公馆，找管家婆儿打破闷葫芦。

开门的是一位保姆，老保姆的满脸寒气更叫人浑身起鸡皮疙瘩；一定是我那红扑涨脸、直眉瞪眼的模样儿，惹得她疑心我是砸明火的歹徒。

“门外等着！”她刨根问底地盘查了我的姓名身份，又哐啷关上了门。

小院像个浅碟子，我隔墙听见管家婆儿冷冷淡淡说了声：“这人是老麻的小兄弟，放他进来吧！”

她不说我是她的老同学，正是处处表现她是以老麻为一家之主。

老保姆又开了门，我头顶着火苗子闯进去，正要大发脾气，却看见管家婆儿怀抱着千金，笑吟吟站在二道门口，一副贵妇人的神态。

“匈奴，士别三日，刮目相看，你越发文采飞扬，风度翩翩啦！”管家婆儿的口气，不是嘲讽也不是阿谀，而是言不由衷。

“你这是捧我还是骂我？”我双手叉腰，横眉冷对，“别自以为当了副县长太太就是西太后，我可不想低眉折腰事权贵。”

管家婆儿挂下半边脸儿，半边气恼半边玩笑，怒嗔道：“老麻是官大脾气长，你是名大长脾气，怪不得你俩亲如一奶同胞，连心又挂肠哩！”

我梗着脖子不认这个交情，说：“我跟老麻在省里是萍水相逢，来到通州是不期而遇，并无私交，不想沾光。”

“老麻可是时时刻刻把你顶在头上呀！”管家婆儿却又满面春风起来，“他捎来口信，叫你火速到鱼菱村见他，有要事相商。”

“我没工夫。”

“你心中有鬼！”

“甭跟我故弄玄虚。”

“我也劝你别藏着明白装糊涂。”

“那我就明白无误地说一句，我的眼里不瞅你那个七品县令的老麻，不想赏光跟他见面！”说罢，我愤然转身，拂袖而去。

“奉劝你这个小作家儿不要如此傲慢无礼！”管家婆儿在我的背后嘿嘿儿冷笑，“金裹银儿打算抱着她的大胖小子，到潞河中学找你认爹，老麻替你前遮后挡，已经招架不住，才叫你回村把大事化小，小事化了，你反倒狗咬吕洞宾，把好心当驴肝肺。”

我正昂首挺胸走出街门，她扔出的这几句话就像在我脑勺子后面响了个炸雷，我两腿一软，险一些儿马失前蹄；本想拨马回头，跟管家婆儿杀个三百回合，那老保姆却像贼走关门，我刚走出去她就插上了门闩，还顶上了门杠，不会放我二进宫了。

明天是星期日，我不必回校请假，直奔新城南门外，雇一头脚驴子，太阳落不了山就能回到鱼菱村。走到了城外才忽然想到不应空手而回，至少要给于进锅买两瓶酒，给小戏子买一块花布，摸一摸身上却没有带那么多钱，正在举棋不定，忽然看见罗莎骑着自行车从校园出来。罗莎是我的入党介绍人之一，我们之间已经开诚布公，向她借钱用不着口羞。

“罗莎，你到哪儿去？”我扬了扬手。

“到邮局取一笔汇款。”罗莎在我面前下了车，“你在这里转来转去等谁呀？”

“我想回村看看，你能借我点钱吗？”

“是给老岳父送礼进贡吧？”她掏出几张钞票，看也不看就递到我手里，“也别忘了给小未婚妻买几件花衣裳呀！”

我老着脸皮笑道：“正是为了给小戏子买块花布，身上的钱不够，才向你贷款。”

“看你归心似箭，那就把车也借给你吧！”说着，罗莎把她的菲力浦自行车交给我使用，挥手道别，步行而去。

罗莎已经是同学们心目中的圣女，她以她的真诚、善良、纯洁、无私、端正和优美，赢得同学们的心悦诚服。没有任何人当面顶撞她，也没有任何人背后说她的坏话，就连最低级趣味的同学，想开她一句玩笑都觉得烫嘴。她自从知道我虽违背心愿而又出自义不容辞，才接受小戏子为未婚妻，便对我产生了良好的印象。在我入党之前，她利用春假三天时间，到鱼菱村了解我的家庭情况和个人表现，带回调查记录将近八万字，对我家和我个人的一切了如指掌，跟我就更大方亲近了。

她奉命找我到党支部办公室的小楼上，面对面谈话，并无外人旁听。

“匈奴，我到你的家乡去了。”她文静而俏皮地微笑，“鱼菱村的风景，不像你的小说中描写的那么中国少有，世界罕见。”

我强词夺理，说：“写小说难免感情用事，不感情用事就写不出小说。”

“但是不应过甚其词，更不该无中生有。”她虽然皱了一下眉头，含笑的目光却仍然充满善意。

“好狗护三邻，好汉子护三村！”我搬出了村言俚语，“不热爱生身之地的人不如狗。”

罗莎咯咯笑起来，说：“阎傻货就是拿这两句话夸你。”

我的心咯噔一跳，说：“你……还找了那个缺心眼儿的傻家伙谈话？”

“他对你赞不绝口哩！”罗莎掏出手帕，浸了浸笑出的眼泪，“他叫你放心，一辈子疼爱金裹银儿，不叫金裹银儿受一丁点儿委屈。”

我满面通红，一肚子羞愧，说：“我过去对他太不尊重了。”

“他可说你没架子，见了面管他叫大哥。”

“那是乡亲礼俗，理当如此。”

“大巧儿大娘更夸你从小嘴儿甜，长大心肠儿热，比你的祖父还好上加好。”

“这位……”不礼貌的词句差一点儿脱口而出，“这位巧娘是一只巧嘴儿八哥，最喜欢言过其实，你不可偏听偏信。”

“正是为了兼听则明，我才在金裹银儿的新房里住了两夜。”

“她这个人是二憨子带半疯儿，又不知如何妙语惊人？”

“两夜哭出了一缸水，她句句说的是真心话。”

“怎见得呢？”

“她说你们拜过天地，本来是抓髻夫妻，只因她不守妇道，恋上另一个男人，亏情欠理，对不起你。”

“我跟她拜天地不过是小时候的一场儿戏，她爱上的那个男人是一条真正的好汉子，可惜短命早死。”

“她本想守在你的身边，不要名分，服侍你一辈子；新社会不许养个上炕老妈儿，死乞白赖就要搅坏你的名声，这才嫁给阎傻货。”

“我对她无能为力，但愿她苦尽甜来。”我的心一阵滚热，眼眶潮湿。

“她只盼你在小戏子身上多花心血。”罗莎的眼神里充满怜爱，“我也跟小戏子住了一夜，这个小姑娘有一张口吐莲花的嘴，把我也传染得会说儿化韵了。”

“她说一天的话，够她爹说一个月的。”

“那位于大伯只跟我说了两句话——‘四梦好心眼儿，可好心未必得好报’，就一言不发了。”

罗莎跟我的谈话，萦绕在我的耳畔。我紧蹬着罗莎的自行车，飞奔在夕阳残照的京津公路上，只想马上见到傻货、大巧儿、金裹银儿、小戏子、于进锅，还有金裹银儿那个节外生枝的儿子。

21

过了河天大黑，我摸黑进了村。

于进锅和小戏子父女，住在我家老宅的北房。西厢房已经坍倒，废墟上竟长出野麻和水稗子，草棵里蹦着蚂蚱。东厢房塌顶溜墙，四壁裂出大口子，挂满了蛛网，住了几窝麻雀，一场大雨也得趴架。我悄悄走进老宅，把罗莎的自行车靠在大槐树下，只见北屋也是黑灯瞎火，死寂无声，便拨响了车铃。

“谁？”小戏子鬼声鬼气惊叫。

“连我的声音也听不出来吗？”

“不说出真名实姓，我拿绷弓子打瞎你的眼！”

“行不更名，坐不改姓，本宅主人刘四梦。”

“四梦哥！”北房那破旧的屋门噼里啪啦响，小戏子像一粒弹丸飞出来，投进我的怀里，“你是来接我的吗？我跟你进城念书，不想住这座黑牢了。”

一年前小戏子从城里逃回来，我风风火火想把她找回去，谁知她吃里爬外，伙同金裹银儿闹得我人不人鬼不鬼，一怒之下扔给她几个钱，连夜回城。过了些日子才压下火气，托人给她捎话，叫她在乡下好好上学，也就心安理得，不想操心劳神了。

小戏子就像河边插柳，食水不亏便长得快，一年不见竟蹿高了大半头，下巴颏儿挂在我的肩膀上，眼泪打湿了我的汗衫。

“大叔呢？”我捧起她的脸问道。

“半个多月……”她抽抽噎噎，“没回家了。”

“到哪儿去啦？”

“金裹银儿……逼得他……上天无路，入地无门！”

“父一辈子一辈的交情，怎么能翻脸成仇？”

“母老虎来啦！”我没有听见脚步声，小戏子却惊惊乍乍扯起我的胳臂，慌慌张张进屋。

门闩已坏，小戏子力气不小，把一口空缸堵住门。

“谁的自行车呀？”金裹银儿手提着马灯走进来，“小戏子，哪个贵客登门？”

我正要搭话，却被小戏子把嘴捂住。她压低声音，说：“你躲进里屋，蹲在炕沿下，不许吱声儿。”

金裹银儿又大喝一声，小戏子恶狠狠地答道：“屋里只有你小姑奶奶一个人！”

“你他妈的蹬鼻子上脸，是谁的小姑奶奶？”

“我是你的死对头儿！”

金裹银儿却扑哧乐了，说：“我不跟你这个小死丫头一般见识，又给你送来两张大烙饼，岗尖的一碗粉条子炖肉。”

“好草好料留着喂你那头麻叫驴吧！”小戏子满嘴荤话，“把我壮实起来又不能给你配种。”

“小骚货儿，你刚十一就屋里藏野狗，还有脸跟我说五道六？”

“小姑奶奶脚正不怕鞋歪，身正不怕影儿斜，你甭想没缝儿下蛆。”

“心里没愧那就不怕半夜三更鬼叫门，你敢不敢放我进屋？”

“我倒想把你请进来，只是手里这把菜刀不答应。”

“小戏子，我到城里找四梦，告你不守妇道偷汉子，三寸一张字条休了你。”

“四梦哥心明眼亮，不听你疯狗咬人乱汪汪。”

“小戏子，我把大槐树下的自行车扛走，扔进大河里！”气急败坏的金裹银儿，转身就走。

我明知金裹银儿这是调虎离山之计，心里并不惊慌，小戏子却搬缸开门，手舞着菜刀追出去。

等我出屋亮相，小戏子已被金裹银儿生擒活捉，解下小戏子的裤带反绑了她的双手，夹在胯下走回来。

“你身为村长，怎么能如此欺压一个弱小女子？”我毫不含糊地站在小戏子的立场上。

“原来是你这条丧家犬回来偷食吃呀！”金裹银儿哈哈恶笑，“快把我的马灯提进来，大碗肉端进来，我也算给你们摆个喜筵。”

“烂掉你的舌头！”我咒了一句，跑出去提灯端肉，也把我的礼物从自行车上拿进屋里。

我去而复返，却听见北屋里小戏子哭哭啼啼，金裹银儿唠唠叨叨。

推门声惊动了她俩，小戏子一声轻一声重地呻吟道：“拦住……四梦哥，别叫他看见……”

“坐在锅台上不许动！”金裹银儿在屋里向我断喝一声，又心疼气狠地数落小戏子，“上个月来过一回，怎么不早跟我说？往后一个月一回，你不学会自个儿收拾，落得个血崩红山倒，不丢了小命儿，也一辈子活受罪。”

我在初中念过两册生理教科书，懂得在小戏子身上发生了什么事儿，一边赶快离开，一边多了句嘴：“千万要注意经期卫生，这可不是玩闹的。”

金裹银儿却怒喝道：“你把马灯递给我，滚出去！”

我退出门外，站在院里发呆，听屋里金裹银儿撕扯旧布，给小戏子兜裆缠腰，心情矛盾而又难以言状。

“四梦哥……进屋来吧！”小戏子颤弱地叫我一声。

我又沉了一会儿才走进屋里，只见明亮的马灯下，小戏子脸色惨白如纸，眼神暗淡无光，半腰搭着一床破棉被躺在炕上，一见我走进来便把脸儿埋进枕头里。

金裹银儿却是脸上放光像抹了油，一副春风得意的气色，身子强壮得像一匹辕马，裤褂没有一块补丁，心满意足而显得富态，当了村长就是气象大变，与众不同。

“你为什么把进锅叔逼得无路可走，有家难回！”我怒气冲冲问道。

“你别狗咬刺猬乱插嘴！”她板起面孔，大有威势，“进锅大叔不走正路，跟着一伙粮食贩子蹚浑水，人家偷驴他拔橛儿，炒豆大家吃，炸锅是他一个人的，犯了案又东躲西藏不到政府自首，我这个当村长的难道不该大义灭亲？”

金裹银儿口气很大，态度强硬，不知不觉已经有了官架子。

我听过传达内部文件，严厉打击扰乱市场的粮食贩子不能手软；于进锅参加非法活动罪不容情，金裹银儿铁面无私，应该嘉奖。

“念他是初犯，只要知过能改，还是从轻处理为好。”我这几句话虽是在小戏子和金裹银儿之间打圆场，却也表现出政治右倾的苗子露了头。

“我在麻县长面前给进锅叔求了情。这一回宽大处理，重犯可就罪加一等了。”

“老麻在村里？”

“他今晚留在了区上，明天召开全区村干部大会。”

说起老麻，金裹银儿竟称之为他，亲昵得过了尺寸，他们之间的隐情也就不打自招了。

小戏子吃不得油腻，我打开点心匣子，叫她吃桃酥和绿豆糕；那两张烙饼和一碗肉，也就被我独吞，心想：“这些上等吃喝，只怕原是给老麻补身子，却被我这个有福之人捡了洋捞儿。”

“四梦，你吃着，我把儿子抱来给你看看！”金裹银儿一阵风而去。

烙饼和炖肉都走了味儿，我一点儿食欲也没有了。

小戏子照她的背影儿啐了一口，骂道：“借麻县长的种儿下了个野崽子，就像屁股上擦胭脂，见着谁都扒下裤子叫人家瞧两眼。”

我把筷子摔在地上，喝道：“小戏子，你嘴里干净点儿！”

“我亲眼见过他们……”小戏子咬了一下舌头，脏话儿没有脱口而出，“一会儿她把那个野崽子抱来，你一看就知道我不是说瞎话。”

我多少松了口气，又咬了一口饼，说：“这个私弊，天知地知，你知我知，到此为止。”

“她本想跟你生个儿子，有那么大福气吗？”小戏子嚼着桃酥哧哧笑，“麻县长像一只金钱豹子，跟这只母老虎正该配对儿。”

“住口吧！”我已经心烦刺耳，“你应该一门心思扎在念书上。”

“我就懒得听你这套老和尚念经！”小戏子翻了个身，面壁而卧。

这时，金裹银儿怀抱贵子，脚下生风跑回来。

“四梦，你看看！”她一进屋就把孩子捧到我的面前，“像不像你？”

这个出了满月不到百日的黑小子儿，虎头虎脑，方面大耳，剃光头留着个木梳背儿，穿一件绣着万字不到头的红兜肚，挂一条明光闪亮的长命锁，下身光着屁股，脚上却穿着一双猫鞋，五彩丝线的须子。

“像，像！”我心中有底，不怕做顺水人情。

“哪一疙瘩哪一块像你？”

“……鼻子。”

“这才是年少偏长了一双老花眼。”小戏子呸呸啐墙，“你是鹰钩鼻子，这个孩子是蒜头鼻子，种瓜能得豆吗？”

金裹银儿却听而不闻，又问道：“还有哪儿像你？”

我也就视而不见，说：“眼睛。”

“你是单眼皮儿，这个孩子是双眼皮儿！”小戏子又大煞风景，“种豆能结瓜吗？”

金裹银儿仍然自得其乐，问道：“耳朵呢？”

“大耳垂肩，不愧是刘皇叔的苗裔！”我为锦上添花，不惜大做伪证。

“给你的干儿子起个名字吧！”金裹银儿喜气洋洋，“麻县长也夸你才高八斗，把起名字的这个美差留给你。”

我不假思索，说：“眼下正提倡兴办农业生产合作社，这个孩子就叫合作吧！”

“好！麻县长明天开大会，就是号召每个村都试办一个合作社，以点带面。”金裹银儿眨巴着眼睛，嘴里咂摸滋味儿，“合作，合作……四梦你骂人不带脏字儿！”她像被蝎子蜇了似的叫起来。

“脏心烂肺的女曹操，我怎么骂你啦！”

“你分明说这个孩子是合作出来的，我那一亩八分地撒的是外姓人的种儿。”

小戏子哼道：“一点儿也没有冤枉你。”

“换一个吧！”

“那就叫留住、锁住、拴柱、铁柱……”

“这些名字都俗气，要个带政治性儿的。”

“万众一条心，黄土变成金，叫万众很好。”

“万众……万种儿……你还是骂我呀！”

这位女村长虽不会断章取义加罪于人，却很善于从谐音的联想上找毛病。我摊开双手，苦笑道：“如果我不是江郎才尽，那也是黔驴技穷，你另请高明吧！”

“你满肚子墨水都是黑的，麻县长赤胆忠心有好词儿，明天我求他想一个。”听话听音，金裹银儿找我起名字本来就是走个过场。

“麻县长也是你这个贵子的干爹吗？”小戏子不动声色地问道。

“这个孩子落生那天，麻县长正住在我家，当场就认了干儿子。”金裹银儿得意忘形说漏了嘴，正给小戏子抓住把柄。

“嘻！”小戏子阴阳怪气，尖声一笑，“爹多娘少，还是万众合作呀！”

“小戏子，你一支一支放冷箭，别当我耳聋心瞎是个死树桩子！”金裹银儿恼羞成怒，也是忍无可忍，“七岁看大，八岁看老，我一眼就从你脑瓜顶看到脚后跟，你长大了要不是个水性杨花的贱货，剜出我的眼珠儿当泡儿踩。”

“金裹银儿，大骒马，你给我滚出去！”小戏子不顾体面，暴跳而起。

金裹银儿却一屁股坐在炕沿上，说：“一个十七的半大小子，一个十一的小毛丫头，我怕你们合作吃生果儿；村长改当看青的，我今晚上留下站岗了。”

小戏子本不是一盏省油的灯，金裹银儿的反唇相讥，更是添油拨捻子。金裹银儿说一句她还十句，字字有毒刺儿，句句带腥味儿；二女对骂有如一场核战争，我夹在中间左右为难，只得趁她们无暇他顾之时悄然离去，仓皇出村，自行车沉重得像铁甲车。

22

鱼菱村和方圆左右的几十个村庄，解放前没出过一个大学生，解放后我是头一个大学生；真可谓蟾宫折桂，金榜题名，鲤鱼跳了龙门，一帆风顺平步青云。

万般皆下品，唯有读书高。一位教私塾出身的小学老师，是个在本地颇有威望的土圣人，他说科举制度虽然废除，洋学堂的等级也还是科举制度的新瓶装旧酒。高小毕业等于考取秀才，中学毕业等于中了举人，大学毕业等于进士及第，得了博士学位便是钦点状元，天子门生。

我的祖父一心要改换门庭，指望儿孙们诗书起家，可也不敢想一步就能登天，寒门小户出个洋进士。清末北运河东岸出过一个康举人，被老百姓敬畏如神，人前背后都尊他举人老爷，不敢提名道姓。我的祖父说他虽不是孔门七十二贤人之一投胎，也敢保是三千弟子中的某一人转世，其实不过是个“中学毕业生”。所以，我考上大学，而且考入全国最高学府，在我的乡亲父老眼里，我便是北运河前不见古人的文曲星，康举人跟我比起来也是黯然失色，没有什么了不起。物以稀为贵，我很神乎其神地风光了好几年，颇享受了一点小小的个人迷信的美味。

但是，青云直上便不知天高地厚，我忘了北运河上顺风顺水最能翻船。触犯天条，龙颜大怒，我被划了右；一九五八年暮春时节，戴上了世袭罔替的铁帽子，身背党籍、学籍双开除的处分，沦为贱民，南柯梦碎。

我无处可去，无路可走，只有回到我那呱呱坠地的鱼菱村，土里觅食，苟且偷生。

从划右到处理，熬煎了七个月，白天痴痴呆呆像丢了魂儿，夜晚在床上翻饼睡不着觉；吃饭味同嚼蜡，喝水塞牙噎嗓子，瘦得比田野上吓唬黑老鸹的稻草人多一口气，不用化装就能扮演无可救药的痨病鬼。

我像一具行尸走肉，感到无颜见乡亲父老，更厚不起脸皮跟小戏子见面。

从考上大学到被赶出大学校门，我早已从思想感情上背叛了我这个小未婚妻，小戏子一年比一年人大心多，我的变化都被她摄进眼里。

四年前报考大学的时候，我听说罗莎另有安排，被保送到一所并不对外招生的外语学院，头上像挨了一棒，心上像插了一刀，才发觉自己早已爱上了这个文静冷色的南洋侨女。三载同窗，朝夕相处，虽然接触交谈不多，但是一个目光，一个微笑，最能流露我们之间的心心相印。铁的校规，严禁恋爱，我在行动上不敢越雷池一步。我那斩不断理还乱的童年婚约，更在我和罗莎之间隔断一道鸿沟，阻碍我们互诉衷曲。罗莎每个周末都乘晚车到北京去，星期一才坐早车回校上课，难道她在北京有个男朋友，而且是在铁路部门工作？寒假和暑假，她总是提前一两天离校，开学一两天之后才匆匆归来，难道她是陪伴男朋友走遍全国，游历名山大川？我听几个女同学问过她，周末和假期到哪儿去了，做什么去了？她都答道："补习外语。"然而，补习来补习去，她的英文水平在全班并不拔尖，可见其中有假。于是，我就更觉得她可疑而又难解，像烟雨迷雾中的庐山，难识真面目。一想到今后要跟罗莎天各一方，也许从此竟是永别，便丧失了理智，跑到女生宿舍，想找罗莎一吐为快。但是，黄鹤不知何处去，此地空余黄鹤楼。我四处打听罗莎的下落，才知道罗莎具有双重国籍，命运不由自主，也就杳如黄鹤，踪影皆无。

我带着罗莎的影子走进大学，入学之后便向同学们宣告了已有未婚妻，脖子挂上一道护身符。然而，我向同学们描绘的未婚妻形象，整个儿是以罗莎为原型，没有一点儿小戏子的因素。不过，我还不敢漫天扯谎，不得不承认我那罗莎化的未婚妻，是个柴火妞子。

这道护身符避了一年邪，自欺欺人的心造幻影渐渐稀薄模糊，最后像曝了光的底版一片空白，我的眼睛才看见同班的女同学。她们有的已是孩子妈，有的虽不是孩子妈却也是罗敷有主；有的性情孤僻而老气横秋，有的盛气凌人令人望而生畏。只有一位跟我年龄相同，志趣相近，而且对我"东边日出西边雨"；然而她的模样儿酷似小戏子，一跟她接近就像眼前摆着一面镜子，照见我的脸上有道德败坏四个字若隐若现，慌忙把头埋进沙子里。

五十年代万恶淫为首，在本单位出事就更为犯忌，我想偷吃禁果而又怕身败名裂。腹诽者诛，意淫有罪，我得清心寡欲，心如枯井，像守望门寡的黄花女儿守身如玉，挣一座贞节牌坊。

但是，禁果令人垂涎，我老想咬一口，尝一尝。所以，我的守节有如怀抱一颗定时炸弹，如果不被降旨划右，早晚也得被这颗定时炸弹炸得粉身碎骨。两两相较，当时我觉得划右比失节更上算一点儿。

墙倒众人推，破鼓乱人捶，我已经是孤家寡人，惊弓之鸟。变脸改口的，添枝加叶的，火上浇油的，落井下石的……这几个月我见得多了。小戏子又将如何呢？只怕凶多吉少。

我在鱼菱村外青纱帐中的一座坟圈子里，直蹲到漆黑的夜色能给我遮羞，我才深一脚浅一脚偷偷进村。

想不到我一进门，小戏子竟是笑脸相迎。

小戏子和她爹于进锅，仍旧住在我家老宅北房，她家和蓝袜子家界定了各自的占用范围。北房三间，西厢房三间废墟，正院的大半个院子，路南菜园的西半球，小戏子家占用。东厢房三间、跨院的三间棚屋和整个院子，路南菜园的东半球，蓝袜子家占用。我家搬进北京城内多年，只有我的根子扎在鱼菱村，我家跟鱼菱村才算藕断丝连。

小戏子已经吃过晚饭，正在一盏孤灯下编柳筐；于进锅给村里看青，扛着柳叶枪下田巡夜去了。

“我算定你这几天就回来！”小戏子接过我的行李，扔在炕头；又拿起剪子，剪了剪灯花，灯光明亮起来。

灯光中的小戏子，像一棵头一年开花的三春桃李树，她已经十六岁，是个半生不熟的大姑娘了。

“叶落归根，狐死首丘呀！”我声调悲凉地哀叹一声，一屁股坐在炕沿上。

“从上大学，你就像不插架的黄瓜秧，越爬越高，越爬越远啦！”小戏子手捧洗脸盆站在我的面前，满脸怨恨神色，“断了线的风筝能落到生身之地，全须整尾没摔个粉身碎骨，你就该烧香磕响头，谢主隆恩。”

我只擦了擦脸，问道：“你可知道我闯下的是塌天大祸？”

“这几个月，风言风语灌满了我的耳朵。”小戏子蹲在炕沿下，低头给我脱鞋扒袜子洗脚，“都说你惹得龙颜大怒，不满门抄斩，也得坐牢杀头；我夜夜梦见……你被五花大绑，坐木笼囚车，刀斧手把你押赴刑场，我披麻戴孝……夹着一领苇席……给你收尸……”她的脸贴住我的膝头，泣不成声。

我那冰坨石块子的心窝，一阵滚烫一阵疼，垂下脑壳跟她头顶头，哽咽着说：“死罪虽免，活罪难熬呀！”

“你二十出头儿正当年，土里刨食饿不死。”

“头上戴着铁帽子，心上压着磨扇子……”

“我摘不下你头上的紧箍咒，可能搬开你心上的大磨盘！”小戏子托起我的下巴颏儿，一手点着我的鼻梁子，眨着一双噙满泪花的笑眼儿，“我吉星高照，你才一步登天；我咒你马失前蹄，你就头朝下倒栽葱。从今以后，你搬进我的鸡笼里趴窝儿，也能快活一辈子。”

“傻丫头！”我扶直她的身子，她一头扑进我的怀里，“我的罪过十恶不赦，株连九族，六亲吃挂累儿，你年岁还小日子长，不能跳这个火坑给我当陪葬。”

“我在你眼里老是生瓜、青杏、酸葡萄！”小戏子扯过我的一只手，压在她遮胸的红兜肚上，“你摸一摸，掐一掐，捏一捏，我一胎生俩，奶也够吃。”

“还是给我一碗剩粥，填一填我的肚子吧！”我从红兜肚上抽回手来，“我困得四肢无力像抽了筋，连睡三天也解不了乏。”

她想烙饼炒鸡蛋，我却没这个吃兴，一口气喝下半大碗凉粥，爽口而又清心，舐着嘴唇叹道：“好吃还是家乡饭呀！”

“心爱的就不是家乡人了。”小戏子甩了一句酸溜溜的闲话，真好像把一颗青杏塞进我嘴里。

“我回鱼菱村是想远离尘世，怎么头一天你就扰我耳根子不得清静！”我气呼呼地搬起行李，想从小戏子的西屋搬到丁进锅的东屋。

“你就住在我屋里！”小戏子堵住门口，一脸的霜花冰凌子，“我今晚上要给你开肠破肚，掏你的心窝子。”

“你是想把我逼死！”我不硬碰，也不服软儿，扒下汗衫长裤，只穿裤衩背心，打开行李铺在炕上，倒下来就散了架，脑瓜子像掏空瓤子的秋葫芦，闭上眼睛不大一会儿，在熏蚊子的艾蒿烟中昏迷入梦。

23

几个月把我整得七死八活，神经出了毛病，每晚的睡眠都惊吓而醒，发出惨叫。有时好像被人从十八层高楼的阳台上推下来，有时好像走在悬崖上滚了坡，跌下黑咕隆咚的万丈深渊，有时又像行走中桥断两截，失足落水卷入大河漩涡。今晚我梦见的是老宅房倒屋塌，一架大柁砸在我的身上。我的惨叫声惊动了睡在她爹屋里的小戏子，从东屋冲入西屋，跳上炕把我拦腰抱起，连连呼唤我的名字："四梦哥，醒一醒！是梦见恶狗咬了你，还是梦见火蝎子蜇了你？"她一边轻声低唤，一边摩挲我脑瓜顶上的天灵盖子，给我收魂定神儿。

我从梦魇中挣脱出来，就像爬出了被活埋的坟坑，满身冷汗，四肢无力；翻了翻眼皮，转了转眼珠儿，看见窗外的夜空嵌着半个月亮，像一堵黑墙上挂着半块摔碎的镜子，照见我面如死灰的半边脸，脸颊上刺着黑字，一副贼配囚的死相。

凉飕飕的夜风阴气森森，窗外花影摇曳像鬼影幢幢，我的心一阵寒冷，手脚抽搐，哆嗦着嘴唇呻吟道："我……这辈子……毁啦！不如一死，早得超脱。"

"人活一世，草木一秋，不结个果儿也得留条根，怎能当个屈死鬼？"小戏子淌着眼泪劝道，"我从一岁许配你，还没做过一日夫妻，难道你忍心害我守女儿寡？"

"明天我找金裹银儿当见证，向进锅叔赔情退亲。"

"黑心贼，我叫你死在我的手下！"

发疯的小戏子，骑到我的身上砸夯，双手掐我的脖子又撕我的嘴，咬我的胳臂又拧我的腿。

从东厢房爬出来的蓝袜子，一直蹲在窗根下偷听，这时伸出了长舌，在窗纸上舔破个窟窿，睁一只眼闭一只眼，像在庙会上看洋片，两颗眼珠子像母鸡正要下出来的蛋，差一点儿从眼眶子里蹦出来。

"造孽呀！"我筋疲力尽地长叹一声，躲进月光照不到的炕角落。

“反正我是你的人了！”小戏子却一动不动躺在月光里，冷声寒气秋水脸儿，“成了两口子就得双丝搓成线，一心打算过日子。”

“我一头栽下鱼菱村，两脚落地还没站起来，哪知道该怎么走头一步？”

“那就听我的！”

“你是人民内部，我是敌我矛盾，怎敢不百依百顺？”

“水大漫不过鸭子，你是个阿斗我也不能眼里不睐你。”小戏子在我耳边吹起枕头风，“这三间北房，三间东厢房，跨院的三间棚子，拆小改大，宽打窄用，能翻盖成正房五大间，等收了秋就动工。”

“蓝袜子到哪儿去住呢？”我心里不乐意，却不敢口吐半个不字。

“她住咱家房子十几年，早该自个儿坐个窝了。”小戏子那斩钉截铁的口气，完全是以女主人自居，“到那时路北一座大宅院，路南一座大菜园。你照旧看你的书，写你的字，眼睛看累了，手腕子写酸了，就到园子里拔拔草，浇浇菜；你不是说有个姓肖的苏联作家，就住在本村不进城吗？”

不是我耳根子软，枕边的香风一吹就迷了心窍。小戏子那张嘴能画画，她给我展现的田园生活前景，令人大为动心，十分动情。不过，拿来跟肖洛霍夫在顿河月申斯克的大庄园相比，那就是三棱草跟钻天杨比个高低粗细，可笑不自量了。

我是个农家子弟，本没有多少狂想和多大野心，如果不是赶上新社会，进城念书还上了大学，也不过是走一条千年古道的泥腿子；最大的前程也只是念到县立师范，领下文凭当个小学教员，年过四十高升到镇上当小学校长，这辈子也就到了头，顶了天。我家只有几间老房，更没有多少田产，兄弟们长大之后分家，分到我名下的能有几何？两间房八亩地，只够两口人活命；可是我的祖父给我订下一大一小两房媳妇，三张嘴就只能稀粥烂饭榆钱饽饽，糠菜半年粮。没有避孕药，两房媳妇敞开肚子生；大媳妇金裹银儿至少五男二女，小媳妇小戏子打个折扣，男女各减一名，也得生五个。十二名儿女一个班，张嘴吃饭，伸手穿衣，难道我叫他们吃粉笔面子，穿草编的裤褂？

新社会改变了我的命运，头顶着高粱花子走进高等学府，登上了文坛。金裹银儿走自己的路，嫁给傻货大哥，摘下了我的一副铐；麻副县长亲手栽培她当村长，生了个贵子更是大全福人。土地入社归了公，合作化地尽其利，还免得弟兄们为争祖产伤和气。只剩下一个小戏子是块心病，我以逸待劳冷处理，早晚从她嘴里说出退婚二字另嫁他人，也就卸下了我的镣。

谁想祸从口出划了右，我被赶出学府撵下文坛，大学生和青年作家的桂冠是纸糊的，右字号的帽子是铁打的。过眼烟云，所剩无几，小戏子以身相许，我才不是孤家寡人。

小戏子构思的图画，我的脑瓜子里马上锦上添花立体化，眼前出现了那座改旧更新的大宅院。我要在门前栽种五棵伞柳，仿效不为五斗米折腰、拂袖挂冠而去的陶渊明，归去来兮做个当代五柳先生。黄泥墙上布满爬山虎青藤翠蔓绿叶子，热风吹来也能化作凉气；走进柴门是我家那数百年的老古槐，浓荫遮天蔽地，夏日炎炎可以在树下乘凉读书，吃饭午睡。五大间正房，一间是我的书房，一间是我和小戏子的卧房，一间是客厅，一间是仓房，一间于进锅居住。窗前都有葡萄架和葫芦架，沿墙都是桃、李、杏、梨、海棠树，墙外是桑、枣、杜梨，槐树。路南的大菜园，一畦畦的葱、姜、蒜，一畦畦的白菜、韭菜、莴苣菜，一畦畦的茄子、扁豆、辣青椒，还有一畦畦的黄瓜、南瓜、老倭瓜、西瓜、甜瓜、大面瓜。看园的窝棚浇园的井，田园风味水彩画。

“你把我起死回生啦！”我像久旱逢甘雨，打了蔫儿的禾苗又挺直了秆子抬起了头，“只当我是蒲松龄转世投胎，二十年后又是一条好汉。”

“你是一点过日子的打算也没有呀！”小戏子的手指戳了一下我的太阳穴，“什么爬山虎爬满墙呀？墙根下栽瓜种豆也是个收成，更不能叫花花草草糟蹋几亩大的院子；垒鸡窝，盖猪圈，修羊栏，又是几大笔进项。”

我这幅田园风味水彩画的立体画面，被小戏子泼了泔水洒了墨，大煞风景我也扫了兴。

“怎么才算会过日子呢？”我苦笑了两声，“磨坊的驴，还是听你吆喝吧！”

小戏子一只胳臂勾住我的脖子，打个滚儿粘过来，撒娇耍赖地哧哧笑道：“我是一心扑在你身上的小养汉老婆儿，割下身上的肉给你炒菜下酒都舍得；你大撒巴掌儿百事不管，油瓶儿倒了我都不用你来扶。”

她情愿养汉，我也就甘当阿斗。

蓝袜子这个女人，从小就爱蹲窗根儿，窃听偷看男女房事是她的一大嗜好。干这种勾当最见不得人，大饱耳福眼福，却不敢声张。如果小戏子不想把她从我家老宅扫地出门，她是不会到金裹银儿家告密的。

她走路比猫儿的脚步还轻，但是拔门闩开街门，忘了啐两口唾沫湿润一下，难免吱扭一声响。

“蓝袜子！”我惊惊乍乍爬起来，趴在窗眼向外看，“这个娘儿们一定偷听偷看，找村干部报告去了。”

“偷来的锣鼓敲不得，咱俩是夫妻不算奸情。”小戏子懒洋洋地哼道，“她敢报告金裹银儿，金裹银儿割下她的舌头，抠出她的眼珠子。”

“不怕一万，就怕万一。”

“你怎么给整得丢了魂儿丧了胆？”

“我是戴罪之身，你才十六岁……”

“十七啦！”

“虚岁不算数儿。”

“十六岁出门子的多着哩！抱头生的都有。”

“不到法定结婚年龄，男女不能私自同居。”

“我愿意，谁管得着？”

“金裹银儿是一村之长，就管得着你。”

“我还想管一管她的偷汉子打野食儿哩！”

“小不忍则乱大谋。”

“你把她当一碟菜，我可不夹她。”

“我得夹起尾巴做人，不想得罪她这个朝廷命官。”

小戏子打了个长长的哈欠，说：“单枪匹马我也破得了天门阵。”

这时，窗外扑通一声，像一只捕鼠的肥猫蹿下了房。

“有响动！”我推了一下又入梦乡的小戏子。

金裹银儿已经跳上窗台，把我们堵了窝。

24

村长这个官衔已经没有了，金裹银儿的官职是鱼菱村高级社社长。但是，她讨厌社长这个头衔不够风光，只觉得村长的官衔才是正宗。省长之下是县长，县长之下是乡长，乡长之下是村长，村长才是一脉相承的政府官员。社长官不官民不民，猴头上戴一顶乌纱帽，不过是个弼马温。鱼菱村的大人小孩都知道金裹银儿有个怪脾气，谁管她叫社长一定讨不到好脸子，喊一声村长却能大占便宜。

鱼菱村的大人小孩儿，背后不管金裹银儿叫社长，也不叫村长，通称一把抓。上至民政、治安、生产、钱粮，下至婆媳不和、妯娌吵架、兄弟分家、两口子狗撕皮、小猴崽子扒瓜偷枣，她都大包大揽无一不管，一锤定音说了算。

只有小戏子舌头带刺儿刀子嘴，只把金裹银儿当座泥胎不当神儿。

金裹银儿每天夜晚都带领几个民兵巡夜，蓝袜子一出门就碰见了她，从头至尾一口气报告了这桩花案。她怕闯进前门惊动耳聪目明的小戏子，这才蹿房越脊，自上而下，猝不及防，钻了小戏子的空子。

“平日里说三道四舌尖子蜇人，这回可自个儿打了自个儿的嘴。”金裹银儿站立窗台上，膀阔腰圆遮住了月光，人形虎影令人毛骨悚然，“孙猴子跳不出如来佛的掌心，你犯在我手里啦！”

“呸！”小戏子啐出一口唾沫，像一颗出膛的子弹。

“哎呀！”金裹银儿抢了个上风便自以为得计，没有心存戒备也就有懈可击；小戏子的唾沫飞来，吓得她慌忙躲闪，一脚蹬空跌坐在窗根下，屁股蛋子砸出脸盆大的坑，半晌爬不起来。

趁这工夫，小戏子眨眼之间穿戴齐整，冲出屋门顺手抄起一根烧火棍子，像武二郎抡起手中哨棒，劈头盖脸向金裹银儿打去。

“金裹银儿，你吵得姑奶奶睡不安生，姑奶奶就叫你长眠不醒！”

三个小戏子没有一个金裹银儿力气大，可是三个金裹银儿也比不上一个小戏子手黑；一座肉山的大母牛，惹不起一只豆粒大的牛虻儿。

“小骚丫头儿你疯啦！”金裹银儿忍痛一跃而起，握住小戏子的手腕子，“四梦给整得五劳七伤，刚回到家你这个狐媚子又采阳补阴；我是张天师捉妖，不能见死不救。”

小戏子的手腕子被捏得麻木，烧火棍子从手里掉下来，两眼却仍旧不减凶光，吵嚷着问道：“你这张嘴横竖都能用，也想吃一口唐僧肉吧？”

“我不想抢你这条护食狗的剩饭！”金裹银儿压低声音，“你在门外看住那个黄鼠狼蓝袜子，我进屋跟四梦说几句私房话。”

“一只眼看住她，一只眼盯着你！”小戏子脚站丁字步，摆出一副左右开弓的架势，“你跟四梦不许嘁嘁喳喳，一字一句都得叫我听得见。”

金裹银儿真想拿绱鞋的大针缝她的嘴，又怕被小戏子一口咬下手指头，强忍住一肚子火，气呼呼走进屋来。

我在东屋点起了灯，靠住墙吸烟，等着一场冰雹雨。

呼地一阵风，吹起门帘子，金裹银儿一步跨进门槛，却又猛地收住脚，像平地直立起一根顶梁柱；我好像被泰山压顶，紧闭二目免得眼晕。

忽然，我听见她的胸膛呼哧呼哧像牛喘，睁眼抬头一看，只见金裹银儿满脸滚泪珠子，滴滴答答砸脚面。

我站起身走过去，掏出手帕想给她擦泪，她一巴掌打开我的手，抹了一把泪水甩在我的脸上，溅到嘴里又苦又涩。

“你这个命小福薄的冤家呀！”金裹银儿伸出利爪撕我的嘴，“你上了大学出了名，河东河西拔了尖儿，怎能身在福中不知福？大鸣大放是个陷马坑，你怎么就有屁憋不住？出头椽子头刀菜，这辈子熬到哪一天才能时来运转？”

“我一不吃后悔药，二不想东山再起，只求能在鱼菱村吃一碗安乐茶饭。”

“沤烂了满肚子的学问你不可惜吗？”

“人生忧患识字始，我变成了文盲才算孽根除净。”

“不要笔杆子手不痒痒吗？”

“我下定决心跟笔墨绝缘了。”

“撸锄杠挣工分，够你的嚼裹儿吗？”

“全靠小戏子养汉了。”

“你真想跟小戏子结婚？”

“是她自个儿愿意，我并没有死乞白赖。”

“今生无缘还是等来世吧！”

“此话怎讲？”

“她想嫁给你，政府也不许你娶她。”

“哪一家的政府？”

“贾书记的政府。”

“是贾文德吗？”

“正是他，开春升了官儿。”

基层建制撤区划乡以后，贾文德从区公安助理员改任乡公安助理员，官职上又降了一等，低了一格。此人一贯违犯政策，嗜酒好色，手脚很不干净，名声臭不可闻，怎么忽然骑着二踢脚上天，一下子连升三级呢？我跟金裹银儿坐下来说话才知道，县里开展反右斗争，副县长老麻只因和我是老朋友，曾有书信往还，被贾文德一口咬住，划了个中右，差一点戴帽儿，降为县办国营农场副场长，在北运河西岸干涸了的延芳淀盐碱洼子上，开荒改土种稻子。

“这是公报私仇！老麻给我写的信，没有一句出格的话，县里怎么不找我调查做证呢？”

“你们那个大学倒是来人找我调查你，不过是想叫我昧着良心给你罪上加罪。”

“我那位老同学管家婆儿，跟老麻本来就不是同林鸟，大难临头还不各自飞呀？”

管家婆儿当年跟贾文德离婚，改嫁副县长老麻，我早就担心是个隐患。

“那娘儿们虽没走马跳槽，可骑在老麻的脖颈上撒尿，还得逼着老麻当龙井香茶喝下去。”金裹银儿愤愤不平，却又有气无力。

工于心计的管家婆儿，是一座政治气象台，最会观测政治气候的阴晴冷暖。她出身不好，也就事事提防，处处戒备，起自青萍之末的小风，她也打喷嚏。大鸣大放一开头，乍暖还寒早春天气，她便猜疑将有一场狂风暴雨。别人热昏得敢怒敢言，敢哭敢笑，敢吵敢闹，她却一言不发，一声不吭，死气不出。等到反右斗争的大戏一开锣，她便不失时机，闻风而动，抢攻在前，一马当先，打响了头一枪。运动过后论功行赏，她被提升为人事科长，深受信任，得到重用。老麻虽被降职，却未被开除出党，没有充分的政治原因，离婚只能招来骂名。不过，在家庭地位上，她倒转了乾坤，把老麻踩在了脚下。

老麻只得将金裹银儿忍痛割爱了。

“管家婆儿比她的前后两个丈夫高明得多，仕途必有更大得意。”我心情郁闷地慨叹一声，“按下管家婆儿不表，还是书归原文正本，接着说贾文德这只中山狼吧！”

“你帮我我帮你，一文一武一条心，扳倒贾文德的金交椅！”金裹银儿咬牙切齿，眼里冒火苗子，“给老麻报了仇，也替你除了害。”

我慌忙摇头，说：“我是个罪人，当不了你的帮手。”

“你犯了什么罪？”金裹银儿铁青着脸。

“反党。”

“这屋子只有咱俩，窗外听得见的是你那下扇儿小婆子，手心手背都是自家人；你双手扒开胸窝子，嘎嘣脆响说句良心话，你反党没反党？”

“人家说我反了，我也觉得……好像……反了。”

“你怎么就没有自己的主心骨儿呢？”

“我说没反，过不了关。”

“屈打成招不是也没减罪吗？死不认账还落个好汉子的名声哩！”

“压力太大，我顶不住。”

“挺不起裤裆的软胎子，我恨不得啐一口唾沫淹死你！”

她那一连串的辱骂，惹起我的愠火，赌气地说：“你是鱼菱村的一方天子，杀剐存留随你的便吧！”

“你没反过我这个村长，在鱼菱村就不算反党。”金裹银儿出语惊人，天子口气。

“你自以为是党的化身呀！”

“在这块巴掌大的地界，我就是党。”

“你竟敢在党内占山为王！”

“四梦，我在鱼菱村没有开除你，你还是鱼菱村的党员。”

“不敢当，不敢当。”

“给脸不要脸！”

“我怕贾文德知道了，把我严加治罪。”

“你算地下党员，归我单线领导。”

“日久天长露出了马脚，别的党员向上报告呢？”

“他们都是我亲手发展入党的，个个忠心保主，谁敢泄露就是叛徒，我轻饶不了他！”

“瞒得过蓝袜子的猫眼狗鼻子吗？”

“那娘儿们是我的走狗探子，胆敢背着主子卖人请赏，我不许她给我溜沟子捧臭脚，她就别想在鱼菱村狗仗人势，到处捡便宜。”

好家伙！我心中暗道，原来蓝袜子是金裹银儿的特工。

她盘腿坐在炕沿上，叫我给她点烟，说：“你这个党员是地下牌的，当社员也是暗门子户。”

“这叫什么话？”

“贾文德要给你个下马威，郎串秧儿要打你的杀威棒，你不能住在老宅，等着祸从天降。”

“搬到哪儿去？”

“河边码起三捆茬子，暂住一时吧！”

“金裹银儿，三捆茬子码狗窝，你跟你的野汉子钻进去趴着吧！”小戏子在窗外骂起来，“你把四梦发配到河边，是想人不知鬼不觉害死他，扔下大河尸骨不存，反咬他是投河自尽寻短见。”

“小戏子，你花花肠子鬼点子多，刚才这一番话反倒点醒我嘱咐四梦，小心你这个养汉精谋害亲夫！”金裹银儿嗽了嗽嗓子一声令下，“我打发四梦到河边看林子，为的是避人耳目，又免得风吹日晒；没有我的许可，你也不能去找他。”

“多谢村长赏给我这个美差！”我装出一副千恩万谢的模样儿，“我跟小戏子不公开来往，但是可以地下活动。”

“还是不见面的好！”金裹银儿冷酷无情，“把肚子鼓捣大了，我的巴掌给她捂不住。”

“你有不叫肚子鼓起来的高招儿，关上门传授我几手吧！”小戏子尖酸地冷笑道，“是吃寒霜草，生吞蛤蟆骨朵儿，还是倒灌阴沟？”

啪！一个满脸开花的大嘴巴整抽了小戏子一个螺丝转儿，金裹银儿啐道：“你这是害四梦，不是爱四梦！我不能眼瞧着你毁了他。”

一向敢跟金裹银儿拼个鱼死网破的小戏子，竟打不还手，骂不还口。

25

我到河边看林子，很像豹子头林冲看守草料场。不过，我是地下党员，又是村长心腹，那身份可就比林冲高得多，处境好得多了。于是，我又产生一个幻觉，恍惚中好像自己就是当年的苏东坡，被贬谪到天涯海角的琼崖；河边高耸入云的那棵傻青杨，便也好似南天一柱，可以发思古之幽情而聊以自慰。

鱼菱村应该叫鱼菱自治村，虽不是针插不入水泼不进的独立王国，却也像梁山泊受招安，归顺了朝廷也改不了擅自做主的脾气。金裹银儿这个村长，出了村听乡里的，进了村乡里就得听她的。她是女中虎将，又有副县长老麻给她撑腰，过去的区政府和后来的乡政府，都不得不容忍她的独断专行，以下犯上。现在，老麻降了职，农场副场长只不过跟副乡长平级，金裹银儿失去了靠山；贾文德早就是她的冤家对头，上了台就想收拾她，两人便顶了牛，一场决战迫在眉睫。

金裹银儿调兵遣将，严阵以待，我回到鱼菱村正好给她充当刀笔吏，并且参赞军机。

她很会用人，真像是跟武则天学过手艺。能工巧匠人尖子，鸡鸣狗盗嘎杂子，她都能人尽其才派用场，恰到好处不糟蹋材料儿。四个被她吸收入党的人，全都是缩头男子闷葫芦，却又各有一技之长不是窝囊废。金裹银儿分配他们一个当会计，一个当保管，一个管后勤，一个管生产，各抱一角四根大梁。蓝袜子被她封为妇女主任，暗中却是她的窃听器。蓝袜子的丈夫佟宝庆，手无缚鸡之力却是油嘴滑舌，她就安排佟宝庆在社办公室当差，迎送上司招待来宾。小戏子是她的亲信中的心腹，心腹中的专宠，虽然年仅十六周岁，只当了个团支部书记，却常常受命代传圣旨，充当她的全权代表出席大会小会。于进锅一年四季看青巡夜，是她的带刀护卫。公公阎天贵总揽水塘和菜园，掌管着收入活钱的财路。婆婆大巧儿虽不下地挣分，但是东家子进西家子出，说媒拉纤管闲事儿，一方面替她收买人心，一方面也是给她收集情报。只有丈夫傻货大哥一直卖苦力，为她赚取了对待亲属不徇私，在劳动上起带头作用的好名声。这七个人加上我，可称是她在四梁之外的八柱。

派我看林子完全是因人设事，过去本来于进锅兼管，换了我也只是挂名儿，巡逻管事的还是于进锅。

鱼菱村外，沿河几里的沙滩上，野生野长的杨、柳、榆、桑、槐、枣，数百年生死荣枯，虽然一茬换一茬像割韭菜，却仍然长得十分茂密，自生自灭的乱草蓬蒿更填满了每一片空地。这么一大片林子只有几条砍柴打草、偷情野合的人踩出的羊肠小路，连独轮车也很难进入。当年的八路军游击队和抗日民主政府，每当日寇伪军围剿搜捕，便躲进这片杂树林子里秘密扎营，隐蔽活动。后来，解放军切断连接京津二市的京津公路，袭击歼灭护路的国民党军，这片杂树林子埋伏了一个团和一个师部。鱼菱村家家户户烧火做饭，编筐织篓，盖房压顶，喂养牲口猪羊，木柴草料都取自这片杂树林子。金裹银儿当政以后，一改老例，自立王法，严禁私自擅动刀斧；直到残秋时节，每户都出人力，女的打草男的砍柴，交到村里过了秤，然后公平分配。鱼菱村的每个关口，都有金裹银儿的人马把守，角角落落都有金裹银儿的耳目；最后，家家锅里吃的，灶下烧的，也都抓在了她的手里。

过去看林子只不过在林子里遛腿儿，没有遮风蔽雨的窝棚；我被委任此职，是为了使我遁世隐居，少在人群中抛头露面。于是，金裹银儿亲自就地取材，带领傻货大哥、于进锅和小戏子为我砍树搭屋，里外两间，夹起篱墙，一天就完了工，比狗窝强多了。

我很知足，小戏子却不大高兴，整天都嘟噜着脸蛋子，找个碴儿就丧嗙金裹银儿几句，金裹银儿满脸挂笑不惹这个刺儿头。太阳落山，村头的炊烟和河上的水汽飘进林子里，弥漫开来像下起了浓雾；金裹银儿打发走了于进锅和傻货大哥，留下小戏子扫尾，她也一转眼不见。

“金裹银儿这是杀人不见血。”小戏子打扫折枝败叶和泥浆土块，吸溜着鼻子哭道，“你一个人住在这片林子里，夏天不给蚊子咬死，冬天也得给风雪冻死。”

“赶快回家给我做饭去吧！”我的肚子咕噜噜叫，“哪一天咬死冻死我不知道，眼下我可知道离饿死不远了。”

小戏子推门一看，炊烟水汽涨满了林子，忽然失声惊叫：“哎呀，天黑啦！”

我笑起来，说：“原来你是一只苇喳子，叫唤声大胆子小，我送你回家。”

小戏子却仍然不敢出门，说：“这片林子天黑鬼打墙。”

“神鬼怕恶人，我这个恶人能降妖伏魔，跟在我后面！”我气壮如牛，跳出门外，甩开大步就走。

小戏子不但没有形影相随，反倒直着脖子呼叫金裹银儿：“姐姐，你在哪儿？”

我拨马回头，却被暮霭夜色蒙住了眼，只能看见自己的鼻尖，算了算并没有走出多远，便原路而回一直走。

眼前一堵灰墙，不知有多高，也不知有多厚，怕一头撞墙只敢走小碎步；碎步子又碎嘴，不住声喊着小戏子：“别害怕，我回来啦！”没有想到迷失方向。我走得脚步趔趄，喊干了嗓子，仍然没有走到泥棚附近，也没有听见小戏子的回声，这才发觉误入歧途。“回朕车以复路兮，既行迷之未远也。”我想起屈原《离骚》中的两句，连忙一个向后转，却又好像脚下驾了云，又像站在上升的电梯上。我吓出一身冷汗，跺了跺脚，不知左旋右转，只觉得忽上忽下，忽前忽后，就像被大风吹得团团转的一棵乍蓬。突然，耳边听见哧哧笑声，笑声中颇带鬼气，我一阵心惊肉跳，又一阵头昏眼晕，咕咚栽倒，睁着大眼却心里糊涂。

饭菜香气钻进鼻子，马灯的灯光照见了金裹银儿的笑脸，我这才明白自己躺在泥棚里的苇席上。

“我不把你从鬼打墙里救出来，你转到天明也钻不出牛角尖。”金裹银儿把我扶起来，在我面前摆着烙饼、炒鸡蛋和腌黄瓜，还有一大碗绿豆汤。

“小戏子呢？”我问道。

“我把她领出迷魂阵，回家了。”金裹银儿架着腿在我身边躺下来，“小丫头片子从小就跟我犯刺儿，我把她骗到林子里砍柴打草，等她割得有了兴致，我悄悄抽身溜走；天一黑起烟雾，她想回家找不着来路，一整夜迷迷糊糊满林子转，这一回就吓破了她的胆，长大也怕鬼打墙。”

我扒着饭，夹着菜，喝着汤，说：“你俩都属马，二马不同槽，见面就又踢又咬。”

“又踢又咬更亲热，我们是臭嘴不臭心。”金裹银儿歇了歇腿，又爬起来点燃艾蒿绳熏蚊子，“你听我们骂起来，好像谁把谁剐了的心都有；真到生死关头，手拉手上刀山跳火坑，不眨一眨眼皮儿。”

我嘻嘻哈哈苦中作乐，说：“我这个落魄而归的浪子，火燎毛子一干二净，能跟小戏子白头偕老，也算一头栽在羊皮袄上，可以知足常乐了。”

“那丫头心高千尺，眼高万丈，你要是落地一摊泥，癞狗扶不上墙头，我可不敢担保她不变心。”

“花草树木一岁一枯荣，我哪年哪月才有出头之日，只有天知道。”

“蹲监狱坐大牢还有个年限，留党察看最多不过二年；你的罪过大一点儿，考验你四年也就差不多了。”

“借你的吉言，但愿如此。”

全校划右的同学，一类处分是开除学籍送劳教；二类处分是开除学籍监督劳动，以观后效；三类处分是保留学籍劳动改造，取消助学金；四类处分是保留学籍，校内劳动改造，取消助学金；五类处分是保留学籍，校内劳动改造，不取消助学金；六类处分是保留学籍，照常上课，接受群众监督，但是党团员要开除党籍和团籍。我被列为三类，送到西山的悬崖峭壁，开山凿石烧白灰。我是平原水乡人，见山就眼晕，爬山腿哆嗦，便打了个报告，申请留校在清洁队或基建队劳动；谁想又被扣上抗拒正确处分的罪名，开除学籍却不送劳教，那就只有卷起行李回村。活一天混一天，混不下去一死臭块地，肥一架葡萄，壮一棵玉米，也算对家乡小有贡献。

“娘打孩子，怎么打怎么有理，当儿女的逆来顺受吧！”金裹银儿一阵呜咽两行泪，“兄弟，你喝饱了墨汁，不能……沤臭在肚子里，写书的手艺，也别……扔荒了。”

满林子浓雾，满林子哭声。

26

我一口气睡到太阳烧红了屁股，满林子的浓雾早已消散，换上了明亮的阳光；我掀起眼皮睁开了眼，伸了伸懒腰挺了挺腿，把粘在苇席上的身子揭下来。

肚子咕噜噜叫。

花草的香气和鸟虫的啼鸣逗起了我的胃口，早饭我想吃贴饼子、高粱米稀粥，小葱拌豆腐和油盐扁豆丝儿；中午我想吃榆皮面轧饸饹，蘑菇、青豆、鸡蛋、黄瓜丁儿打卤；晚上我想吃发面丝糕、棒子糙粥、辣椒炒咸菜和腌苤蓝丝儿。这是我童年最馋嘴的饭食，进城上学最想念的饭食，放假回家头一天点名要吃的饭食。小戏了自幼住在我家老宅，最知道我的口味，这几年寒暑假我回村住些日子，也是她服侍我一日三餐的吃喝。我断定她已经把我想吃的早饭送到外屋，便匆忙穿上衣裳走出去，甩开嘴巴子美餐一顿。

谁想，外间屋只有昨晚扔下没刷洗的碗筷，爬满黑乎乎的蚂蚁，散发着酸臭的馊味。

我饿得在树林子里转磨，知了那刺耳的叫声更惹得我暴躁，连踹了那棵树三脚，知了凄厉飞叫而逃，山鸽子咕噜咕噜叫得我烦闷，我扒下一只鞋投向树梢，又吓飞了山鸽子。越转越饿出虚汗，肠子搓成了艾蒿绳，点火就冒烟。

晌午大歪了。

我想捉一只鸟儿烧了吃，一没有夹子二没有弹弓，我想找几个野瓜地梨压一压饥，钻遍了乱草蓬蒿也找不到；多亏我的提包里还有几盒香烟，回到泥棚屋里四仰八叉一躺，把大口大口的烟气吞进肚子里，装满了胃囊串肠子，麻醉出个虚饱。

从麻醉进入昏迷，从昏迷进入昏沉，从昏沉进入虚幻，虚幻中产生幻觉，幻觉有如白日梦。我喷吐的烟雾在泥棚门外化作一片流云，小戏子像仙女下凡出现流云中，流云像轻纱蒙着她的脸，缠绕她的腰，忽明忽暗，若隐若现。

“我快饿死了，你怎么才送饭来？”我大发脾气，怒叫一声。

“好一条四眼儿的饿狗！”这位下凡仙女的嗓音哇啦哇啦叫得像老鸹，伸出两只鸡爪子瘦手从布衫里掏出两个大奶子，嘴里发出啧啧叫狗声，“饿狗扑食，叼过去吃吧！”

我大吃一惊，从幻觉中清醒过来，门外站立的原来是蓝袜子，双手托着两个金黄肉厚熟透了的大面瓜。

蓝袜子像一只能下蛋的母鸡，孩子生得多，身子亏空大，三十刚刚出头儿，瘦得只剩皮包骨，满脸灰黄没有一点血色，头发稀薄遮不住脑瓜顶，嘴唇的两层皮包不住牙床子，滴溜溜的眼珠儿亮晶晶的像一只麻雀。

我接过面瓜啃了一大口，强笑道：“没想到你那虫蛀了的心还有个好窟窿眼儿。”

“四梦儿，你回村是一条绝路；树挪死人挪活，你听我一句良言相劝，还是鞋底儿抹油，赶快溜吧！”蓝袜子眼泪汪汪，却又鬼鬼祟祟。

“鱼菱村是我的生身之地，也是我的葬身之处，谁也别想把我逼走，谁也不能把我吓跑！”

“于进锅要告你回村头一天就犯案。”

“血口喷人！我陪他打这场官司。”

“贾文德跟郎串秧儿正想收拾你，你打这场官司是羊入虎口。”

“小戏子不会反咬我一口，他空口无凭没有见证！”

“我一出场就有了见证人。”

“从头到尾都落在你那双夜明眼里，是不是一个巴掌拍不响？你得不偏不向，说句公道话。”

“四梦儿，你还不知道我的人品？长这么大没说过半句瞎话。”

“你打算在公堂上怎么说？”

“放心吧！我一定上天言好事。”

“先睹为快，早听心安。”

“我敢拍胸脯赌人头作证，站在窗外眼见小戏子跟你滚打一团，你把小戏子打昏就宽衣解带……”

“你怎么谎话连篇呀？”

“我有言在先，没、说、过、半、句、瞎、话！”

“滚！”

蓝袜子扭头就跑，像一道鬼影眨眼不见。

我躺在一棵桑树下，绿荫中双手垫在脑后；天上白云苍狗，心中一团乱麻。跳进脑瓜子里的头一个念头，便是踏破铁靴也要找到罗莎。只因我有个小戏子，罗莎跟我才相亲而不相爱，现在，鱼菱村已不是我的世外桃源安乐窝儿，回村之前编织的五彩美梦，已经七零八碎，我可要上天入地寻觅，千里共婵娟了。天无绝人之路，哪一方的黄土不埋人，走吧！

我身背行李，眼看还有几步就要走出林子，突然从河边一簇水柳丛中，跳出一只拦路虎，喝道：“哪儿去？”迎头闷鼓一槌，只见于进锅死沉着一张脸，手中的柳叶枪寒光冷气，吓得我一个踉跄收住脚步；老丈人鬼打墙拦路，我跳不出这道铁门槛。

小戏子的爹，我这位岳父大人，是一杆不通气的旱烟袋，刀砍斧劈不开窍的死榆木疙瘩，头碰南墙不回头，钻牛犄角不拐弯儿。小戏子和我的婚事，他一会儿认可，一会儿变卦，三心二意，翻悔几回，没有金裹银儿强迫着他，不知他把小戏子许配给多少人。这二年小戏子人大心大，父女俩一口锅里搅马勺，天天马勺碰锅沿，一言不合能吵三天架，气得小戏子六天不给他做饭吃。

我像漏船偏遇顶头风，一下子泄了气，扔下行李翻了他一眼，说：“我要离开鱼菱村，不想挂在你们脖子上。”

“除了小戏子那个贱骨头，天下谁肯收留你？”于进锅突然像闷雷炸响，“许她收留你这个浪子，也得许我收养个干儿子！”

“您要不要干儿子，跟我说得着吗？”我强压火气问道。

“你能降伏小戏子许我认干儿子，我就答应你娶小戏子。”于进锅那条老牛舌头，忽然说起了绕口令儿，“你不能降伏小戏子许我认干儿子，我就不许你娶小戏子。”

“我要走了，不想管这些闲事。”

“敢！金裹银儿有令，不许你离开林子一步。”

“她是村长，不是牢头！”

“金裹银儿上管天下管地，她给我下令叫我管着你。”

我知道于进锅的脾气，金裹银儿拔下一根草鸡毛给他，他拿在手里便当尚方宝剑；如果我一意孤行，他能比牢头还霸道，敢像肉票房子的掌柜，把我捆绑起来关在泥棚屋里生痱子。

“您认了谁当儿子，惹得小戏子不答应？”我只得换个话题，讨他的欢心。

“没爹没娘的马挂钱儿，今年十三啦！”于进锅那僵硬死板的脸上，难得出现了笑模样儿，“眼下就在社里挣分，一不吃我二不穿我；白得个儿子养老送终，正好比弯腰捡起个元宝，天上的馅饼掉进嘴里。”

金裹银儿出嫁之前，收养了孤儿马挂钱儿，给他改了姓，本来想把他拉扯成人，牵萝补屋替娘家应门立户，所以出嫁之后也把他带在身边。后来，金裹银儿得了儿子，又当了村长，也就冷落了他。他从小看够了大巧儿的脸了、阎天贵的白眼，饱尝金裹银儿的小叔了的拳头、小姑子的啐骂，只念了三年小学便到社里当牧童，从金裹银儿的翅膀下飞走。他白天到河滩上放牛，天天碰到看青的于进锅，夜晚跟佟宝庆搭伴，睡在社办公室。一天三顿饭，有时是自己做饭吃，有时是混饭吃，还有时是偷饭吃。身上的衣裳，都是金裹银儿的小叔子穿剩的，补丁虽多，却不露肉。这个小子鬼头蛤蟆眼，邪门歪道颇有出奇之处。他念书不用心，押题却十拿九稳，考场上眼角溜瞅一下邻桌，就能一字不误抄下别人的答案。他赌钱闹鬼，无师自通，眼珠儿左一扫右一瞄，上下家的牌全都偷看眼里，一副新牌只要一过他的手，每张牌都留下他的记号。他虽是个秃小子，绣花兜肚却比二八少女还手巧，常给坐月子的小媳妇缝虎头鞋，缀百家衣。谁家有红白喜事，他扎花朵糊烧货；正月新春走高跷跑旱船，他都是不可缺少的好角儿。马挂钱儿走高跷的师父是于进锅，可算是穿堂入室的得意高徒；小戏子人俏手儿懒，马挂钱儿便替她拆洗缝补，包揽了于进锅的冬棉夏单和脚下鞋袜。

我答应说服小戏子同意收下马挂钱儿，又问于进锅道："小戏子到哪儿去了，怎么一整天不照面儿？"

"她陪王伴驾，跟着金裹银儿到乡里开会去了。"于进锅拎起我的行李，把我送回林中泥棚，"听说全乡要办个公社，村村一口锅里吃饭，从今以后金裹银儿更掐住全村几百口人的脖子啦！"

"我的脖子早就掐在她的手里，今天还水米没打牙哩！"我从小到大是个娇哥儿，屈不了尊，丢不了脸，放不下架子，受不了委屈；一想起金裹银儿和小戏子到乡里开会就忘了给我做饭，便又恼怒起来。

"金裹银儿临走之前，亲手做一大海碗绿豆凉糕，拌得了十全佐料儿，叮嘱蓝袜子傍晌时分给你送来呀！"

"她只给我送来两个面瓜。"

"这个馋嘴的娘儿们！绿豆凉糕进她的肚子了。"

"干爹，是我偷吃啦！"乱草丛中一串笑声，嬉皮笑脸的马挂钱儿探了探头，"那娘儿们送饭走到半路上，把绿豆凉糕放在路边树荫下，钻进瓜田里偷瓜，我就……嘻嘻！晚饭包在我身上了。"说罢，他一缩脖儿逃走。

27

我从林中泥棚转移到金裹银儿家里，闭门造车赶写民歌，当起地下御用诗人。

那天晚上，我倚门而立，等马挂钱儿送饭，金裹银儿手牵着小戏子风风火火跑来，见面说了声：“快走！”便进屋收拾行李包裹，席卷零碎东西。说时迟那时快，金裹银儿三脚两脚踹坍了泥棚，两人把我挟持而去。

一出林子又钻进青纱帐，青纱帐中有一块瓜田，瓜楼下有人吵吵嚷嚷。

“串秧儿，我到了嘴的过水面被人偷走啦！”看园的何老爷子，大喊大叫，急蹦乱跳，“你是乡里的巡捕马快，好比彭公帐下的白马李七侯，施公的义子干儿黄天霸，你得给我把偷过水面的毛贼擒拿归案。”

从我出生到全国解放前夕，鱼菱村有六七家八九人，大旱大涝之年背井离乡下关东，何老爷子便是其中的一位。此人虽然只有四十多岁，在鱼菱村的辈分却高，不少人管他叫何老爷子。他卜关东二十八年，挖过人参种过地，当过胡子淘过金，娶了个鹰鼻鹞眼的胖大白俄娘儿们，家住松花江大草甸子的一个小屯里。三年前苏联颁布大赦令，那个白俄娘儿们马上跟他离了婚，带着和前夫所生的两男二女回了国，撇下跟他所生的小女儿，他也北雁南飞，带着五岁的小女儿回到鱼菱村。这个混血的小姑娘，只有一对绿眼珠儿是俄国的。

“何把式，谁偷了你的过水面，你心里没个数儿？”郎串秧儿大口吞吃着西瓜，洒汤漏水地问道。

“我猜个八九不离十，只怕是马挂钱儿那个小兔崽子。”

“你心口不一，嘴上说的不是心里想的。”

“那么你猜是谁？”

“刘四梦！”

“四梦在北京念大学，没听说他回村呀！”

“你跟小戏子一个腔调，都唱的是金裹银儿教的曲儿。”

“我越听你的话越糊涂！四梦是个文墨书生大学士，燕窝鱼翅当小菜儿吃，犯不上偷我的过水面，腌臜他的嘴。”

“他是个逃犯，躲起来不敢见人，饿急了敢吃死猫烂狗蚧蛤子。”

“四梦躲在哪儿？”

“我看他猫在这片林子里。”

“那你就进林子替我搜一搜，给我把大碗找回来。”

青纱帐中的小戏子扑哧一笑，说：“这个老毛子女婿真会耍贫嘴。”

“轻声！”金裹银儿搡她一掌，“老家伙正给郎串秧儿下夹子，明早才有好戏看。”

金裹银儿家一门二院，老院子又套了个新院子；老院子里住的是公、婆、小叔子、小姑子，新院子里住着金裹银儿、傻货大哥和她的宝贝儿子。新院子刚有三间正房和两间厢房，奇怪的是三间正房半砖半坯，两间厢房却是扁砖到顶，窗前一大棵海棠树，挂满了的果子还没有晒红了背儿。

“这是过去老麻蹲点的住处。”金裹银儿推开房门，屋里已经点起一盏二号玻璃罩煤油灯，照得窗明几净，“从今以后你就是他的替身，给我当军师吧！”

她俩到灶上做饭炒菜，我进屋躺在炕上等吃。

金裹银儿自从当上村长，常常不能按时回家吃饭；她不回来，公、婆、丈夫、小叔子、小姑子便不敢动筷子。婆婆大巧儿为人乖巧，看出儿媳妇是摆谱儿端官架子，便另给金裹银儿做偏饭吃，也免得全家每顿饭都饿着肚子，咽着唾沫等一个人。后来，副县长老麻到鱼菱村蹲点住她家，每天米面酒肉，金裹银儿陪客，新院子便立起了小灶。

一会儿，金裹银儿和小戏子端来八盘菜，一壶酒，两只酒盅，三副碗筷，一盆过水面，小炕上摆下红漆炕桌，我们盘膝围桌而坐，小戏子给我和金裹银儿满上了酒。

“八个碟子喝酒吃面，你们这是款待新姑爷呀！”我嬉笑着拿起筷子。

金裹银儿跟我撞了一杯，说：“四梦，别看你是一条丧家犬，天生的偏有吃肉不吃屎的福气，三天之后我叫你天天吃二八席。”

我只当她拿我开心取乐儿，也玩笑道：“你把我当老麻看待，我可不如老麻中用呀！”

“你当是我从身上割肉，喂你这只白眼狼呀！”金裹银儿红了脸，眼神里流露着霸气，“贾文德找各村的头脑开会，三天之后成立公社，各村在这三天里要办三件大事，头一件就是办起食堂，我要在全公社抢个上风，打响头一炮，每天都叫乡亲们吃得像过年。”

“二一件呢？”

“深翻百亩地，每亩施肥一千斤，明年亩产万斤粮。”

“你刚喝了三盅酒，怎么就说起了醉话？”

“鼓足干劲，力争上游大跃进，敢想敢干嘛！”

“那么，三一件呢？”

“人人要写一首诗，全公社要开个万人赛诗会。”

“写诗可不像吃二八席，张口就一首呀！”

“有你这个行家，我还怕不能独占花魁吗？”

“写小说的人写诗，好比唱京戏的反串歌剧，虽不隔山也隔墙。”

“耍笔杆子的都是一路货，好比我跟小戏子都是娘儿们家，不用拜师学艺也会生孩子。”

“我给你跟小戏子诌两首吧！”

“全村男女老少四百五十六口，你都得包下来。”

“掏空我的肚子剥下我的皮，也榨不出那么多的油水。”

“你不包下来我不给你饭吃！”

“我又不是母鸡，一把米换一个蛋。”

“这是军令！”

“我小时候叫狗咬破了胆，你龇牙瞪眼能吓死人。”

“成立了公社，组织军事化，生活集体化，行动战斗化，我是鱼菱村的连长，说话就是军令；军令重如山，你敢不服从？”

“我心有余而力不足，难以从命。”

“你懂得命令二字怎么讲吗？”

“三人行必有吾师焉，还是请连长给我说文解字。”

“命令命令，你不服我的令我就要你的命。”

“杀剐枪崩，你瞧着办吧！”

“我把你押送白旗营！”

“这又是谁家的番号呀？”

“成立公社以后，人分上、中、下游三等。”我跟金裹银儿斗口，小戏子脸上挂着嘲笑，坐山观虎斗，节骨眼儿上插了嘴，“上游是红旗，中游是蓝旗，下游是白旗；各村戴帽儿的地、富、反、坏、右分子，公社统管起来当苦力，就叫白旗营。”

“营长就是郎串秧儿，你怕不怕？”金裹银儿嗞一口酒，吧一口菜，斜眉吊眼溜瞅着我的脸色。

过了文昭关，又进鬼门关；不到西山凿石头烧白灰，回到村里仍要被污辱受熬煎，我的脸色一下子惨白，冷汗哗哗淌下来，扔下筷子倒在炕上。

“还是答应写诗吧！”小戏子把我抱起来，像哄小孩子，“你不赏母老虎的脸，可不能不帮我的忙。”

“这出戏里你扮的哪个角儿？”

“我是咱村赛诗队的队长。”

“三天我写不出四百五十六首诗。”

“你不是念过《千家诗》吗？添一句减一句，换个字改个词儿，就能交差。”

“文言字话就露了马脚，要改得像柴火妞子的小曲儿，庄稼汉的小调儿。”金裹银儿瓷了瓷眼珠儿，顺口就溜出了一首，“比如‘七月里呀七月七，大姑娘穿红挂绿走亲戚，半道儿上碰见个当兵的，拉拉拽拽进了高粱地……’你就改成‘七月里呀七月七，大姑娘穿红挂绿走亲戚，半道儿正碰见她二姨，拉拉拽拽带她深翻地’。”

“多谢指教，我出师啦！”我哈哈大笑，连饮三盅，“有你这一开导，我连李白、杜甫的诗都能改了。”

忽然，一阵凉风吹灭了桌上的玻璃罩灯，窗外一道闪电绕树，屋顶一个焦雷炸响，铜钱大的雨点砸得地面吧嗒吧嗒响。

“恶有恶报，时辰来到！”小戏子在黑暗中拍掌欢叫，“何老爷子把郎串秧儿诓进林子，不到天亮转不出鬼打墙，这场鞭子雨不要了他的命，也得把他抽个半死。”

“那咱们更要多喝几杯啦！”金裹银儿也大发酒兴，“小戏子，雨淋淋酒半斤，你跟四梦喝个交杯。”

却在这时，她那宝贝儿子被雷声惊醒，像蝎子蜇了似的尖叫大哭起来，金裹银儿一个箭步窜出门口，栽了个马失前蹄一溜滚儿，爬起来扑进正房。

我划着火柴想点灯，却被小戏子一口气吹灭，搂着我的脖子咬耳朵，说：“你把母老虎灌醉……”

大雨哗哗响，金裹银儿那个宝贝儿子鬼叫连天，哭个不住声。

“小戏子，把酒瓶子送过来！”金裹银儿在正房喊叫。

我从身上摘下小戏子，说：“这个女人变成酒鬼了。”

“她要给那个小崽子灌两口。”说着，小戏子抱着酒瓶跑到正房去。

一会儿，金裹银儿那个宝贝儿子便醉入梦乡一声不响，金裹银儿和小戏子又回到厢房。

“你这个当妈的，可算天下少见。”我一边点灯，一边自言自语，“李白斗酒诗百篇，你不如把儿子泡在酒缸里，长大一定是个诗人。”

“刚才就尿出了两大篇（片）诗（湿），刚出芽儿的小鸡巴赛得过你那杆自来水笔。”金裹银儿脱下大雨浇湿的柳条格褂子，胸前挂着两只大奶子，“念多大书，担多大险，出多大名，现多大眼；我给他肚子里灌墨汁，落得你这般下场，还不如叫他从小喝老酒哩！”

我没有灌醉金裹银儿，却被金裹银儿灌成了一摊烂泥。

28

金裹银儿连中三元。

鱼菱村的食堂，全公社拔了尖儿抢了上。天天香油白面，鸡鸭鱼肉，晚饭会喝酒的每人二两老白干，不会喝酒的每人一碗白糖水，鱼菱村的大人小孩个个膘肥体胖，连老太婆儿的三寸金莲都像肿了脚。小戏子贪吃多占，白糖水要喝两小盆儿，于是苗条的身子发了福；个头儿没高一寸，胸围、腰围、臀围却大了一圈儿。她本来是小鼻子、小眼、小嘴儿的娃娃脸，脸蛋子一圆活像“杨柳青”年画里的胖丫儿。

只有金裹银儿一天比一天见瘦。

她享有特权，不到食堂聚餐，每顿都是马挂钱儿提着食盒，把佳肴美味送到她家里。她心有虚火，毫无食欲，母老虎却是猫儿胃口，吃得很少，酒喝得多；我这个门下食客，坐享其成，足吃足喝，大饱口福。

金裹银儿比谁都明白这个局面支撑不了多少日子，红旗和奖状却还没有拿到手，怎能不烧膛焦心?

贾文德跟她是死对头，不想把官粉搽在她脸上。一天，贾文德带领左膀右臂，四大亲信，八名走卒，突然来到鱼菱村食堂；进门横挑鼻子竖挑眼，每人点了四个菜，而且不许有重样儿。他们本想难倒金裹银儿，出够了她的丑，逼她下台。谁知，金裹银儿早有提防，自己且不露面，只叫管理员一人安排；眨眼之间，色、味、香大不相同的六十盘荤菜、素菜、热菜、凉菜，一连串端上来，八名走卒连声叫好，四大亲信大声喝彩，左膀右臂挑大拇指，贾文德也就不得不从牙缝里挤出了几个字：“那就给金裹银儿插上吧！”流动红旗像一面酒幌子，插在鱼菱村的屋顶上，马挂钱儿飞跑着给金裹银儿报喜，见了面高呼一声：“村长，贾书记给您插上啦！”不想金裹银儿左右开弓赏了他两个大嘴巴子。

深翻土地，鱼菱村也拿了个冠军。深翻的深度，市里的标准是一尺五，县里的标准是三尺，公社的标准是六尺；层层加码，越深越讨上司欢喜，金裹银儿喊出的口号是深翻一丈二。她亲自动手，挖出一个样板，四四方方像口井，更像深葬的坟坑。公社干部过了目点了头，全村男女老少齐上阵，穿开裆裤的孩子和大肚子女人也得多多少少出一把力，挖几锨土，送一送茶。我这个不敢见天日的黑人，躲在金裹银儿家里给前方将士烧开水，也算有一分热发一分光。

人喊马叫三天三夜，鱼菱村深翻了三十亩地，进度和深度都在全公社名列榜首，除了三个孕妇小产或早产，没有伤亡一个人。验收之后回填，三尺土一层粪，好像白面包着玉米面的金裹银儿蒸饼。我给金裹银儿道喜，金裹银儿阴黑着脸，眼窝里滚动着两大颗泪珠子，一肚子邪火恶气：“一丈二的生土翻上来，种子受寒不出苗儿；这三十亩地明年不扔荒，也是撒一葫芦收一瓢！”进屋倒在炕上，像坍了一堵墙。

赛诗会上，小戏子带队登台打擂；鱼菱村四百五十六口人，拿出了九百一十二首诗，轻取第一名。

连中三元大摆三天酒宴，最后一天金裹银儿把小戏子也叫到家里，我们三个人关上门喝一顿私房酒。

厢房里换上一盏大蛤蟆嘴的风灯，吊在房柁的挂钩上，满屋子的灯光白亮刺眼。灯光下的金裹银儿和小戏子，一个黑瘦，一个白胖；黑瘦的金裹银儿靠着墙，白胖的小戏子盘着腿儿，我吸着烟在炕沿下走来走去。

马挂钱儿挑着两只食盒到来，在门外一字一板喊道："报告村长，酒菜送到！"说着，就要推门进屋。

"放在门口，滚！"小戏子叫嚷道。

我动笔写诗的第二天，搜索枯肠也没有写出几首，越急脑瓜子越麻木，越急身上越出白毛汗；命题作诗，弄虚作假，并非心甘情愿，怎么能产生创作灵感？捏碎了笔杆子不出一字，我恨不得一头撞墙碰死。

大旱下了及时雨，小戏子给我送来十几册清末民初北京二酉堂和宝文堂的石印唱本，这些唱本流入民间，女人拿来当样册儿，小戏子是从老太太们的针线笸箩里搜寻来的。唱词都是村言俚语，作者不知何许人，我好比刘禹锡翻新竹枝词，添一字减一字，增一句删一句，略加点染便是红旗歌谣。这一来，我的创作速度就像榆皮面轧饸饹，轧一下子出来一大锅。

肥了一圈儿的小戏子，心也大了。她像例行公事，跟我亲热了一会儿，忽然问道："四梦，你跟我说一句实话，三年五载……你能翻过身来吗？"

"三年……五年……哈哈！"我干笑一声，"三五一十五年……"

"那我就五年以后入党吧！"小戏子站起身就走。

我跳上去扯住她的胳臂，问道："是不是有人吹冷风？"

"我到公社开会，贾文德找我谈话，鱼菱村两年之内建立党支部，叫我年满十八周岁入党，当支部书记。"

"你跟金裹银儿说过吗？"

"她劝我离开鱼菱村，进工厂当工人。"

“有门路吗？”

“城里的工厂大炼钢铁放卫星，没有一家工厂不缺人手；市里的劳动局下乡招工，乡政府摊派给鱼菱村十个人。”

“天赐良机，你应该去。”

“我说过等你五年，就不去了。”

“不能为了我委屈你一辈子，我不当你的绊马索。”

“我爹的身子骨儿一年不如一年，当女儿的怎能不守在他身边？”

“进锅叔要收马挂钱儿当干儿子，有人替你尽孝。”

“不要那个贼子！”

“进锅叔叫我劝你……”

“这是我爹的圈套儿！”

“你给我破开这个谜。”

“我爹怕你念完大学，当上大官儿，高攀不起，早就打算挑选一个倒插门女婿，选中的就是马挂钱儿。”

“马挂钱儿才十三岁，七年之后才能结婚。”

“那小贼子一进我家的门，就敢爬到我的炕上去。”

“你这话真是斗大的西瓜船大的块儿，过甚其词了。”

“我到河里洗澡，他藏在柳棵子里不知偷看了多少回，想起来我就恶心，要把他的眼珠子抠出来！”

我被堵了嘴，也就不想当说客。

从这天起，小戏子一见到马挂钱儿，更是一副食肉寝皮的凶相；所以，马挂钱儿提着食盒送饭，刚要进门就被她当头棒喝。

靠墙的金裹银儿直起身子，睁开眯着的眼睛，瞧着在饭桌上摆放酒菜的小戏子，说：“我打算把这个小崽子送工厂去，免得他在柳棵子里数你身上的痦子，屁股蛋儿上还有一块石榴红痣……”

小戏子气得脸黑，把满漂漂的一杯烧酒泼进金裹银儿那大张着的嘴里，呛得她像哮喘病的老婆子咳嗽起来。

我连忙打圆场，笑道：“马挂钱儿走上了正路，小戏子解除了后顾之忧，咱们更要喝个痛快。”

小戏子自己给自己满上一杯，仰脖儿一饮而尽，说：“我领盅儿！”

“你是哪一天学会了喝酒呀？”我劈手夺过小戏子手中的酒瓶子。

“你别拦她的酒兴，断头酒叫她喝个够！”金裹银儿又把酒瓶子从我手中夺过去，瓶口插进嘴里，咕咚咚一口气喝干了半瓶。

我感觉金裹银儿心中有难言之隐，劝道：“小戏子是你的心腹人儿，我是你的地下党员，你心里的苦闷不该瞒着我和小戏子。”

喝下半瓶酒的金裹银儿，从脖子红到脸，两眼水汪汪，解开褂子一擂肋骨，说：“你看，掉下了一巴掌膘！”

我忙夹一箸菜，送进她嘴里，说：“这些日子，你就像穆桂英大破天门阵，够累的。”

小戏子却耸鼻子歪嘴儿，说：“你人前显贵傲里夺尊，出够了风头露够了脸，又来喊冤叫屈哩！”

“我过了十几天的日子不来经水，要得干血痨了。”

“那是你又怀上了崽儿。”

“半年多我没叫傻货沾过身。”

“野秧子也能结瓜。”

“我撕烂你那两片蛤蜊肉！”

开荤对骂，小戏子百战百胜，金裹银儿只能甘拜下风；我忙捂住小戏子的嘴，说：“忧愁气闷，常常引起经血不调，你及早找个大夫看看。”

“四梦，兄弟，你真是我的知心人呀！”金裹银儿突然大放悲声，像得了绞肠痧在炕上打滚儿。

“这娘儿们又闹黄狼啦！”小戏子尖叫，“四梦，你掐她的人中，我揉她的胸口。”

“你又耍笑！”我瞪了小戏子一眼，又吆喝金裹银儿，“别借酒装疯，坐起来！”

忽然，金裹银儿惨叫一声，身子挺直，手脚冰凉，像一具死尸。

“她的老病根儿又犯了。”小戏子骑到金裹银儿的半腰间，摩挲揉搓金裹银儿的胸口。

我掐着金裹银儿的人中，问小戏子道：“她哪一年得了这个病？”

“她窝心嫁给傻货大哥那一天，就坐下了这个病根儿。”小戏子手上用力，头上淌汗，“跟傻货大哥睡一回觉，就犯一回病。”

“这一回犯病恐怕另有原因。”我把金裹银儿的人中掐出了血，心也一阵阵疼，“她虽然打了大胜仗，却是穷兵黩武，耗尽人力、地力、财力；得不偿失，心中烦恼，烧酒浇愁，急火攻心，就犯了病。”

“也许叫你猜中了。”小戏子累得大口喘气，沉吟着点头，“从明天起，各家各户都要交出存粮，食堂才能开饭，一天两顿稀的一顿干的，见不着白面了。”

饥饿的阴影，像日暮的夜色，正在临近鱼菱村。

29

食堂散了伙，家家揭不开锅，爹死娘嫁人，各人顾各人，我也不得不从金裹银儿家走出来，回到自家的老宅，蓬荜陋室，柴灶为炊。

我白吃了二年食堂的饭，食堂的荣枯兴衰，酸甜苦辣，都在我的肚子里。

酒池肉林，大吃大喝，像一阵龙卷风刮过去，全公社每个村的食堂都一下子寒酸起来，鱼菱村就更显得高低上下大不同。各家各户拿出存粮换饭票，最上等的吃喝是中午的窝头菜汤，菜汤里有几只死虫子才算见着荤腥。不少村庄的食堂接二连三关了张，鱼菱村的食堂虽没有正式解散，也不过是个有名无实的空架子。家家自起炉灶，村村炊烟四起，贾文德恼羞成怒，大反右倾，亲自挂帅，四面出击，到各村砸碾子拆磨，老百姓不能碾米磨面，只得仍回食堂吃饭。但是，有些人家还保存着手摇小磨和舂米的石臼，又互相转换借用，被迫返回食堂的不到十之三四。狠毒的贾文德又以大炼钢铁为名，命令郎串秧儿带领喽啰打手，到各村挨户拔锅扒灶。于是，回光返照，食堂又中兴了一些日子。深翻地打不出粮食，村村都减产，可又不敢给大跃进抹黑，一个个都鼓着肚子多报产量；有的翻一番，有的翻两番，鱼菱村不上不下，翻了一番半。高产就要多卖跃进粮，留给老百姓的口粮也就大为减少；金裹银儿东拼西凑，鱼菱村每人每年口粮只有二百斤。食堂的稀粥，照得见人脸上的雀斑碎痣，中午的发面窝头掺杂糠皮，后来更把玉米秸磨碎蒸出代食品。浮肿病像蔓延的瘟疫，肿死了老人又肿孩子，青壮年男女也一连串肿起来。中央下令解散食堂，老百姓欢呼跳跃，只有我一人黯然神伤，恋恋不舍。

我白吃食堂的饭，但每月交给金裹银儿十块钱。那时候，鸡蛋五毛多钱一斤，猪肉六毛多钱一斤，香油八毛多钱一斤，高粱白酒一块一毛钱一斤；十块钱够金裹银儿家一个月的零用，大巧儿和阎天贵便很愿意把我收留下来，傻货大哥更不在话下。金裹银儿本不想从我身上取利，可是为了糊住公婆的嘴，求得全家皆大欢喜，也就默认了。解散了食堂，我不能再浑水摸鱼；一直没有到公社报户口，分不到口粮，即便每月交给金裹银儿二十块钱，她家也管不起我的饭。

我想赶快搬走，不能等大巧儿和阎天贵下逐客令，伤了金裹银儿的面子。

金裹银儿落了泪，又留我住了一天。我搬家之前的那个凄风苦雨的晚上，饿着肚子的一家人早就睡了觉，整个儿鱼菱村一团漆黑，一片死寂，狗都打死了听不见狗叫，受了潮的夜风闷哑了雨声。金裹银儿给我炖了一条草青鱼，炒了几个鸡蛋，还有一盘不知从谁家找来的狗肉，一葫芦白薯干酒，又烙了几张玉米面的两面焦，这顿酒饭在当时的鱼菱村可算最高规格。

我被她推到炕头上，金裹银儿挺着大肚子跨坐在炕沿上。

金裹银儿一个人怀孕，几个人被怀疑。

她每天都在我的屋里坐到二更天，扳着指头回想这一天的勾心斗角和东奔西走，叫我点滴不漏记下来；而且还为贾文德和郎串秧儿的活动另立专册，记录他们的每一桩丑事。她的一动一静，阴私隐弊，都瞒不了我这个刀笔吏。一连几天，她脸色黑黄，恶心呕吐，除了生嚼小羊犄角辣椒，一口粥不想喝，一块饽饽不想吃，我就猜出她闹喜病了。

“又有了吧？”我冷嘲热讽地问道，“是老麻那个匆匆过客，给你留下的纪念品？”

老麻在大跃进中戴罪立功，从县办农场副场长调任县办炼铁厂当厂长，官运有了转机；上任途中，路过鱼菱村，在金裹银儿家偷偷停留了一夜，他怕丧失立场，竟不肯跟我见上一面。金裹银儿的小叔子和小姑子也在两年前进了工厂，老院子里有空房，老麻就住在老院子的空房里。金裹银儿陪他喝了半夜的酒，老麻打了个盹儿，起五更悄悄离去。

“老麻变了一个人，活像一匹阉了的马。”金裹银儿夹了一口菜送进嘴里，慢慢嚼着，“过去他是一条顶天立地的汉子，挨了一回整就变得满身娘儿们气，那点情分也就化成了灰。”

“那么，真是傻货大哥的？”我笑着问道。

“我心疼他一回，谁想……”金裹银儿脸一红，叹了口气。

傻货大哥有个日食斗米的大肚量，却又上孝父母，下疼妻儿，几个月没吃过一顿饱饭，全身浮肿，软弱无力，夜晚躺在地上饿得睡不着；金裹银儿一阵心软难过，扎到他怀里哭起来，谁想就坐了胎。

小戏子却咬定，金裹银儿肚子里的胎儿，是我的野果子。

一天半夜三更，小戏子站在后房山外，一连声叫我从后窗口爬出去，我问她出了什么事儿，她说了声：“到村外审你！”

我住在金裹银儿家，欺上不瞒下，白天足不出户，夜晚常到各家串门，小戏子家我出入最多。小戏子家的最大变化，是马挂钱儿已经给于进锅磕了头，拜于进锅当干爹，小戏子也高高兴兴给这个干兄弟开了门。马挂钱儿这个小家伙，到北京的汽车修配厂当徒工，学会了开汽车和修汽车的全行手艺，每个星期六晚上偷开一辆汽车回村，卸下给干爹和干姐姐带来的吃食和零碎儿，又大按喇叭绕村转三圈，把全村人从睡梦中惊醒，才心满意足。全村人饿肚子，小戏子家却有城市面票，还能吃上屠宰场的下脚料和糕点铺的糕点碎末儿。星期日马挂钱儿回厂，还把小戏子家的烟叶和鸡蛋带到城里换钱，一斤烟叶十八块，三个鸡蛋卖一元。小戏子学会了做小买卖，东集趸来西市卖，沾手三分肥，转手六分利，小戏子家穷年过上了富日子。她劝我闲着也是闲着，不如跟她到集市上抓一把；我怕偷鸡不成反蚀一把米，打不着狐狸惹一身骚，反倒劝她莫忘人为财死鸟为食亡，贪便宜没够就要被便宜咬了手，气得她见着我不是甩闲话就是给脸子看，我也有好些日子不到她家串门了。

爬出后窗口，我追逐小戏子的身影，踩着小戏子的脚步，曲曲弯弯来到村外，在一片池塘边收住脚。风吹柳枝沙沙响，黑沉沉的池塘冒凉气，小戏子陡地一个急转身，咬牙切齿拧眉瞪眼，好似从池塘中跳出的水鬼。

我怕她扑上来咬我一口，握紧了拳头脚站丁字步，问道："你想把我掐死，扔下坑里喂鱼？"

小戏子怪模怪样儿一笑，说："四梦，我给你道喜了。"

我自以为有备无患，不想小戏子突然一个低头弯腰，快似闪电，直奔我的小腹，把我撞了个四仰八叉仰躺地上。

"你中邪啦！"我坐起来喊道。

小戏子双手叉腰，恶狠狠啐道："你想抱儿子，我一胎能生个三星照、四喜财、五魁首、六六顺、七个巧、八匹马、九连灯，为什么要找金裹银儿借窑烧砖？"

“你这一句话，污辱了三个好人！”我跳起来想打她个嘴巴，抬起手来却没有落下，“金裹银儿肚子里的孩子，真正是傻货大哥的骨血，不是我的，也不是老麻的。”

“揭了锅才见真假虚实！”小戏子磨着牙齿冷笑道，“等那个孩子生下来，只要有一根毫毛像你，我这个窑也借给别人！”说罢，连啐三口唾沫，跺了三脚，一阵风而去。

我气得发昏，不想追上她多费唇舌，从那以后也不愿跟她照面过话。搬出金裹银儿家，回到老宅就要跟小戏子朝夕相处，我头疼而又胆怵。

“兄弟，我对不住你……”金裹银儿的几大滴眼泪溅落在酒杯里，扯起袖子抹了一把鼻涕，“姐姐是萤火虫儿的屁股，没有多大亮光，到了这个卡脖子的节骨眼儿上，照看不了你啦！”

我的心里发热鼻子发酸，强忍着两泡泪水，说：“你为我头上顶雷，肩上扛山，操碎了心，我不能再挂在你脖子上。”

这两年多，我没有户口，挂着个看林子的虚名儿，白天到河边转一转，就像疗养地的病人到室外散一散步。我不是正式社员不能挣工分，白吃三顿饭已经是侵占乡亲父老的口粮，而且陪伴金裹银儿多吃多占，更是问心有愧。贾文德一直想把我送进白旗营，郎串秧儿不知有多少回奉命要把我抓走，都因为我有金裹银儿这柄大红伞，他们才没有得逞。从金裹银儿家搬出去，回老宅自立门户，暴露在光天化日之下，吃饭缺柴无米，到公社报户口是自投罗网，心烦意乱愁断肠，我没有一分酒兴，懒得拿起筷子。

“头三脚难踢，我替你打开场子。”金裹银儿扯着耳朵灌我一杯酒，“你傻货大哥早给你盘了炕，垒了灶，刷了墙；我给你一斗小米开伙，你数着米粒儿够吃半个月的，以后就修行靠个人了。”

“你看我哪一天到公社报户口？”我心神不安地问道。

金裹银儿掐着指头，翻起眼皮算了算，说：“吃完这斗小米就差不多到时候了。”

“早报户口早分口粮。”

“半个月以后才有黄道吉日。”

“你从哪一天学会了仰观天文，俯察地理？”

“打盹儿的包龙图睁了眼，拿下赃官贾文德，给老百姓出一口恶气。”

“你怎么知道？”

“前几天有人把我叫到县里去，市委的一位干部跟我谈话，说他们明察暗访三个月，证明贾文德的罪过比我反映的情况还严重，很快就要处理。”

“你向市委反映的情况？”

“我叫你给贾文德记下的流水账，整包儿交给一位青天大老爷了。”

“你是哪一天，在哪儿，交给他的？”

“前些日子，我天天站在汽车道边，等着上北京下天津的小卧车，拦路告御状；没有不开张的油盐店，有一天有个大官儿停住车，收下了我的炸药包。”

我扑到金裹银儿面前，连连摇晃她的肩膀，夸道：“你真是个……真是个……能干的女将！”

金裹银儿被我砸得重，当晚生下个小女儿。

30

贾文德被清除出党，行政上开除留用，到县办炼铁厂当一名勤杂工；贾文德动口，郎串秧儿动手，打骂群众，逼死人命，被判处三年徒刑。全县每个公社，都召开斗争大会，惩办一两个民愤极大的首恶分子。

老百姓出了口恶气，肚子更饿了。

我虽然没有数着米粒儿下锅，金裹银儿给我的一斗小米十五斤却也吃了一个月；我每天只喝两顿粥，三天才敢吃一顿黏黏糊糊的干饭。这一个月的烧柴，是傻货大哥送来的；小米吃得不剩一粒，柴火却还有一大垛。我报上了户口，但是大队的仓库里颗籽无存，饿得老鼠吃自己的尾巴充饥，也就不能发放我的口粮。早晨，我不是懒得粘在炕上，而是浑身软得像一摊稀泥，四肢无力爬起来。我连抬起胳臂，握个拳头，擂一下墙，向小戏子呼救的气力也没有。

搬回自家老宅，我才知道，于进锅已经把正房西屋的房门堵死，傻货大哥又从房山给我掏了个门，我跟小戏子只算是隔壁邻居。

一墙之隔，小戏子整整一个月不照面，她在隔壁虽然低声悄语，轻手蹑脚，像只猫儿走动，一爪一爪都像抓在我的心上。我没有想到小戏子怄个气竟狠毒得不顾我的死活。我每天饿得肠子搓绳胃痉挛，只得早睡晚起，梦中吃酒席。这一天半夜我被饿醒，听见隔壁的于进锅、小戏子和马挂钱儿正抱着锅灶啃骨头；于进锅一边啃一边吧唧嘴，小戏子一边啃一边淌口水，马挂钱儿伶牙俐齿啃得快，打着饱嗝儿问道："戏子姐，我挑两根送过去，给你那情郎哥儿油一油嘴头子吧？"小戏子哼了一声："他不向我服软儿，连一口汤也不给他喝！"马挂钱儿又笑道："你是属鸭子的，肉熟嘴不烂，心早软了。"小戏子发狠地冷笑道："饿死他我都不掉一滴眼泪！"我气得一阵发昏，又昏昏迷迷睡去，早晨便起不了炕。

饿得我感到四肢在抽搐缩短，想翻个身也有心无力，半身好像已经死亡，脑瓜顶上好像打开了天灵盖，像一眼结了蜘蛛网的烟囱，魂儿像一缕缕炊烟出了窍。

我沿着黄泉路，趔趔趄趄地向阴曹地府走去。天上火烧云，地上铺白雪，火烧云笼罩绿树，绿树上挂着串串冰凌子，白雪中丛生一簇簇阔叶芭蕉，跟王维笔下的雪地芭蕉一模一样。望乡台上，阴阳交界摆酒席，阳间三伏天，火锅涮羊肉，阴间三九天，凉水游丝面。

"四梦，四梦！"有人喊着我的名字，把一勺子迷魂汤灌进我的嘴里。

"纪叟黄泉里，还应酿老春……"迷魂汤没有迷了我的魂，我念出李白的两句诗，"酒……酒……吃涮羊肉，要喝酒！"

"兄弟，兄弟！"喊我名字的是个女人，撬开我的嘴，端起碗来像灌田鼠洞眼。

这是一碗黏高粱米绿豆汤，有如琼浆玉液入了我的肚，我又活了过来，只见金裹银儿跪在炕上，一条胳臂拦腰抬起我的上半身，又把一个大窝头送到我的嘴边。

"姐姐！"我哭了。

“吃吧，快吃吧！”金裹银儿催道，“你尝尝我蒸的窝头，旱甜瓜另个味儿。”

“我怎么能……从你这个产妇嘴里夺食？”

“羊毛出在羊身上，我是花你的钱买来粮食喂你。”

金裹银儿坐月子，我送给她二十元喜钱，她拿这笔钱给我买了十斤高粱米和二十斤麸皮；三两米七两糠，羼上野菜多搁盐，熬成菜粥又够我活一个月的。她家一窝八口，还要给孩子喂奶，瘦得脸上挂锈皮包骨，却不肯拿我这二十块钱补一补身子。

“姐姐，姐姐……”我泣不成声，“疾风知劲草，患难见人心呀！”

金裹银儿用大窝头堵住我的嘴。

我咬了一口，又香又甜，满嘴的奶油蛋糕味儿。

“好吃不好吃？”金裹银儿笑眯着眼问道，“你猜我放了什么佐料儿？”

“红糖、桂花……”

“你是猪八戒吃人参果！”

“还有青丝、玫瑰……”

“这是我的奶水和面蒸出来的，哈哈哈！”

我大吃一惊，瞪圆了眼珠儿一动不动，看见她那黑瘦的身子上，两只乳房像倒空了的干粮袋子，软囊囊地垂挂在胸前。

“你想饿死孩子呀！”

“傻货天天给我抓几条鲫鱼，两大海碗鲫鱼汤喝下去，两只奶子像灌满水的猫耳罐子，足够你俩吃的。”

“我宁可买高级点心吃，也不能跟孩子争嘴！”

“四梦，你本来就不该头枕着烙饼挨饿。”金裹银儿劝道，“留得青山在，不怕没柴烧，你手里有几个钱，救命要紧。”

“坐吃山空，花一个少一个，我原来想细水长流，多抻上几年，熬到出头之日。”我的心一阵悲凉酸痛，横下了心一咬牙，“及时行乐，做个撑死鬼，我给小丫头儿办满月！”

“只当这个女儿有你一股，那就关上门办一桌喜酒，给全家老少开开荤。”金裹银儿喜兴兴笑道，“上边又有新政策了，房前、屋后、宅边、路边、村边、地边、河边、堤边、坑边、沟边，这些零零碎碎十边地，允许社员开荒自种。村里欠你的口粮，我头一刀就从河边割下一大块给你，耠一茬荞麦，套种白菜萝卜，收成下来你就吃荞麦面大馅饺子吧！”

这真是山重水复疑无路，柳暗花明又一村，我又久旱逢甘雨，枯树发了青。

当时，集镇自由市场上，猪肉卖四块钱一斤，白薯干酒兑凉水每斤六块钱，我掏钱买了三十斤肉十斤酒。我、金裹银儿、金裹银儿的宝贝儿子、傻货、大巧儿和阎天贵，金裹银儿的小叔子和小姑子也从北京赶来，男女老少八张嘴大吃二喝，河枯海干盆碗精光，仍然没有尽兴。

金裹银儿一家都醉倒炕上，我也醉得睡了个大觉，鸡叫醒来，踉踉跄跄回家去。进门只见一灯如豆，爆着灯花，小戏子半躺半坐，头枕着窗台睡得十分香甜。我半醉半醒，并不惊奇，只觉得口中干渴，从缸里舀一瓢水，咕咚咚牛饮。水声惊醒了小戏子，一下子蹿跳起来，直立如一捆秫秸戳在炕面。

“金裹银儿的奶水没噎死你呀？”小戏子像一只疯猫叫跳，“你从肋骨上摘下带血丝儿的钱，给那个孩子办满月，那孩子赌定是你的种儿。”

“是我的又怎么样，你管得着吗？”我嘟囔一声，把半葫芦瓢凉水全泼在她的脸上。

“铁路警察正管这一段儿！”小戏子从炕上飞身扑来，我躲闪不及，被她顶住胸口，“我也是这间屋里的半个当家人，怎么管不着？”

我被她顶得背靠着墙，大口喘着粗气，说：“你早堵死了房门，我跟你是隔壁邻居！”

“房门压根儿就没有堵死！”小戏子一个撤步，回手端起了油灯。

我这才看见，堵死房门的砖坯扒得一块不剩，畅通无阻。

“你知道我不会饿死了，是不是？”我发动反攻，逼向小戏子，“挨饿的日子就要过去了，我更不想啃剩骨头！”

“你骂我叫人啃过，我叫谁啃过？”小戏子把油灯摔碎在地上，“我跟马挂钱儿跑买卖，不光是为了混个肚儿饱，更是为了盖房子，他会开汽车，白给我拉砖，拉木料儿；我手上带着针锥，怀里揣着剪子，他想占我的便宜，也是狗咬刺猬，不敢下嘴。”

我这才想起，在西厢房的废墟上，堆着几垛砖瓦，苇席苫着一垛木料，原来都是小戏子跑买卖赚来的。饿急了的人家，扒房换粮食，砖瓦木料的行市大跌价，小戏子趁机扒进，真够铁石心肠的。

“本人拭目以待，等着看你的绣楼平地起啦！”我的口气冷冰冰而又酸溜溜儿。

“那是咱俩的窝儿！”小戏子扑过来咬了我的肩头一口。

我哎哟一声痛叫，说："你知道我还有几个钱，为什么不跟我要呢？"

"你的钱早该多买肉吃！吃金裹银儿的奶水跟啃马挂钱儿的骨头一样，都叫我小看你。"

"戏子，我以小人之心度君子之腹了！"

我们紧紧搂抱在一起，小戏子的泪水把我浇成了落汤鸡。

"四梦，我到北京跑买卖，听说不少划右的人都摘了帽子，你出头的日子也不远了。"小戏子收住眼泪，马上又一串笑声。

我背着双重处分，甘居下游，说："我只怕是最后一名。"

"盖上新房，咱们就结婚。"

"等我摘了帽子吧！"

"趴窝的鸡飞上了天，我又高攀不上了。"

"摘了帽子还是狗肉上不了正席。"

"狗肉也得早下筷子，吃在我嘴里。"

"只得恭敬不如从命了。"

"拜完天地入洞房，上了炕就给你生个大胖小子，双喜临门、锦上添花。"

"生孩子又不是吹糖人儿，一口气一个。"

"鼓足干劲，多快好省嘛！"

"我是一只笨鸟儿。"

"那就先飞呀！"

窗外风吹花树簌簌响，还有呼哧呼哧喘气声。

"蓝袜子！"我一声鬼叫。

小戏子咯咯一笑，说：“蓝袜子这两年肚子里缺油少盐，害了雀盲眼，天一黑就寸步难行，不敢出门了。”

“出去看看！”我仍然不放心。

小戏子磨磨蹭蹭走出去，转了一圈儿回了屋，说：“不知谁家的一条癞狗，钻进了阴沟眼儿，趴在花丛里找屎吃。”

“好一位陪客！”癞狗趴在窗外，给谈情说爱大煞风景，我的心上掠过一道阴影。

小戏子软言柔语哄不到我的欢心，突然像点响的爆竹蹦起来，向窗外连啐了十几口唾沫，骂道：“马挂钱儿，你想看的我都叫你看见了，滚吧！”

31

五间推陈出新的大房，从我家老宅废墟的黄土青草中站立起来；蓝袜子惹不起小戏子，跟小戏子二一添作五，瓜分了东厢房，又扒了跨院泥棚子，搬到路南的我家菜园，分割二分之一，砌起三间鸽子笼。我这个本宅主人，像一块中秋月饼，被她俩掰开来吃，心甘情愿。

拆旧屋盖新房的这些日子，小戏子不许我搬一块砖，递一块瓦，挖一锨土，铲一锹泥；她打发我住在河边窝棚，看守开荒地的萝卜白菜。

公社下达上边的大令，允许老百姓开垦十边地，金裹银儿也来个层层加码，在鱼菱村闹了个小土改。我、小戏子和于进锅三口人，分到河边生荒二亩和熟地四亩，小戏子变成了小疯子，白天黑夜舍不得离开这块活命田，一镐像能刨出一个金锞子，一腔子的血都倒在了这六亩地上，比她爹于进锅更不惜力；早就瘦下来的身子，累得好像一天缩一圈儿。头一茬荞麦收下来，正够盖房子请工管饭，下一茬的白菜萝卜，也就视如珍宝。

我在窝棚里也不是袖手闲坐，卧看河光野色，小戏子给我另有安排；吃柳条子拉鸡笼，肚子里编小说。那还是在我们重归于好以后，她叫我每个月写一篇小说赚点稿费，也算一条生财之道。当时，投稿如被选用，报刊杂志编辑部要给作者所在单位发函，调查作者的家庭出身、政治面目和工作表现，这叫三项政审。作者只有通过政审关，才能发表作品，我的身份是不够格的。但是，鬼门关也难不住小戏子，政审关更是如履平地；她跟金裹银儿串通一气，叫我假借她的名字，投一回稿换一个报刊。于是，我就像京剧里的男旦，男人取个脂粉气息的艺名，如白牡丹，筱翠花，男扮女装唱青衣花衫戏。我这个男作者谎称女性，专写农村妇女题材，就像男旦的假嗓儿演唱，莺啼燕啭也能以假乱真。全国性的报刊虽然稿酬高，但是都在北京，近在咫尺，政审十分严密，有如天网恢恢，我不敢老鼠舐猫鼻梁子。外省地方报刊的稿酬虽低，但是只能函调；函调寄到鱼菱村，金裹银儿便交给我随意处理。我在证明信上把作者夸得像一朵香花，金裹银儿看也不看就盖上大印，外省地方报刊没有一家不上当的。每月都有一篇两三千字的小说刊登出来，稳拿二三十块钱稿费，相当于乡村小学教员的一个月工资，小戏子很是知足。

谁想乐极生悲，新房站起来，小戏子却倒了下去。

五间大房三天起，请工二十八人，三天就是八十四人次；一天要吃三顿饭，三天要喂二百五十二张嘴。虽有金裹银儿提调，佟宝庆跑外，蓝袜子主灶，于进锅和傻货大哥带工，但是小戏子身为事主儿，也就不能不事事劳心，处处插手；窄窄的肩膀扛起五间大房的沉重，外靠筋骨皮，内靠一口气。房子起来忙乱过去，肩膀上的压力减轻，头沉脚轻身子软，躺倒炕上大睡三天。这天夜晚醒来想下炕，半腰以下僵硬，两条腿失去知觉，双手抓破了炕席也坐不起来，沙哑着嗓子大哭大叫。

我跟于进锅换了班，他到河边住窝棚，我回家来住新房。小戏子的哭叫把我从睡梦中惊醒，我忙点起油灯，玩笑着问道："是不是做了个噩梦，梦见我被绑赴刑场，插招子游街？"

"腿……两条腿……"小戏子从身上揭下被子，"我死了半截啦！"

她的身下尿湿了一大片炕席，伸直的两条腿像两根杠子，却又软得像剔了骨头抽了筋；她的两只拳头像两只鼓槌子，一下比一下发狠地砸在腿上。

"你这是疲劳过度，血脉不畅而导致暂时麻木。"我一边给她揉腿，一边给她说宽心话儿，"吃两剂药，扎几回针，又能一蹦三跳，行走如飞。"

小戏子在腿上砸得不解气，又拧又掐也不感到疼痛，突然惨叫号哭道："天呀，我注定是个瘫子啦！"她撕着头发往炕沿下爬，想一头碰死地上。

我害了怕，抱起她向外跑，直脖扯嗓子大喊救人；街门哐啷被撞开，金裹银儿和蓝袜子闯进来，后边还跟着马挂钱儿。

金裹银儿和蓝袜子不是被我喊来的，而是被马挂钱儿找来的。

马挂钱儿当了四年工人，一九六二年下放回村，三百块钱安家费交给了于进锅，原想住在小戏子家里；只因他改不了偷看小戏子的老毛病，小戏子死也不肯收留他，便暂住在金裹银儿家的老宅院小厢房。金裹银儿的小姑子，嫁给厂里的保卫科副科长，没有下放；金裹银儿的小叔子沾了舅爷的光，也被留用。鱼菱村的老百姓只会土里刨食，手艺人奇缺，马挂钱儿回村便算得能工巧匠，金裹银儿封他为副业队长，修理汽车的手艺改修自行车和手推车，多少能赚几个活钱，填补金裹银儿的办公开销。他住在金裹银儿家，仍然忘不了小戏子，害着单相思；今晚爬墙而入，想偷看小戏子一眼，却听见小戏子哭叫得瘆人，便又爬墙而出，找来金裹银儿和蓝袜子。

“马挂钱儿，到公社请个大夫！”金裹银儿喝道。

“是！”马挂钱儿答应一声，扭头飞跑而去，像一道流星消失在黑夜中。

我又把小戏子抱回屋里，像把一团棉絮放在炕上，金裹银儿和蓝袜子向我摆摆手儿，叫我躲出去。

坐在屋檐下，风吹花草声中我听见屋里的小戏子呻吟连声，一声比一声虚弱；金裹银儿和蓝袜子嘁嘁喳喳，嘀嘀咕咕。

“当年我也闹过这个花病儿，只要一通阳气，就像蔫了秧儿的韭菜得了及时雨，水灵灵又鲜活起来。”蓝袜子嘴角淌着口水哧哧笑，“这叫采阳补阴，嘻嘻！”

“她跟四梦……”

“饥一顿饱一顿，跟吃食堂似的，强不了阴也壮不了阳。”

“四梦，进来！”金裹银儿一声吆喝。

我急忙进屋，小戏子又昏迷睡去，脸色灰白枯萎，气息微弱如丝，昏黄的灯光下更令人目不忍睹。

“四梦，解铃还得系铃人，救活小戏子这条小命儿，全看你能不能给她补足元气了。”蓝袜子摇头摆尾晃肩膀，满嘴膻味儿。

金裹银儿并不多费唇舌，说：“明天你俩拿着介绍信，到公社领结婚证！”

一道流星而去的马挂钱儿，又一阵旋风而回。

“大夫……不……不……”马挂钱儿喘得大张着嘴，呼哧呼哧像拉风箱。

金裹银儿只当公社的大夫端臭架子，不肯半夜出诊，急得骂道：“你是死人呀！怎么不找麻书记？”

老麻的炼铁厂虽然关了张，留下大堆大堆麻纱眼儿的生铁疙瘩，但是在大跃进中宁左勿右表现好，被调到这个公社当书记，顶替受到严惩而下台的贾文德。只要一年之内小心翼翼，不出三差二错，就可能官复原职，又回城里当他的副县长。所以，他上任以来，话不多说一句，腿不多走一步，事不多办一桩；不求有功，但求无过。他一直不到鱼菱村看看，怕金裹银儿跟他旧情复燃，惹出乱子，千里长堤溃于蚁穴。金裹银儿到公社开会，见了面他也不敢与众不同，不给金裹银儿一个亲热的笑脸儿，冷淡淡的只打官腔儿说话。

“麻书记……扣下了……大夫。”马挂钱儿的呼吸道通畅起来，又油嘴滑舌像数来宝，“贾文德的老婆水性杨花不守妇道，三十岁的娘儿们勾引了个十八岁的野汉子，露水姻缘偏要做长久夫妻；淫妇在大米饭里拌上耗子药，害得贾文德肚子疼痛，哭爹叫娘满炕打滚儿，公社大夫正忙着抢救这个恶有恶报的活王八。”

金裹银儿想了想，说："你们都睡觉去吧！我给小戏子做伴儿。"

蓝袜子忙说："我陪着你。"

马挂钱儿也觍着脸不想走，说："四梦哥，天快亮了，我到你屋里忍个小觉；村长有什么吩咐，我就能马上答应。"

他这也是一番好意，我不应下逐客令，便把他留下来。

一夜安静无事，第二天清早我写了介绍信，金裹银儿照例加了印；马挂钱儿自告奋勇，套一辆小驴车送小戏子到公社，我骑着马挂钱儿的自行车跟在后面。

到公社大院门口，马挂钱儿把小驴车拴在路边的龙爪槐上，背起小戏子大步走进大院；我一见这座衙门，却望而生畏，两腿灌铅，站在门外不敢越雷池一步。

身背小戏子的马挂钱儿，在大院的甬路上碰见书记老麻。

"挂钱儿，大驾光临，有何见教呀？"老麻平易近人，和蔼可亲地问道。

马挂钱儿猫着腰，抬起头答道："登记结婚。"

"你背着的是小戏子吧？"

"麻书记好眼力，正是她。"

"祝你们花好月圆，白头偕老！"老麻哈哈一笑道了个喜，摇摇摆摆向门外走来。

我正慌忙躲闪，不想被老麻无意之中投来的目光捉住。

"老麻……"我只得硬着头皮站住脚，挤出一丝假笑打招呼。

"你……"老麻比我更慌神儿，脸上一红一白；一边故作镇静，一边肚子里打主意。

“我是四梦，几年不见变化很大，不敢认了吧？”我见他并不盛气凌人，也就不想自惭形秽，便以不卑不亢的口气跟他对答。

“刘四梦！你……你……”老麻陡地变了脸，嗓音提高八度吼叫，“你不在鱼菱村老老实实接受改造，跑到公社门口探头探脑，是何居心，有何企图？”

老麻态度骤变，我大惊失色，也激怒了我的自尊心，尽量压住火气，说：“我是来登记结婚的。”

“登记……结婚，跟谁？”

“小戏子。”

“小戏子跟你结婚，你跟小戏子结婚？”

“这是一回事。”

“白日做梦，痴心妄想！小戏子明明是跟马挂钱儿前来领取结婚证。”

“小戏子腿上有病，马挂钱儿才背着她下车进院。”

“你为什么不背她？”

“……马挂钱儿是小戏子的干兄弟，娘家人。”

“你划了右还不低头认罪，夹起尾巴，竟敢继续奴役劳动人民，我要从严加重惩办你！”

这时，马挂钱儿从办公室跑出来，连连招手喊道：“四梦哥，拿出你的介绍信到办公室去，他们不许我当你的代表！”

“给我！”老麻劈过我掏出的介绍信，扫了一眼更火冒三丈，“这是你的笔体，伪造介绍信罪上加罪。”

“金裹银儿过了目的。”

“她是个糊涂娘儿们，只比混屎虫多一挂下水，严重丧失立场！”

老麻三把两把将介绍信撕得粉碎，拂袖而去。

归途，小戏子躺在小驴车上咬碎了银牙，一声高一声低咒骂老麻；我两腿机械地蹬着自行车，脑瓜子里一片空白，没有愤怒，也没有悲哀。

赶车的马挂钱儿噘着嘴唇吹口哨，吹的是凄凉伤感的《哭皇天》小调。

32

老麻虽然棒打鸳鸯，却也网开一面，没有给我穿小鞋儿，也没有抓我的辫子，打我的棍子，更没有拿老朋友的血染红顶子。

他四平八稳地当了一年多的书记，就被调回县里，当了个县贫下中农协会筹委会常务副主任。这个官衔虽没有副县长那么响亮体面，但是筹委会主任由县委书记兼任，副主任也就相当县委副书记的规格，地位和待遇都不比副县长低。而且，贫下中农协会这个新兴的衙门，专搞阶级斗争，有权监督县委和县人委（政府）的工作，颇有上打君下打臣的威势；所以老麻一上任，就得了个外号儿叫八千岁，又称一字并肩王。老麻被选中担任这个职务，倒不是因为他这几年弃右从左，而是由于他在副县级以上的干部中成分最好，资历最老，能力最差，胆子最小。老麻虽不是我的保护伞，但也不是我头上的灾星，有他在这个公社当书记，我的心里踏实得多，不像在贾文德治下当贱民，一年三百六十五天，七百三十个日夜提心吊胆。老麻一走，我的心上便笼罩了阴云，预感到大势不妙。

我的预感，有如特异功能，感应政治气候变化，比气象台的天气预报灵敏得多，准确得多。

四清运动像数九隆冬的寒风刮到北运河上，一支工作队以凌厉的攻势进驻鱼菱村，队长是中央干部，副队长是市委干部，队员之一是县贫下中农协会筹委会挑选的管家婆儿。工作队进村就夺权，宣布金裹银儿停职上楼反省，脱裤子洗澡。我也是重点清查对象，被工作队勒令搬出贫农小戏子家，跟金裹银儿等四不清干部关押一起。白天淘茅厕起猪圈，夜晚过堂会审，干活有骨干民兵押送，睡觉有骨干民兵站岗，完全享受看守所的犯人和劳改农场犯人的待遇。

我从小戏子家搬出来，马挂钱儿乘虚而入搬进去。

小戏子腿病乱投医，吃了不知多少药，扎了不知多少针，也不知偷偷求了多少仙拜了多少佛，钻天劈缝讨来多少灵丹妙药偏方。我这个贱民不敢走出鱼菱村口，陪伴小戏子的十回有八回是马挂钱儿。马挂钱儿比贴身丫头还耐心，背着抱着小戏子不怕累，煎汤熬药亲口尝一尝，端茶送饭洗衣裳，百事代劳不嫌烦。小戏子深受感动，心中欠情，马挂钱儿偷看她身上的隐处，她也只得隐忍不发。

小戏子的病腿，是下乡医疗队的老中医妙手回春，她才能下炕行走，欢蹦乱跳。只因她是金裹银儿的心腹，又是我的未婚妻，工作队把她列入可疑对象一栏，不许她参加扎根串连会，连任八年的团支部书记也给免了职。她从小拾上抓尖儿，在同龄人中高出一等，想不到工作队将她削价处理，低人一头，觉得丢尽了脸，伤透了心，又气又羞，不愿出门。马挂钱儿是副业队长，可算是金裹银儿的一名亲信，也被划到圈外，跟小戏子就更同命相怜。不过，马挂钱儿自幼寄人篱下长大，看惯了冷脸白眼珠儿，鼻涕唾沫都能吃；天塌砸众人，地陷埋百家，吊儿郎当满不在乎，大祸临头也处变不惊，不像小戏子那么小心眼儿器量窄。多亏他婉言相劝，小戏子才没有精神失常，也多亏他四处打探，通风报信，金裹银儿才对鱼菱村的斗争形势了如指掌，胸有成竹而随机应变。

所有清查对象都被关押在小学校里。这所小学只有一个教室，四个年级挤一堆儿，提前一个月放了假。教室两边的耳房，一间是教师宿舍，一间是伙房和水房。清查对象中只有金裹银儿一个女人，住在教师宿舍这个单间，我和其他的四不清干部，把课桌拼成大通铺，就像穷叫花子住野店。伙房和水房是看守值班室，骨干民兵三班倒。

工作队里只有管家婆儿是本地人，两位队长是外来生客摸不着门，所以十分倚重她，拿她当作工作队的拐棍儿。管家婆儿所知道的鱼菱村情况，都是从老麻嘴里听来的。老麻在这个公社当了一年多书记，没到过鱼菱村一趟，他所了解的情况也只不过是耳闻，并不摸底。管家婆儿抱定一个宗旨：凡是金裹银儿扔了的，我就捡着；凡是金裹银儿讨厌的，我偏喜爱。工作队进村前几天，金裹银儿把妇女主任蓝袜子免了职，把在办公室跑腿的佟宝庆撤了差，打发这两口子到京津公路上开小店。管家婆儿只当他们遭到金裹银儿排挤，进村就到蓝袜子家扎了根儿，通过蓝袜子和佟宝庆向外延伸，秘密串联。她哪里知道，这两口子奉命开店本是金裹银儿给他们的犒赏，油水大，外快多，不是最得宠的亲信讨不到这个肥缺。蓝袜子和佟宝庆将计就计，进入了运动班子；佟宝庆有三寸不烂之舌，蓝袜子有两行伶俐之齿，一唱一和花言巧语，把管家婆儿蒙在鼓里，也把两位队长装进闷葫芦。蓝袜子不但偷听工作队开会的发言和部署，而且套出两位队长和管家婆儿肚子里的秘密，每天悄悄向金裹银儿口说耳报。佟宝庆专管安全保卫，六名看守清查对象的骨干民兵，都是他精心挑选的，个个都是金裹银儿的家丁。当着工作队的面，吆三喝四，假戏真唱；工作队一转脸儿，他们又变成了金裹银儿的忠顺走卒。

金裹银儿还有很多耳目，窃听工作队的言语，盯着工作队的动静。每晚三更之后五更之前，马棚里喂夜草的时候，工作队睡得死沉，金裹银儿便大摇大摆走进教室，摸着黑给她这些身陷囹圄的文臣武将训话；只把我赶到她一人独居的单间，以示有所区别。不过，我躺在她的床铺上，听见她拍着胸脯。一副女霸天的口气，命令她的文臣武将，凡是工作队查出的问题，都推到她的身上，天塌下来她一个人扛着。这些文臣武将无不感激涕零，异口同声表忠心。果然，不到半个月，他们一个个都被放了出去，回家跟妻儿老小团圆，小学校里只剩下我和金裹银儿两人。

“四梦，睡得着吗？”深夜，金裹银儿在隔壁敲着墙喊我两声。

“睡不着。”我跟大家关在一起，人多胆不虚；大家一走房子空，我形单影只孤身一人，像个收监候斩的死囚，便凄惨恐怖起来。

“跟我一个屋里睡吧！”

“大祸当头，你还有这个闲情逸致呀？”

“脏心烂肺的东西，你当我是母狗发情猫叫春啦！”

“那就别勾搭我。”

“掰着你的脚趾头算一算，你扎在我的怀里睡过多少回？”

我七岁那年跟十三岁的金裹银儿立下婚书，金裹银儿搬进我家老宅，表面上自立门户，真正却是我的童养媳。从一九四三年到一九四六年我进城上学的三年间，日伪军每回清乡扫荡，都是她背着我跑出村口，钻进青纱帐，躲进坟圈子里。我在襁褓中抽过四六疯，落下了惊悸症，一听枪声狗咬，便四肢抽搐又哭又闹，她把我搂在怀里摩挲天灵盖，口中念念有词的是拘魂定神咒。有一回我大哭不止，她掏出奶子塞进我的口中，像大馒头堵嘴，骂道："嘬住了不许松口，再哭一声我闷死你！"后来，我祖母干脆叫我睡在她的炕上，跑起扫荡方便。

金裹银儿两句话勾起我的童年回忆，又产生了睡在她怀里的冲动，但是害怕情不自禁萌发邪念，不敢走过去。我大睁着枯涩的眼睛，凝望窗外又大又圆的月亮；忽然人影扰乱了月光，金裹银儿笑吟吟走进来。

我枕在她那檩条子胳臂上，问道："你也心虚胆怯了吗？"

"铁嘴钢牙滚刀肉，我长这么大怕过谁？"金裹银儿冷笑道，"四梦儿，刀搁在你的脖子上，你也不能屈打成招，我摘不了你的帽子，还能陪着你戴帽子。"

"姐姐！"我一阵呜咽，泪水噎住喉咙。

"四梦儿，我一个人儿的亲兄弟……"夜深人静，月色朦胧，窗根下虫鸣唧唧；金裹银儿像哄孩子睡觉，轻拍我的肩膀，只是没有哼唱摇篮曲，"姐姐不守妇道，没有人品，暗中跟过几个男人，真疼的只有你一个。"

"姐姐……"我抱住她哭了。

"脚步声，有人！"金裹银儿从通铺上滚身下地，三步两步回屋。

虽然她的文臣武将都被放出去，但是每到马棚喂夜草的时候，他们三三两两，偷偷摸摸，前来参见，聆听口谕。

“村长，金裹银儿！”后窗外，蓝袜子的声音，“坏啦，坏啦！大事不好。”

“你他妈的惊惊乍乍，猫抓裤裆啦？”金裹银儿躺在床上，粗野地骂道。

她对待蓝袜子，完全是主子对待奴才的态度，越骂得粗野蓝袜子越觉得有脸面，浑身每一根汗毛都十分熨帖。

“管家婆儿搬到小戏子家去啦！”蓝袜子扒着窗台，爬进半个身子。

金裹银儿霍地从床上坐起来，喝问道：“你怎么不蹲窗根去呀？”

“我能漏这个空吗？”蓝袜子谄媚地笑道，“我从阴沟眼爬进去，听了个话说分解，又从阴沟眼爬出来，向你报告个仔细端详。”

“那臭娘儿们嘴里嚼了多少大尾巴蛆？”金裹银儿照墙上踹了一脚，“四梦，你也扯起耳朵听着。”

“管家婆儿一劝小戏子，站稳贫下中农立场，守住贫下中农女儿的清白，跟四梦一刀两断，不当陪葬品。”

“宁扒十座庙，不拆一门亲，这个娘儿们是扒庙拆亲的害人精！”

“臭娘儿们又追问小戏子，那些小说是不是四梦冒名顶替写的，四梦有没有搂过她，摸过她，抠过她，上过她的身？”

“小戏子怎么回答？”

“一声不吭。”

“二劝呢？”

“二劝小戏子跟马挂钱儿结婚，一根藤上两个瓜，根红苗壮代代传；只要把四梦死了的爷爷奶奶改划地主，四梦家的宅院就归在她的名下。小戏子还是闷声不响。”

“这不是图财害命吗？”

“三劝她跟你抓破面皮撕破脸，揭发你的罪行，工作队就发展她入党，从你手里夺印。”

“小戏子有没有开口？”

“一言不发。”

“糟啦！”金裹银儿拍着大腿叫苦，“骚丫头动心了。”

33

工作队撤出鱼菱村之前，匆匆忙忙为小戏子和马挂钱儿办了喜事。他们在鱼菱村翻箱倒柜查三代，挖地三尺拆房顶，过完了竹篾筛子又过绢箩，折腾了十八个月十七天，却只不过把我那死去多年的祖父和祖母划为地主，坟地上的十几棵大树砍倒归公，交给马挂钱儿的副业队，打了几十辆手推车，村里有了公用的机械轴承化生产工具。以于进锅、蓝袜子和马挂钱儿为三户，将我家的老宅和菜园三分天下。我被打发到村头的小土地庙里栖身，等候下一步处理；金裹银儿被挂起来，一没有开除出党，二没有正式罢官。管家婆儿被留下来巩固成果，身份已经不是四清工作人员，而是代理党支部书记。

村头这座小土地庙，鱼菱村有多少年村龄，它就有多少年历史，村民百姓敬畏如仙宫神府。善男信女，每年争先恐后为它铺顶抹墙，粉刷四壁，油漆彩画，所以虽然风雨侵蚀，仍旧坚如钢筋铁骨的碉堡。全国解放以后，政府下令破除迷信，首先便是扒庙、毁寺、拆佛龛、焚神像。金裹银儿却阳奉阴违，改头换面，把小土地庙完整无缺地保存下来。

小土地庙门前原有两棵百年大柳树，一雌一雄，匹配成双；一棵背阴，一棵朝阳，树身相距数尺，树冠却头并着头，像一对亲密依偎的情人。金裹银儿要打造一条摆渡大船，刨倒了公树，母树守了寡。大船下河，正赶上连天大雨水满槽，金裹银儿亲自出马，撑头班船，到对岸接运汽车马车和商旅行人。谁想船到河心，水急浪大掀翻了船，就像惊牛野马直奔下游，最后撞在大河陡岸上破裂散碎，金裹银儿沉入漩涡中。多亏她身子强壮水性高，遇难不慌沉得住气，挣扎了一顿饭工夫才脱险；衣裳却被漩流扒了个精光，一丝不挂爬上了岸，大出风头落得个大出丑。

而且，公树刨倒以后，村中一口甜水井忽然变苦，过去喝这口井的水如饮甘露，变苦之后却难以下咽，喝进嘴里一口竟涩得伸不出舌头。

金裹银儿闭门思过，一日三省，终于恍然大悟，必是土地爷生了气，怪罪鱼菱村民，惩罚了她。区里连下十二道金牌圣旨，她也不肯挑头儿扒庙了。

她巧立名目，把小土地庙改叫客房，却没有一个下乡干部敢住。我并无包天大胆，而是无家可归，无处可去，才不得不住进这座无人敢住的土地庙。

小戏子和马挂钱儿结婚，我没有醋意，只是感到凄伤的惆怅，惆怅的凄伤。四清工作队在我身上花了那么多的时间和精力，我在鱼菱村还是不臭。他们在我冒充小戏子所写的那些小说上找毛病，难以罗织多大罪名，便向工作总团打了个请示报告，把矛盾上交。不过，他们严禁鱼菱村的乡亲们跟我接近，把我完全孤立。乡亲们远远地见我迎面走来，都像碰上了瘟神撞客，慌忙绕道而行。天黑走了碰头，好心肠儿的人也只是低低安慰我几句，便匆匆躲开。有一回，在井台上，跟瓜把式何老爷子对面打水，何老爷子瞻瞅四下无人，笑道："四梦，想开点儿！吉人自有天相，当年你家先帝爷马跳檀溪化险为夷，你也能逢凶化吉虎口逃生。"还有一回，我到村外堤边打青柴，柳棵子地里遇见选柳条子编筐的大巧儿，她手遮着嘴唇压低声音，说："铁打的营盘流水的兵，他们卷铺盖一走，你就熬出来了。"佟宝庆一张油嘴，劝我道："抓起来有吃有穿有住处，比在鱼菱村忍饥挨饿受苦罪强多了。"工作队将小戏子层层包围，管家婆儿最能攻心，小戏子迫于形势不敢跟我见面，被人摆布嫁给马挂钱儿，我怎么能怨恨一个失去自由，不能自主的傀儡女子呢？

夜晚，我没有吃饭，也没有点灯，不死不活躺在小炕上，夜风从村里吹来阵阵欢笑声，那是工作队在闹新房。过了半个多钟头，土地庙外的大路上，笑语喧哗，脚步杂乱，工作队连夜回城，管家婆儿也顺便休假，享受一下久别胜于新婚的枕席之乐。工作队壮士一去兮不复还，管家婆儿暂离几日也令人如解倒悬，我在轻松愉快中蒙眬入睡。迷糊中好似夜风吹开庙门，闪进一道月影；我懒得动，懒得想，也懒得睁一睁眼睛。

难道晴转多云，多云转阴，房顶漏雨，风吹雨点入窗来，滴滴答答洒落在我的脸上？

清凉的雨点儿惊开了我的睡眼，只见满屋子白花花的月光；月光中的炕沿上，坐着泪如雨下的小戏子。

“四梦哥！”小戏子见我睁眼看她，猛扑到我的胸脯上大哭。

我仰躺不动，说：“你不必言传，我也能意会，还是意在不言中吧！”

“我跟马挂钱儿是假结婚……”小戏子在我脸上鸡啄米似的乱吻着，“他挂个虚名应景儿，我这条身子上上下下，里里外外，全须全尾整个儿，还是你的。”

“入洞房去吧！”我心烦地躲她，“花烛之夜就找拉帮套的，你脸皮厚得像鞋底子。”

“这一年多不在你的身边眼前，我可没叫他占过便宜呀！”小戏子痛哭道，“有一回他捏了我的奶子一下，我抽了他两个嘴巴；还有一回他掏了我一把，我差一点儿咬断他的两根手指。”

“不要表白了。”我咬了咬牙，泪水咽进肚子里，“马挂钱儿真心实意爱你，把你顶在头上，供在佛龛里，你们又领取了结婚证，还是跟他过一辈子风调雨顺的日子吧！”

“我宁当你的使唤丫头，也不当他的主子奶奶。”

“说不定哪一天总团批捕，我就给抓进公安局蹲大牢。”

“管家婆儿手里拿着总团的批示，只把你从三类升到二类，交给村里严加管制，不抓你了。”

“千万不要忘记阶级斗争，谁知道他们哪天想起我来，也许要把我枭首示众，杀鸡给猴儿看。”

小戏子收住断线珠儿的眼泪，愣神儿想了又想，说：“你欠我的太多了。”

“今生无以报答，下世结草衔环吧！”

“你给我一样东西，咱俩就清账。”

“说吧！要什么？”

“一个儿子！”

“又说疯话。”

“我生孩子就得是你的种儿，砖窑烧出琉璃瓦；马挂钱儿的尿种装进我的肚子，下出来的是一块糟豆腐。”

“娼妇，滚！”我突然迸发出一股邪力，抓起小戏子扔出窗外。

我在小土地庙的小炕上，不知睡了几天几夜或几年几月，山崩地裂的锣鼓声和口号声把我从昏死中唤醒。萧瑟秋风今又是，换了人间，天下大乱了。怪不得工作队仓皇宵遁，管家婆儿像肉包子打狗，鱼菱村也乱成了一锅粥。

村有千口，主事一人，小戏子和马挂钱儿虽被管家婆儿委以重任，却是兔子当不了驾辕马。他俩牵头儿，带领全村老少爷儿们，踢破金裹银儿家的门槛子，恭请金裹银儿出山。金裹银儿盛情难却，俯顺民心，再作冯妇，重新执政。新的官衔儿不是党支部书记，更不是村长，而是鱼菱村贫下中农造反团政委，却不设团长和司令。小戏子是红灯照战斗队队长，于进锅和何老爷子是武斗队的教头，传授长枪大刀，强拳硬脚，铁布衫气功。马挂钱儿是侦察员，佟宝庆是司务长，蓝袜子掌管造反团的大锅饭食堂，我是金裹银儿的捉刀枪手，包写各种文告、大字报和讲用稿。刑满释放的郎串秧儿也扯旗造反，成立贫下中农红卫军，自封司令，夺了公社的党政财文大权，占领了公社大院称孤道寡；村村都递了降表，只有金裹银儿割据为王，不肯臣服。郎串秧儿放出风声，叫嚣飞兵奇袭鱼菱村，打金裹银儿一个汤浇蚁穴火燎蜂房。革命样板戏

《沙家浜》的唱词儿，变成了他的战斗口号。兵来将挡，水来土掩，金裹银儿统领她的御林军，在鱼菱村外双重设防，鱼菱村内部署了一道巷战防线；铁壁铜墙，严阵以待，只等郎串秧儿飞蛾扑火，自取灭亡。

土地庙坐落在三线上，好比城市大马路上的安全岛，我可以夜不闭户，酣然入梦。最难得的是金裹银儿也曾下令抄家“破四旧”，想不到竟抄来一大堆旧书，存放在土地庙里；土地庙里安装了电灯，我每晚在灯光下翻检旧书自娱，竟然筛选出几册绝版罕见的古本，理所当然地据为己有。旧时王谢堂前燕，飞入寻常百姓家。这些古书几经货郎小贩之手，辗转流落民间，充当文盲村妇乡女的样册子，最后在焚书坑儒的年月被我发现和珍存，也算风尘中幸遇知己。

鱼菱村布下天罗地网，郎串秧儿害怕全军覆没，不敢偷营劫寨；却被管家婆儿钻了空子，人不知鬼不觉溜进来。

造反团的大锅饭食堂，不但供应我一日三餐，而且还有一顿夜宵。要武斗也要文斗，我是鱼菱村造反团的文斗重炮手。这天夜晚，我奉命赶写历数郎串秧儿十大罪行的文稿，洋洋洒洒数千言一气呵成，掷笔点起一支香烟，悠然自得地等候蓝袜子把夜宵送来。今夜必是一大海碗葱花菜叶杂面汤，暗藏两个鸡蛋。

门外一阵响动，好像野狗觅食，门帘掀起一角，我只当狗进了屋，正想喝退这只入户偷嘴的野狗，却只见爬进来的是个血肉模糊的女人；我吓得惊叫一声，从炕沿出溜到地上，血肉模糊的女人已经爬到我的面前，原来是遍体鳞伤的管家婆儿。

“四梦，救救我……”管家婆儿也真像一条断了脊梁骨的癞皮狗，连连叩头，摇尾乞怜。

我急忙一个闪跳，站起身来问道："你怎么落得这般光景？"

"红卫兵……硬说我是……漏网地主……"管家婆儿抬起一只脏手，抹了两把满脸的鼻涕眼泪，"剃了阴阳头，挂牌子游街，带铜环的皮带抽得我皮开肉绽……最后，遣送原籍。"

"老麻呢？"

"他胆小……心窄，才斗争了几回，就跑到铁路上……卧轨自杀了。"

"啊！"

"四梦，看在……老同学的情分上……看在老麻的……情面上，你不念旧恶，救我一命吧！"

我憎恶这个多年来一直从背后向我放冷箭，给我造成终身遗憾和巨大痛苦的女人；但是杀人不过头点地，我不能在这个节骨眼儿上落井下石，便强忍着一阵阵恶心，说："你熄了灯等着，免得鱼菱村的造反团发现你，又受一回皮肉之苦，我去给你找点吃的。"

"求你……找一找……小戏子和……"管家婆儿刚要说出马挂钱儿的名字，猛然想起这是当着和尚骂秃子，在我面前犯忌，忙咬住了舌尖子。

我到大锅饭食堂去，半路上正遇见给我送夜宵的蓝袜子，抢过大海碗便拨马回头；蓝袜子在我背后骂了声："饿死鬼！"她乐得少走一大截子路，也转身回去。

返回小土地庙，远远地就看见灯明火亮，心中暗骂管家婆儿给我招灾惹祸；顾不得大海碗洒汤淌水，急走几步便听见小戏子的叫骂，管家婆儿的哀号。

“你这个……混进革命队伍的……母蝎子……骚狐狸，害得我好苦呀！”小戏子骂不解气，好像又动了手，“你找刘四梦，是不是黄鼠狼给鸡拜年？”

“哎哟，哎哟哟！”管家婆儿疼得像锥子扎刀子剐，“我跟他……早有旧情，如今同是……天涯沦落人，也就……也就……鸳梦重温……”

“你们……你们……”

“移干柴而近烈火，无怪其燃。”管家婆儿抛出乔太守乱点鸳鸯的一句判决词。

“管家婆儿，你……你无耻之尤！”我把大海碗摔在地上，破门而入，闯进屋去。

灯光下，管家婆儿赤条条光着身子，被小戏子仰面按倒在炕沿上，小戏子骑着她的肚子，一把一把狠拧她的大腿肉。

“四梦……救我，我能给你……生个一男半女……”管家婆儿垂死挣扎呻吟着。

我掉头就跑，小戏子扔下管家婆儿急起直追，狂呼乱叫：“四梦，你这头叫驴……”

如果我被小戏子赶上，不被她掐死也得给她抓烂面皮；但是她那一口口唾沫，接二连三啐在我的后背脊梁上，像被射中了几颗子弹。

我只得向金裹银儿求救。

金裹银儿一张铁脸，不动声色，命令佟宝庆给管家婆儿穿上衣裳，五花大绑给郎串秧儿送去，也算双方化干戈为玉帛，握手言和的见面礼。

管家婆儿遭到郎串秧儿的百般凌辱，又被他的狐群狗党轮奸而死。

34

贼咬一口，入骨三分。管家婆儿临死拉我给她垫背，一口咬得我像杨梅大疮升了天，塌鼻子烂脸不敢抬头见人。直到小戏子的肚子大得像一口倒扣的锅，才像被一场六月雪洗刷了我的不白之冤。

我在小土地庙的四圈，夹起四道一人多高的柳篱，篱墙内又栽满了刺槐，这叫篱笆勒得紧，野狗钻不进。而且，白天黑夜拴死柴门，闭门谢客，更不许女人出入。

乱世为王的局面稍有好转，金裹银儿封我为鱼菱村的一品牛倌，只放牧一头荷兰大公牛。大公牛的本主，是北运河种牛场。种牛场的两支对立的造反团大武斗，一支造反团摆火牛阵，向敌方发起进攻。这头大公牛体重一吨，像一辆肉坦克，尾巴上捆上干草，干草上洒了汽油，划一根火柴点着了草叶子，大公牛受了惊吓，又被烧得疼痛，便拖着一道火光飞奔起来。这辆着了火的肉坦克并没有冲入敌营，而是发疯直奔大河，从河岸上一头扑下河去。大公牛在大河中旋转兜圈儿，精疲力竭才爬上岸来，卧倒鱼菱村外的浅滩上。我到河边打青柴，大公牛向我发出哞哞哀叫，我割了几抱嫩草喂它，大公牛吃饱了肚子有力气，从浅滩里挺身站起，我才看见大公牛的尾巴烧掉了三分之二。日落西山，夕阳西下，我背着柴捆回村，这头一吨重的荷兰大公牛竟像小鸟依人，亦步亦趋跟随我走进鱼菱村口，我把大公牛带到金裹银儿家。肥猪拱门是农家一大喜事，十口肥猪大的大公牛自动上门，更是喜出望外。金裹银儿拍手大笑，前仰后合，欢迎大公牛到鱼菱村政治避难，并且命令我全心全意为大公牛服务。经过我精心喂养几个月，大公牛虽然尾巴没有恢复原状，却更加壮大如象；北运河两岸几十个村庄，都牵着母牛到鱼菱村配种，交配一回收三十块钱和二十斤黑豆，大公牛成了鱼菱村的财神。种牛场几回来人要求物归原主，都被金裹银儿骂得屁滚尿流而逃；种牛场革委会主任亲自出马，也被金裹银儿撵得抱头鼠窜而去。

我每日牛角挂书，跨上牛背，晴天头顶斗笠，下雨披上蓑衣，只差一管牧笛，就可以扮演别号饭牛翁的王冕了。到了河边，大公牛吃草，我在树下看书，和平相处，各行其是；大公牛吃饱了到树下反刍，我又顶着阳光到河边割草，天黑回村驮着草捆，是大公牛的夜餐。

造反团查抄的那些老本子旧书，后来也没有发还原主，都被我私吞归己，裱糊、装订、编码、造册，沿墙码放在小炕上，躺在枕上随手可取。小土地庙变成了小图书馆，我大发雅兴，题名饭牛斋。我是放牛的，也是喂牛的，我看书如牛吃草，牛吃草如我看书。

小时候我爱听书，听书不过瘾，才花钱买书看，书看得多偷了艺，这才描红仿影儿写小说，弄文罹文网，刺配鱼菱村，四清运动又整得我心力衰竭，这几年更心如死灰。然而，牛吃了草要挤奶、驾车、犁田、拉磨，我看了这些书静极思动。尼姑思凡，和尚做梦娶媳妇，我又产生了写小说的创作冲动。

夜深人静灯光下，我正面窗而坐，两眼直勾勾像木雕泥塑，收心、敛性、渐入境界，突然有人紧急叫门，噪声刺耳，到了手的灵感竟像煮熟的鸭子又飞了。我侧耳一听，叫门的人是小戏子，慌忙熄灯，趴在桌上打呼噜。我跟这个多疑善变的女人，已经将近一年不说话；来者不善，善者不来，我可不想引狼入室。虽然熄了灯骗不了她的眼睛，打呼噜瞒不过她的耳朵，却也向她传递了恕不接待的声息。

“四梦哥，你不开门，可别怪我亲自动手啦！”小戏子的喊声像叫阵。

我仍旧装睡，鼾声更高。

乒乒乓乓，稀里哗啦！小戏子挥起砍刀，砍断了柴门的横栏和竖杆，被砍断麻绳捆束的荆条散了架；柴门破裂歪倒，小戏子长驱直入，向饭牛斋扑来。

她手中闪动刀影寒光，我的屁股坐不住了，慌忙插房门顶杠子。

“小戏子，你疯啦？”我抄起烧火棍嚷道，“黑更半夜你拿刀动杖，打、砸、抢、抄、抓呀？”

小戏子把砍刀一扔，跪倒在饭牛斋门外，噼噼啪啪打嘴巴，哭道：“四梦哥，我冤枉了你，委屈了你，唾沫啐天落到自己眼里，遭了现世报呀！”

我虽不知她葫芦里卖的什么药，见此情景也不得不亮灯开门，走出去把她抻起来，说：“你不是发疯，也是做噩梦。”

“我是噩梦刚醒来呀！”小戏子搂着我的脖子打千斤坠儿，“你一清二白是个干净人，跟管家婆儿那个骚狐狸母蝎子没有奸情。”

“哼！”我冷笑着把小戏子扔到炕上，“清白不清白，奸情不奸情，反正跟死鬼也不能当面对质了。”

小戏子吊在我的脖子上不撒手，说：“没有人证有旁证，管家婆儿原单位的专案组，无意之中摘下了扣在你头上的屎盆子。”

管家婆儿原单位的革委会，经过查证核实，管家婆儿解放前没有参加过剥削，不应划为地主；而且，管家婆儿最有整人的心计和手段，是个难得的人才。他们下乡想把她找回去，主管一个重要的专案小组，郎串秧儿说她已经重病身亡。来人又到鱼菱村调查，金裹银儿百忙之中抽不出身，小戏子负责接待，摸清了草灰蛇迹全过程，这才如梦方醒：刘四梦不过是希腊神话中的那个慈心生祸害的农人，收藏毒蛇反被毒蛇咬。

我并没有又惊又喜，只是惨笑道："历史上千古沉冤有的是，我能活着看见昭雪不算晚。"

"我晚啦！"小戏子忽然打滚儿哭叫，"我就是那天跟你赌了气，才叫马挂钱儿上了身，种下肚子里的这个孽障小冤家。"

我的心一阵绞痛，皱起眉头拧出个苦脸，只见小戏子蓬乱干枯，满脸黑黄雀斑；蝈蝈儿似的身子已经穿不了背心，打补丁的碎花衫子也包裹不住蝈蝈儿似的身子，只能系上一个扣儿，露出大半块肚皮。

"戏子，你和马挂钱儿是名正言顺的夫妻，理当同床共枕生孩子。"我扯平了苦脸变笑脸儿，笑脸儿比苦脸更难看，"看你像个又脏又丑的老娘儿们，我心里更不是滋味儿。"

"我这辈子比金裹银儿还窝心呀！"小戏子扑到我怀里，眼泪烫着我的胸口，"我为盖房瘫了两年腿，是想跟你结成夫妻生儿女，不是为了叫马挂钱儿狗钻金銮殿，占了真龙天子的窝儿。"

"不是一家人，不进一家门。"我只得苦中作乐，跟小戏子逗趣儿，"月下老儿老眼昏花，没把你的红线拴在我的腿上。"

"你的红线拴哪个女人的腿？"

"我命中注定跟女人无缘，走不了桃花运；不是千里难相会，就是对面不相逢。”

“对面不相逢的是谁？”

“你和金裹银儿。”

“千里难相会的又是哪一个？”

“罗莎！”我只有惹恼了她，才能摆脱眼前的窘境。

“你还忘不了那个爪哇国的千金小姐？”小戏子的腔调儿，有点像山西梆子酸溜溜了。

我点了一下头，说：“忘不了。”

“你不是从上大学就没跟她见过面吗？”

“可就是忘不了。”

“你一直不知道她的下落，红线牵到哪儿去拴她？”

“那也忘不了。”

“你想拴人家，人家想拴你吗？”

“没有你，早拴上了。”

“你忘不了她，她也忘不了你吗？”

“不会忘。”

“别剃头挑子一头热啦！”小戏子满脸泪水却狂笑起来，“你走红运跑顺风船，狂蜂子浪蝶都想拴在你这条高枝上；头戴铁帽子倒栽葱，狗屎臭过了头，苍蝇都不粘你。”

我一不做二不休，气炸了她的肚皮才解气，说：“罗莎不是势利小人！”

“如果你知道她现在哪儿，你敢去拴她吗？”

“我不想叫心爱的人给我殉葬。”

“她敢来拴你吗？”

“为革命只能牺牲爱情。”

“你是上吊搽胭脂死要脸！”小戏子被我激怒了，“你人不人鬼不鬼，大庙不收小庙不留，回到了鱼菱村，是我这个势利小人上赶着收留你，是我这个贱货上赶着跟你睡觉！你嫌我不是好女嫁了二男，敢保罗莎就是好马不配二鞍吗？”

“我没有怨恨你嫁给马挂钱儿，罗莎嫁给别的男人我也不怨恨。”

“我敢明张大卖找你拉帮套，罗莎敢叫你在她的炕上躺一躺吗？”

“你们都是神圣不可侵犯，君子不掠他人之美。”

“又是当婊子竖牌坊。”

“那就请你看我今后的实际行动吧！”

“我早就看见你咬着金裹银儿的奶头子，哭哭啼啼叫姐姐啦！”

“这又是蓝袜子无中生有，添油加醋，在你耳边造谣。”

“不是她揭发检举，是我亲眼得见。”

“你长着千里眼望远镜，视力赛过X光探照灯，坐在家里能看见我在小学校的一动一静。”

“四梦，我夜夜都到小学校的后窗口偷看你，只是不敢进屋亲近你……”

我震惊了，热泪滚滚而下，紧握着小戏子的双手，说：“那时候……那时候我正心里骂你呀！”

“四梦，咱俩今生不能成夫妻，下世定要结成双呀！”小戏子撩起碎花衫子，给我擦面，“从今以后，我什么都不想，什么也不怕，为你扒出这颗心，倒净一腔血，给你重塑金身。”说着，她跳下炕，推开房门，好像随风飘去，一纵即逝。

我追出柴门，月光中已不见小戏子的踪影，只剩下白茫茫大地真干净。

人有悲欢离合，月有阴晴圆缺，此事古难全。

35

罗莎死了。

我熬到了出头之日，把一百万字的小说扔给出版社。就马不停蹄四处打听罗莎的消息。磨破了鞋，跑断了腿，还是大海里捞针，捕风捉不着影。谁想，偶然在一个外事活动的招待会上，遇见罗莎的一个大学同学，后来还有过一段工作关系的人；这才知道罗莎已经死了十三年，香销玉碎在异国他乡的赤道阳光下，原始丛林中。

罗莎念完大学，嫁给了一个比她大二十多岁的流亡的外国政治家，又一同回到她的出生地，开展地下革命活动。她的丈夫被混入游击队的敌人暗杀，她这个游击队政委的遗孀，却被打成内奸处死，而且焚尸灭迹。这支游击队后来被敌军全歼，敌人才公开了他们的离间计。罗莎的冤案，已经平反；我的错划，也得到改正。但是，她死了，我活着，见面只能等到九泉之下。

虽然恢复了党籍，领取了大学文凭，报上了城市户口，在大杂院角落得到一间斗室，长篇小说付印，预支三分之一稿费，但是我并没有欢喜若狂，也没有泪飞如雨。想到死无葬身之所的罗莎，我也好像土埋半截，死了一半，笑不出来，欲哭无泪。崎岖坎坷二十二年，我相识而又有过交往的人，哪一个不是残缺不全？一生平庸的老麻，卧轨死于火车铁轮下；他是因为受到我的株连，才交了厄运，落到这个下场。管家婆儿虽然阴险害人，但是死得那么悲惨，罪不应得。一辈子稀里糊涂的于进锅，女儿不孝顺，女婿不关心，年老力衰看菜园子的暖房，被煤气熏死，死得也稀里糊涂。大巧儿得了子宫瘤病，如果诊断得早，及时治疗或开刀，本来是死不了人的；可是她怕家里人和左邻右舍骂她得了脏症，讳疾忌医，宁死要面子。阎天贵从小到老爱占小便宜，最后贪便宜丢了命。寒露到小雪，村边麦田四周洒遍浸毒的稗子粒儿，毒死偷吃麦苗的鸡；阎天贵有一回拾到死鸡三只，拔毛破肚洗干净，高高兴兴拿回家去。大巧儿已经死了，金裹银儿带着大儿小女到小戏子家给于进锅做冥寿，吃四盘八碗。家里只有阎天贵和傻货大哥爷儿俩，炖了一大锅死鸡肉，父子二人敞开肚皮大吃大喝；阎天贵醉倒就没有醒来，傻货大哥经过三天三夜急救，多亏他的身子骨儿强壮如牛，才得以死里逃生。

二十一年远离大城市生活，乍一进城像野鸟入了笼，没过三天就耷拉翅膀打了蔫儿；住在乱糟糟的大杂院角落里，八平方米的小屋像站鸡笼子，憋闷得我舌尖生疮嘴起泡。我本来少有耐性，蹲禁闭的日子令人忍无可忍，等不得分配工作便逃离城圈，返回鱼菱村。下车飞跑直奔我的饭牛斋，柳篱中的小土地庙被人撬了门；大柳树下端坐一位展卷捧读的窈窕淑女，惊吓得我望而却步。

窈窕淑女全神贯注在书本子上，那优雅的姿势正像一座艺术浮雕，我不敢惊扰这位女学士的雅兴，蹑手蹑脚向后转；打算不声不响溜之乎也。

“四梦哥，站住！”原来窈窕淑女不过是做戏，一见我要退场，扔下了书急追。

“同志，你……你是……”我收住脚步，侧着身子问道。

她大不过二十三四岁，身高一米六以上，乌黑油亮的长发一泻而下，披在后背到腰间；瓜子脸上一双秀眉，两只俏眼，白鼻梁儿，红嘴唇儿，娇媚中隐约着一股煞气。她上身穿粉花绿条的汗衫，下身军裤脚上高跟鞋，一副半开化的末代工农兵学员风采。

“真是一阔脸就变呀！”窈窕淑女嘲讽地一笑，“我是你麻叔的小女儿，想一想。”

“麻叔……”我沉吟着摇头，“哪儿来的一个麻叔呀？”

“她是老麻的老丫头！”半路上杀出个程咬金，金裹银儿满面红光喜气，不知从何处钻出来。

“我跟老麻是哥儿们，跟管家婆儿是同班同学！”我半笑半恼地手指着这位窈窕淑女的鼻子，“降我一辈儿，你升一格，怎么踩着别人的肩膀向上爬呀？”

“我爸爸比你大二十来岁哩！”老麻的小女儿噘起石榴小嘴儿，娇嗔地白了我一眼，“我妈妈也比你大得多，你该管她叫阿姨。”

我还要跟她争个高低，金裹银儿一巴掌捂住我的嘴，说：“老丫头是自个儿找上门来，跟你结为百年之好的，你怎么能见着蒸饽饽都不乐呢？”

“她小时候，我还抱过她哩！”

“长成大姑娘又来找你抱，天生的缘分儿。”

金裹银儿给老麻的小女儿递了个眼色，老麻的小女儿闪躲回避，金裹银儿把我搡进屋去，当起说客。

老麻的小女儿十一岁父母双亡，投奔到老麻的胞姐膝下；这位姑母和姑父都是军人，姑父还是很有权势的支左军代表。她改名换姓，冒充革军子女，念完初中到部队当了三年文艺兵，又被保送到中央五七艺术大学。一九七七年中央五七艺术大学解散，她被分配到县文艺宣传队当副队长，兼任编剧、导演和主演；她亲自编、导、演的几台节目，曾到人民大会堂演出，几位中央大首长上台跟她握过手，并且给她签名留念。

“这个丫头可算是个神通广大的风向标呀！”我一边听着金裹银儿口沫飞溅的王婆卖瓜，一边嘴里啧啧连声。

“一朵鲜花偏愿意插在你的土头土脑上，溜溜儿等了你三天。”金裹银儿咬着我的耳朵，“这三天我一寸一节儿把她摸了个遍，她还真是个没有开苞破身的黄花闺女。”

“这位五七文艺战士，看中了我的哪一疙瘩哪一块？”

“你是门缝里吹喇叭，名声在外的人物。”

“比我名气大得多的人成千上万，我算老几？”

“听说县里正向上边要你，叫你当副县长。”

“我才不想当官儿哩！”

“嫌这顶乌纱帽儿小？”

“我不是棺（官）材料儿。”

“你整个儿是贱骨头！”

“本来我的命相就不主贵。”

“副县长这个官儿够大的了，老麻到死都想把这个官儿讨回来。”

“有天上飞的，有地上跑的，有河里浮的，一龙九种还不相同哩！”

“为了我你也得当这个官儿。”

“我还是给你当个门插关吧！免得妖魔鬼怪上门搅扰你。”

“忘恩负义的东西！这么多年我为你操碎了心，就为的是盼到你的出头之日，高官得坐，骏马得骑。”

“朱买臣夸官，马前泼水羞死前妻！”

“你在县里主事，我掌管鱼菱村也有个撑腰的靠山。”

“从来就没有救世主，一切全要靠自己。”

“四梦儿！”金裹银儿气得像剁尾巴猴子，横窜竖跳，“我有吃的喂狗，也不管你的饭。”

我把金裹银儿气跑了，老麻的小女儿也不辞而别。

金裹银儿前脚走，小戏子后脚就到了。

小戏子现在是村里的助产员，兼管计划生育。男要俏，一身皂；女要俏，一身孝。小戏子最喜欢穿白大褂，戴白帽子，像天上飞下一只小天鹅，在村里走来走去。她走进土地庙柳篱小院，我正摘下眼镜擦灰尘，目光模糊中真当她是协和医院巡回医疗队的女大夫，入户看病，送药上门。

“四梦，你见色不迷真君子！”小戏子笑嘻嘻扭摆着腰肢走进来，“金裹银儿‘僧是愚氓犹可训’，管家婆儿的小丫头‘妖为鬼蜮必成灾’，都没瞒过你这双戴近视镜的火眼金睛。”她咬文嚼字，引用毛泽东的这两句诗还算巧妙。

“只怕你也是给我说媒的吧？”我戴上眼镜问道。

“我来给你送避孕药！”小戏子三句不离本行，“你这个三中全会翻身户，一步登天的人上人，不老不小又有名有利，免不了遍地采花，我给你准备了万无一失的保险套。”

我急不是恼不得，强笑一声叹口气，说：“只要我不被你的套马杆子套住，绊马索绊倒，就不会马失前蹄。”

“四梦，你的好日月打了光棍儿，赶快找个人做伴吧！”小戏子泪珠儿围着眼圈儿转，“你眼下的名声身价，金枝玉叶、千娇百媚的女人都找得着，只是要掌住尺寸，别挑花了眼。”

“我找得着有小戏子这颗心的女人吗？找得着有金裹银儿那个胆的女人吗？能遇见有罗莎那冰清玉洁的女人吗？”我声泪俱下，跟小戏子粗脖子红脸争吵。

“四梦，有你这句话，我死也闭上眼啦！”小戏子摘下她的白帽子，给我擦一把泪，又擦她一把泪。

我在鱼菱村又住了十天，串百家门，吃百家饭；只有蓝袜子家那顿饭我吃着烫嘴硌牙，噎住嗓子眼儿，窝在胸口里。

一人得罪，祸及先人；我被划了右，阴间的祖父母也被阳间的四清工作团戴上地主帽子。我的冤案平反改正，祖父母在土改中划定的中农成分，也得到恢复；于是，小戏子、马挂钱儿和蓝袜子在四清运动中瓜分我家的房屋，也应完璧归刘。小戏子不等公社通知，清扫粉刷了西大屋，接我回去；我找金裹银儿当中保人，写下赠予文书，说：“我欠小戏子的，这两间半房能还得清吗？欠金裹银儿的，拿什么还呢？”我们三人抱头痛哭。蓝袜子也请出小戏子想一纸了结，小戏子刁难她，叫她备下一桌酒席，我骂小戏子不该敲竹杠，可也不得不赴宴。几杯热酒下肚，我把赠予文书交给蓝袜子，蓝袜子和佟宝庆两口子竟给我双双下跪。我把他俩抻直扯正搀起来，疯癫狂躁地大哭大叫："穷鱼菱村，富起来吧！"

我醉了个半死，小戏子和金裹银儿守护了我一天两夜，两个女人的眼泪使我苏醒过来，把我起死回生。

洒泪告别鱼菱村，留下我感恩戴德的祝愿。

36

我在鱼菱村已经上无片瓦，可算无家可归。但是小戏子家是我的别墅，金裹银儿家是我的行营，蓝袜子家是我的驿站；不是狡兔也有三窟，并非乌鹊南飞无枝可依。

岁月催人老，一眨眼就是一辈子。蓝袜子六十二，金裹银儿五十七，我五十一；小戏子最小，也已经四十有五，过去那张能够扮演杨香草和刘巧儿的小旦脸儿，眼下也是三道抬头纹，两条鱼尾皱，鼻梁子起褶儿了。难得的是我们背后私下里仍旧互叫小名儿，爱叫外号，好像不如此便是老白干兑凉水，掺了假就不够味儿。只是在晚生下辈面前迫不得已，才把老羊皮钉在墙上，绷起来装出一本正经，不好意思坟地改菜园子没有高低之分，称呼上多少得讲点礼貌分大小。不过，端起架子浑身难受，工夫一大便又露了馅儿；好比孙猴子变土地庙，藏头顾不了尾。小名儿脱口而出，外号儿也就走了嘴，反倒是儿女们强忍着不敢拾笑儿，咬紧牙关脸憋得红了发紫，紫了发黑。

我跟小戏子、金裹银儿和蓝袜子之间的交情，越老越铁，茶喝后来酽。

话说今年本月前几天，一辆汽车把我送回鱼菱村。一不是衣锦还乡，二不是解甲归田；只因病弱之躯被城市噪声吵得耳根子生烟起火，躲到乡下享受几天悠闲清静。有个意大利人写了一本书，论证寂静比金子更可贵，得了博士当了院士；我觉得这个家伙的学问大可洋为中用，比什么尼采、叔本华、弗洛伊德和保罗·萨特的奇谈怪论实惠得多。

进村赶快拜庙门，我得乖乖地向金裹银儿报到。金裹银儿从五十年代就当村干部，比英国伊丽莎白女王登基还早一年。三十多年的鱼菱村官场，十年河东十年河西，改朝换代变化多端，其他干部不知改换了多少茬，只有她任凭风浪起，稳坐金交椅，八级大风九级地震也纹丝儿不动。不是当一把手，就是当二把手，当二把手的时候也是上打君下打臣。眼下，她是村民委员会主任，俗称村长。村长是民选的，可是村民们都管她那个二十四岁的儿子叫太子。太子不等于王储，王储是御妹小戏子，小戏子不想逼宫，金裹银儿也不想禅让，这一对干姐妹一明一暗，朝野亲密合作，在鱼菱村的政治舞台上演双簧。

金裹银儿的宅院一不仿洋二不仿古，整个描着县、乡两级书记院的影子，照葫芦画瓢。虽然也是正房、厢房、倒座的四合院格局，却多了个烧土暖气的锅炉房，这在鱼菱村就与众不同。而且，还在门框上安装了一个电铃，手指一戳就响起叮叮咚咚的音乐声，很像北京南沙沟和木樨地部长楼里的设备，更是不同凡响。

汽车停在金裹银儿家门口，司机是我的熟脸儿，他连按了几声喇叭，替我装出首长架子。

这一招儿百灵百验，只听院里有人跑步而来。哗啦哐啷！两扇红门大开，金裹银儿亲自接驾。

她虽是妇道人家，却并非等闲之辈，三十多年在鱼菱村身居高位，一呼百诺，形成了一股子小国之君的威势。出场一亮相，不必装腔作势便声气夺人，小百姓望而生畏，大官儿也不敢小瞧。她不赶时髦，不好打扮，梳了个牛屎饼子圆髻，穿的是半旧纺绸的斜襟衫子，一身老气横秋更能产生威力。

我在车里点起一支烟，笑眯着眼睛欣赏她那不折不扣的母大虫形象。“门外地动山摇，我只当巡抚出朝，原来是你这个装神弄鬼的牛马走！”金裹银儿绷着脸蛋子，一双眼睛射出两道X光，“赶快给我爬出车来，报门而进。”这个女人不通文墨，记性极好，新名词儿过耳不忘。我在她面前谈古论今，说文解字，她的脑瓜子里就像装着一台录音机，一字不差收录，张嘴便能准确无误。我曾借用司马迁《报任安书》中的台头，自称牛马走，就被她记住了，用上了。

我摇下车窗，喷着烟笑骂道：“你恶眉瞪眼，摆出一副蹲门貂的架势，我怕被你扒皮啃肉，茹毛饮血，不敢下车。”

金裹银儿扑哧一声笑出来，却又挽了挽袖子，说：“四梦，我掀翻了汽车把你砸成肉饼，吃着不费牙口。”她说的虽是玩笑话，我却不能不当真。金裹银儿自幼凶猛如虎，又有一身武艺，老来仍然喜欢在生人面前卖弄她那两膀子的千斤膂力。她打赌下死注，头撞飞驰而来的汽车也不含糊。如果她真动了手，拎小鸡子似的把我从车里掏出来，那可叫我当众出丑了。

我慌忙打开车门，一边钻头一边赔笑，说：“我十二个属相缺了仨——申、子、戌（身子虚），你咬我这个病鸭子只能算个黄鼠狼。”

这两句话打动了金裹银儿的恻隐之心，她马上跑过来抢走我手中的大提包。

“我早就劝你回村猫起来写小说，你偏舍不得离开城里的花花世界，把我的话当耳旁风！”金裹银儿那张嘴是个炮口，说出疼人的话儿也带火药气味。

我却要逗她暴跳取乐儿，嬉笑道：“回到鱼菱村，在你这个土皇上治下，那就画地为牢，变成了玻璃缸里的金鱼，竹笼中的鸟儿。”

“你说这话亏心不亏心？”金裹银儿活像一支二踢脚爆竹，点火就蹦起八丈高，一连串的炸音震耳欲聋，“从你穿开裆裤的时候，就把你当小祖宗儿供在佛龛里，心掏给了你，奶都喂你吃了。”

司机是个爱好文学的小伙子，一向毕恭毕敬管我叫老师，心目中占齐了高、大、全三个字。这时，他亲眼看见老师那半神之体的形象像一具纸糊的烧货，被一个粗野莽撞的农妇捅得人窟窿小眼，忍不住想笑又怕失礼，只得把脖子拧了个三道弯儿，歪着头儿捂住了嘴。

金裹银儿的脾气，越是在生人晚辈面前，越爱叫我出丑。我虽不是口若悬河，可也不是拙嘴笨腮，背地里跟她打嘴架，胜多败少。但是，当众我却不敢顶撞一句。怕的是惹得她疯起来，两片子嘴大敞门，不知放出哪一国的毒瓦斯，把我喷得灰头扯脸，那就更不上算了。

好男不跟女斗，我只有屈膝乞和，说：“你嘴上积德，给我留点儿脸吧！”

“我这是忆苦思甜，点醒你别忘本。”金裹银儿占了我的上风，心里高兴满脸得意，“当了大官儿端臭架子，出了大名儿猪鼻子插葱，好像他们从小就没尿过炕，是睡筛子长大的。我一见这种人就七窍生烟，气不打一处来，忍不住兜根子揭他们的老底儿。”

“大婶，我们刘老师不是这号人！”司机小伙子为我鸣冤叫屈，也想岔开话题。

“哈哈……”金裹银儿大笑连声，“他的师父，你的师爷，是这一方有名的花老道；有你们这二位徒子徒孙，花老道有了二梯队三梯队，手艺不会失传啦！”

司机小伙子闹了个大红脸，才懂得远怕水近怕鬼，后悔不该不知深浅就下河。早知河边的青草里暗藏着蒺藜狗子苍耳秧儿，自己何必要当这头多嘴驴？

我和司机小伙子像两名被缴械的俘虏，跟随金裹银儿走进大门。

大门里还有一道花墙，将正房、厢房和倒座南房隔开，进出走花墙的月亮门。倒座南房共有四间，一间是会客室，一间是客房。还有两间里外相通，里间有双人床、大立柜和床头灯，外间有沙发、茶几和写字台，完全是宾馆套房的仿造。金裹银儿把司机小伙子让进套房，抽烟有烟，喝茶有茶，吃糖有糖。然后，没有把我请进里院，却是扯胳臂搡膀子带到会客室。

金裹银儿的这个行动十分古怪，过去不曾有过，令人莫名其妙。我猜不出其中隐情，便玩笑道：“大白天，拉拉扯扯……叫孩子们看见笑话……”

“少跟我耍贫嘴！”金裹银儿气势汹汹，“我们家正窝里反，你得站在我一边。”

我更摸不着头脑，说：“一家四口万元户，‘大团结’怎么把你们烧得四分五裂啦？”

“这就叫没有受不了的罪，却有享不了的福。”金裹银儿口气上发狠，目光却是黯然神伤，“大小子想抢班夺权，老东西心甘情愿给他当完粮纳税的顺民；老丫头跟大小子水火不相容，可又给他那爹撑腰壮胆儿，挑唆老东西造我的反。”

“好家伙，你们家唱起《三国志》啦！”我忙打退堂鼓，“清官难断家务事，我这个外姓人还是严守中立，不干涉内政为好。”

“你就瞧着我孤身一人，被他们爷儿仨活活气死？”

“那是你老虎掉山涧里了。”

“四梦，你出不了力也要帮两句腔，我赤手空拳总算有根打狗棒呀！”

“我加入他们爷儿仨一伙打你！”

她把我比作打狗棒，我就把她比作棒下的狗：会客室里对面逗嘴儿，我可就以牙还牙不吃亏了。

“两肋插刀真君子，见死不救是小人！”

“我不想当君子两肋插刀，也不愿当小人见死不救；眼下正时兴二重组合性格，还是一张脸两层皮吧！”

“四梦，你不给我站脚助威？”

“也并不袖手旁观。”

“墙头草随风倒？”

“不左不右，脚踩两只船。”

“哪头炕热睡哪头儿？”

“谁占理我向着谁。”

“你能一碗水端平？”

“我一定做到不偏不倚。”

“你当过法官，问过案吗？”

“没吃过猪肉，看见过猪跑。”

“那就击鼓升堂。”

“头前带路！”

金裹银儿挟着个钟馗打鬼，把我押出会客室，搡进半掩的月亮门。

37

看着像风乍起吹皱一池春水，一下脚就卷入漩涡没了顶。金裹银儿家的这场家务官司，貌似单线平图，小事一桩；一插手便被一团乱麻缠了身，稍有失误就得招来满脖子的狗蝇，落得个猪八戒照镜子里外不是人。

这年头儿，处处都有看不见摸不着的网，像四面碰壁而又难以破壁而出的鬼打墙。挑刺不知伤着哪块肉，无意之中不知得罪谁。我分别找老丫头、大小子、老东西傻货大哥和金裹银儿个别谈话，一不诱供，二不套供，三不轻信口供；头脑冷静，眼睛客观，态度公正，一点也不感情用事。但是，听来听去，四张嘴各吹各的号，各唱各的调儿，不是大同小异，而是大异小同。归纳四家之言，整个儿一锅杂烩菜。我想当墙头草，哪一阵风都够硬；我想睡热炕头，哪一边的炕头都热得烫腰；我想脚踩两只船，两条船却背道而驰；我想一碗水端平，四个人都各占一面理。多管闲事，自寻烦恼，骑虎难下，回头无路；已经做了过河卒子，只有一心向前，旱鸭子过河更得背水一战。

我本来想先易后难，从老丫头身上解活扣儿；谁想老丫头结的是蒜头疙瘩，出门就撞了南墙，上场就碰了钉子。

老丫头春蔓管我叫舅舅，从她对我的称呼上也可看出金裹银儿是一家之主。春蔓虽然已经二十三四岁，在我眼里仍是个奶黄子没退净的小丫儿，她又有一张天真娇憨的娃娃脸，所以我见面还喜欢叫她的小名儿，她也愿意我叫她的小名儿，不许我改口。金裹银儿人高马大，傻货大哥却是个榆树墩子，春蔓取娘之所长补爹之所短，不高不矮匀溜个儿。金裹银儿女人男相，傻货大哥夯头呆脑，春蔓却能剔除爹娘的糟粕，把爹娘四肢五官那一星半点儿的顺眼之处，都挑拣出来搬到自个儿身上，丑爹陋娘生了个俊女。她是傻货大哥的亲骨血，金裹银儿的独生女，本该是长在房脊上的灵芝草，奇怪的是爹娘都不喜爱她。

金裹银儿争强斗胜，傻货大哥逆来顺受，春蔓的脾气却不像爹也不像娘，是个死爹哭娘的拧丧种。她娘执掌村里的印把子，哥哥人称太子抓尖抢上，那么她至少也得算上是个根红苗壮、金枝玉叶的本乡高干子女；她却从不仗势欺人，也不走歪门邪道，宁愿事事吃亏，也不想沾她娘的光。念完了初中，高中没有考取，凭她娘的面子，处处敞开后门，可到县里当个合同工；想在乡办厂子找个美差，只要她娘递个话儿，挑肥拣瘦随她的便。她却又认定命中只有三升米，不愿多贪一合粮，偏要回村修理分给她的那一小块地球，承包几亩地土里刨食，好像能把黄土变成金。

气得她娘打出骂进，她却一声不吭，只把两只耳朵堵上棉花球儿。哥哥帮虎吃食，给娘敲边鼓，她不声不响，蔫人出豹子，突然一个金龙探爪，狠撕大太子那张摇唇鼓舌的巧嘴，把嘴角撕了个直到耳根的大口子。急救车送到医院，缝了八针才锔上鲇鱼腮一般的伤口，又从屁股蛋子上移植了一块肉皮整容润色，大太子总算恢复了原状，却没有哪个女人愿意亲吻他的腮帮子。横的怕愣的，愣的怕拧的；霸道了一辈子的金裹银儿，也被这个拧丧种的女儿吓得产生三分畏怯。

一年学艺，二年出师，踢出了前三脚，没有过不去的火焰山。春蔓种出的麦子，头箩面雪白得像富强粉，麦茬的稻子磨出的米，晶莹圆润像露珠，西太后活着能进贡。村里外出捞钱的人越来越多，扔下承包的土地撂了荒，秋后到城里买粮票交公粮；春蔓于心不忍，挨门串户找这些弃农从商的人家，把那些被他们撂荒的土地都揽在自己名下。小块连成大片，碎布头儿缝成了百衲衣，平日她带领两个合同工包打天下，农忙时节请几位临时工抢种抢收。她没有多么远大的理想和崇高的志向，只不过想这辈子活得不能像她娘，也不能像她爹，更不能像哥哥。她娘一辈子称孤道寡，可是每天都要躲明枪防暗箭，耍心眼儿玩手段，睡觉常做噩梦，能有多少乐趣？她爹一辈子窝窝囊囊，家里看不见好脸儿，出门也被人耻笑，缩头男子白来一世。哥哥自幼便是轿车的骡子单喂，吃头份儿，穿头份儿，被宠惯得馋、懒、贪、滑，真松假刁，嘴硬身子软，驴粪蛋儿外面光；三十多岁无一技之长，只会吃爹嚼娘向妹子伸手，五尺多高的汉子没有一寸可取之处。

这几年春蔓一步一登高，树大根深成了材，金裹银儿不但不引以为荣，母女之间的感情反倒一年比一年恶化。内查外调，兼听则明，刨根问底只有一个原因：春蔓要争取完全独立，自个儿要当自个儿的家，金裹银儿却偏要把女儿窝憋在老娘的翅膀下，还说是背靠大树好乘凉。金裹银儿不是灶王爷的横批—— 一家之主，而是灶王爷的横批少一点儿—— 一家之王，大权独揽，小权也不分散。她腰缠万贯，丈夫儿女身上却分文皆无；她的裤腰带上挂着大串的钥匙，丈夫儿女吃块剩饽饽都得满街上找她回家开锁。春蔓头三年的收入，零整儿全部交柜，口兜里儿不留一个钢镚儿，到月头买卫生纸都得从柜上支钱。三年里翻盖了新房，买齐了现代化的家用电器，春蔓勒紧裤带刮牙齿，并无一句怨言。到第四年头上，春蔓承包的土地扩大了几倍，要请两个长期合同工，当她的左膀右臂打下手，于是在人权和财权上，娘儿俩发生了冲突。雇哪个人，工钱给多少，春蔓一点不能做主，全都得老娘说了算。春蔓想雇的人金裹银儿看不上眼，春蔓应许的工钱金裹银儿要杀价，娘儿俩越说越不合辙押韵，唇枪舌剑不过瘾就动了手。

金裹银儿能在鱼菱村当政三十多年，不光是靠她的胆量、眼力、心计和权术，而且也靠她从老爹手里学到的拳脚。井口能骂，动手能打，荤的素的全有，文的武的都行，这才能在五霸七雄之上当盟主。她很想把一身武艺传授给儿子，无奈这位大太子癞狗扶不上墙头，天生的井绳成不了竹竿，怕苦而又怕累，她也怕这个宝贝疙瘩伤筋动骨，也就不想牛不喝水强按头。看家的武艺不能失传，金裹银儿不得不传授脸朝外的女儿，为的是黄花闺女要防身，出了门子不受气。春蔓习武用心而又豁个儿，竟把她娘的武艺接过来十有八九。后来金裹银儿发现女儿后脑勺子上长着反骨，这才多了个心眼留两招儿。不是怕教会徒弟饿死师父，而是怕虎犊能上树，自己这只老猫就降不住横不吃竖不咽的反叛女儿。金裹银儿自恃身怀绝技，不把女儿放在眼里，可就忘了本身腿老胳臂硬，女儿腰腿灵活正当年。娘儿俩你来我往，一攻一守；春蔓只是招架，并不反攻，小心提防老娘出绝招儿。满院尘烟弥漫，打了几十个回合不分胜负；金裹银儿已是气喘吁吁的强弩之末，春蔓也体力不支，锐气大减，手、眼、身、步乱了章法。多亏傻货大哥请来小戏子这个第三者插足，盐卤点豆腐喝住金裹银儿，倚老卖老镇唬了春蔓。她居中调停，母女罢兵议和，最后订立条约，今后春蔓享有百分之百的人权，百分之五十的财权；虽然仍是她娘的殖民地，可取得了自治领的地位。

这一回的母女相争，是因为春蔓要把她娘从撒切尔夫人变成伊丽莎白二世，她在家庭中的地位至少要像大英联邦中的加拿大或澳大利亚；收回她的全部权利，只承认她娘是象征性的女皇。

虚君共和，架空了金裹银儿，傻货大哥跟女儿一条心；可是，一听春蔓要把从她娘腰包里掏出的钱财，作为农田基本建设投资，花在她承包的八十三亩地上，他又跟女儿牛蹄子两瓣了。大太子反对废除家长制，不过主张爹娘轮流坐庄。傻货大哥换班即位，他就可以挟天子以令诸侯，赛得了曹操，超得过曹丕，比在他娘面前低三下四得意多了。

爷儿仨六个心眼儿，没有一致的意见，难有一致的行动，也就发动不了宫廷政变。谁想，今天早晨在饭桌子上，大太子点燃了导火索，一下子炸了窝。

大太子这几年试遍了七十二行，变换了不知多少营生，前几天刚被乡办印刷厂解雇，眼下是货真价实的无业游民。

“妈！”大太子虽然已经三十多岁，但是叫妈的行腔吐字，跟三年零四个月的顽童撒娇耍赖差不多，“我又得高人指点，生财有道啦！”

“哼！”金裹银儿拿卫生球眼珠子翻了翻他，“你还是找准了坟头再下跪，别瞧见个坟座就磕头。”

“这回我可不是拎着绳子满树林子转，真是打定主意在一棵歪脖儿树上上吊啦！”大太子指天画地，起誓发愿，“城里我有个生死之交，鼓捣汽车做倒手买卖，他刚到手一辆七成新的伏尔加，只要我八千块钱；再花一千八到公安局买个驾驶证，以后我就专门开出租汽车，一天至少给您挣个二三百，不到俩月就能捞回本来。”

“你他妈的活活儿是个败家的散财童子！”金裹银儿恨铁不成钢地骂道，“一出手就是九千八，又不知是城里的哪个男盗女娼，插圈弄套坑骗你这个冤大头。”

“舍不得孩子套不了狼，想赚大钱就得多少担几分风险。”大太子觍着脸软磨，“您掏出钥匙，打开钱柜，拿给我一张存折；今天下晚我就把小卧车开回来，先请您老人家坐头一遭，走村串乡风光风光。”

“我怕汽车座子烧屁股，翻了车垫胶皮轱辘。”金裹银儿不动心也不松口，“瓷公鸡，铁仙鹤，玻璃耗子，琉璃猫，你磨破了嘴皮子，我反正一毛不拔。”

“您如此独断专行，是可忍孰不可忍？”大太子图穷而匕首见，“干脆说吧！咱们家要废除家长终身制；您还是小孩拉屎挪挪窝儿，该我爹当几天家了。”

傻货大哥张了张两片厚嘴唇，吞吞吐吐，吭吭哧哧，说：“我看……大小子此话有理……你就依了他吧！”

“我的裤裆没破，从哪儿露出你这张嘴？”金裹银儿一句话把老伴呛个噎嗝，“实话告诉你们，活期存款五千，定期存款一万，我还留着娶媳妇聘闺女，一分一文也不能动。”

“妈，您把我那一半还给我吧！我正急着用钱。”一旁冷眼旁观的春蔓，火上浇油插了嘴，“这几年种地像荞麦皮榨油，再这样种下去就是杀鸡取卵；我想破出几千块钱肥一肥田，整一整地。”

“你跟你哥哥真是一个窑里烧出的坯子，散财童子的妹子天女散花！”金裹银儿把一碗稀粥扣在地上，米汤溅到每个人的脸，“承包的地就像过继的儿子，说不定哪天认祖归宗，我不许你花这个冤枉钱。”

“这是当村长的人应该说的话吗？”春蔓高呼口号，“拼得一身剐，敢把皇帝拉下马！”

“娘下野，爹上台！”大太子狂喊乱叫。

“那……我就……试一试……”傻货大哥呵呵憨笑，“我也不许把钱……撒在地里，汽车买到手里是自家的……”

“反了你们！”金裹银儿掀翻了桌子，挥拳飞脚大打出手。

38

金裹银儿一边给我做饭，一边骂骂咧咧不住嘴。傻货大哥是头刀菜，糊糊稠稠地挨了她两个大耳刮子；此公一辈子打不还手，骂不还口，惹不起而躲得快。大太子被踢了不疼不痒的一脚，却杀猪一般鬼叫连天，狗急跳墙翻出院子，一溜烟儿逃之夭夭。春蔓奉陪老娘也不过是逢场作戏，并没有二虎相争，捉对儿厮打，藏头裹脑闪开了她娘的泰山压顶，旱地拔葱躲过了她娘的枯树盘根；当她娘白鹤亮翅的时候，她早已鹞子翻身不辞而别。金裹银儿一肚子火气却七窍出不了烟，我自投罗网找上门来，正好充当她解闷的气眼。在金裹银儿的咒骂声中，我吃完了这顿酒饭，坛子肉咽进肚子里变成了四方砖，通州老窖喝出了来苏水味儿。多亏有线广播帮了忙，大喇叭喊叫金裹银儿到乡里开会，我才从她的语言大轰炸中脱了身，到村外转一转，河边走一走，消化一下存进胃囊的硬货。

“舅舅！”春蔓在河边招手喊叫，而且野腔无调地喊起来，“抬头望见哈雷彗星，睁眼一看是刘四梦……他欺软怕硬不公平呼儿咳呀！专给我妈当帮凶……”

出了村口到村边，春蔓就像笼中鸟放了生，三寸金莲解开了裹脚布，蔫人不光出豹子，野起来更张狂得像半疯儿。

我亲眼看她从小长大，她的眼睛也是反光镜；我的言谈话语和所作所为，给她留下的不可磨灭的印象，便是她娘的狗头军师和应声虫。金裹银儿教育儿女，一向是嘴巴、拳头、窝心脚。棒下出孝子，不打不成材，这是祖传的秘方。不过，她毕竟当了多年干部，深通两手策略，文武之道。所以，在她武斗之后，还要把我找来说教。大太了和春蔓，对于我的说教表现出截然相反的两种态度. 大太子是一字一点头，春蔓是一句一犟嘴。

“春蔓是个好孩子，好孩子要听妈的话。”我这两句开场白，拼命模仿幼儿园阿姨娓娓动听的腔调。

如果是大太子，便鸡啄米似的点头，连说：“舅舅说得对，往后再不敢惹我妈生气了。”

但是，春蔓却歪着脑瓜儿，梗着脖子，翘着小辫儿，反问道：“我妈听谁的话呢？”

“当然要听毛主席的最高指示。”

“毛主席说要文斗不要武斗，我妈为什么打人？”

“小孩子不服管教，他老人家说只要不敲脑壳，打一打屁股还是可以的。”

“语录本里有吗？”

我早料到她必定有此一问，马上拿出北京大学“井冈山兵团”内部编印的特大宝书，翻开一页，说：“你看！白纸黑字闪金光，不是我假传圣旨吧。”

她并不服气，眨了眨眼睛，又问道：“我妈大字不识是个睁眼瞎，她看得懂这本特大宝书吗？”

“你妈是文盲，可耳不聋呀！”我哈哈笑道，“舅舅一字一句念给你妈听，你妈牢记在心上，溶化在血液中。”

“怪不得哩！原来是您附了我妈的体，我妈才跟我们闹黄狼。”春蔓扭头就跑，边跑边唱，“一个黑五类，一个四不清，黑五类吹口气，四不清刮妖风……”

我是黑五类，男女老少人所共知，金裹银儿的四不清隐私，却最怕揭短。她当干部三十多年，虽不是两袖清风，一身干净，贪赃枉法的问题却并不多。四清运动下不了楼，主要是因为工作队追查她的男女私情，她却豁出了党票和纱帽也不招供。亲生女儿抓自己的脸，本来重男轻女的金裹银儿越发不肯疼爱这个死丫头了。

这几年，我这个黑五类变成了霜叶红于二月花，大太子不失时机地改口管我叫干爹，春蔓也并不随行就市，牙铁嘴硬。

“老丫头，改个称呼也没有小了你呀！”我逗她气恼，开心取乐儿，“你妈本来就四不清，难道你还怕爹多娘少吗？”

“我浑身没长着一节儿贱骨头！”她那张娃娃脸儿竟绷得有几分凶气，“惹急了我……我可要没大没小，不顾脸面了。”

“你想怎么着？”我的神经紧张起来。

“她十九，我十一，我是个人事不懂，只会尿炕的小女婿……”春蔓给评剧《小女婿》改了词儿，腔调却是关东风味的大口落子，暗中讥讽我当年穿开裆裤的时候，曾经有过一个大好几岁的未婚妻。

她假装不知道，我那个大媳妇就是她妈；历史问题宜粗不宜细，我也就不想说破。

不过，春蔓也心明如镜，在她和大太子之间，我偏向的是她；没有我给她当保护伞，她那个女霸主的妈，早就严酷镇压她的犯上作乱了。

“老丫头，你就狗咬吕洞宾吧！”我笑骂着走过去，“一言兴邦，一言丧邦，我在你妈耳边给你进几句谗言，那几千块钱就到不了你手里。”

“舅舅，善有善报，恶有恶报，您多长个好心眼儿吧！”春蔓被我抓住命根子，马上软下来，“上帝保佑您得一笔……诺……诺贝……诺贝尔赏钱。”

春蔓承包和转包的这八十三亩地，仍然分成三大块，并没有实现大联合。三块地之间，都有别人的碎地块子相隔，管理很不方便，她一直想把那些碎地块子的承包户纳入自己的系列，只是这种多边谈判颇费唇舌，春蔓的口才又差，所以很需要一个苏秦、张仪、蒯彻、陆贾之类的说客。河边的这块地最大，她在地头搭起两间茅舍，还打了一眼土井。

茅舍房山的冷灶上正升起缕缕青烟，河风一吹便弥漫成雾，我看春蔓有如雾看花。

“老丫头，你想招待舅舅一顿野餐呀？”我走进雾中，笑问道。

“您早嘬过了我妈的筷子，变成了歪嘴儿和尚念不出正经，我又何必白烧一炷香？”春蔓虽然缺少口才，但是跟我要笑却是够用的。

她头上冒着汗气，脸上淌着汗珠儿，上身穿一件大花蚂蚱鞍子，光着的两只脚穿一双大红塑料泡沫拖鞋。

蚂蚱鞍子类似胸褡而比胸褡肥大，露着胳膊却遮住腰，大姑娘小媳妇最爱穿，色彩斑斓，浓艳乱眼，不过在大庭广众之下却还要套上外罩的衫子。

春蔓果真是在起火做饭，自立门户，退出英联邦了。

“老丫头，你另起锅灶，不光你妈丢面子，自个儿脸上也不好看呀！”我从土井里提起一桶水，泼灭了灶膛里的柴火，“舅舅敢立军令状，你想要的那几千块钱，我软硬兼施，一定从你妈身上掏出来，今后可不许你闹分家。”

锅里的饭菜早熟了，我这一桶水并不能给春蔓断炊。

“请问您有什么高招儿，能打开我妈的钱柜？”春蔓冷笑着问道。

我想逗她一笑和稀泥，说：“来硬的一棍子把你妈打昏在地，使软的给她下半斤蒙汗药，趁此机会摘下她裤带上的钥匙，整个儿钱柜里的金票都归你一人。”

“您这两下子，还是哄三岁孩子去吧！”

“我的拿手好戏是发动政策攻心，攻无不克。”

“您又轻敌了！”

“你妈虽是一只母老虎，可这只母老虎懂人情，最服理儿，我比你了解得深入。”

“您知道她为什么当守财奴吗？”

“还不是你气的。”

“早知道您跟我妈穿一条裤子，说来说去还是我罪该万死。”

“那么怪谁？”

“我说出这个人，您的心眼儿就更偏到胳肢窝去了。”

“难道是……”我已经猜出她要说的是小戏子，而小戏子却是我坚信不疑的人，“你姨不是帮你夺到百分之百的人权，百分之五十的财权吗？”

“那百分之五十可抓在她手里啦！”春蔓咬得槽牙咯吱吱响，“她没利不早起，放长线钓大鱼，挖得了陷阱给我妈瞎马骑。”

“你把你姨丑化得十恶不赦了。”我听着刺耳，老大不高兴，“她这个人虽然鬼心眼子多，可还不曾在自家的汤锅里下笊篱。”

“是不是？戳您肺管子了。”

“摆事实亮出她的锅底黑，也让我识破她的真面目。”

“您转脸就告密，把我当见面礼。”

“天下本无事，都是你疑心生暗鬼。”

“您戴着眼镜四只眼儿，多住几天就会看明白。”

“你跟我到她家去，揭穿她的阴谋诡计。”

“这是叫老鼠舔猫鼻梁子。”

“我把她叫到河边来，你当着我的面把她揭露得体无完肤。”

“您还不如给我脖子上挂个石砘子，把我推下河去喂鱼虾。”

“我跟你无话可说了！”春蔓那阴阳怪气的态度，气得我转身就走。

“舅舅，您留步！”春蔓扑上前来，死扯我的胳臂，“只要您……劝我姨答应……她的儿子娶那个……女杀人犯，我就拨开云雾见了青天……”

“女杀人犯！”我像白日见鬼，惊吓得差一点儿马失前蹄卧了槽。

“瞧您这个乏相儿！”春蔓咯咯笑道，“怪不得我姨说您名声越大胆儿越小，越上年纪越像妇道人家。”

“难道你不知道我有心脏病，受不得惊吓？”我掏出手帕，擦了擦脑门子上的冷汗，“女杀人犯怎么来到了鱼菱村？”

“她是一只飞来凤，下凡尘的七仙女。”春蔓刚说了这两句，突然又惊惊乍乍，“不好，走狗来啦！”

我只当她又恶作剧，喝道：“不要离题！”

“您千万多加小心，别让这条走狗咬一口，得了狂犬病。”说着，春蔓撒开抓住我胳臂的手，滴溜溜钻进一片茂密的柳棵子地。

“春蔓，你婆婆有请！”是大太子的嘎调。

果然狗嘴里吐不出象牙。

39

大太子是他妈的指甲肉儿和眼珠子，又是他妈心头的一块病，脸上的一块痣。

一块黑痣。

金裹银儿嫁给傻货大哥，虽不是一朵鲜花插在牛粪上，可也窝心了一辈子。三十五年夫妻，只不过前三年失过脚，还是婆婆点了头，丈夫同意的，于是才有大太子这个纪念品。后来，地位一年比一年高，名声一年比一年大，自个儿就管住了自个儿。只因她那张嘴是个炒勺，三句话不离荤腥，所以村里人仍然捕风提影，连我都是嫌疑分子之一，甚至为大太子的来路背了几年黑锅。当然，扣在我头上的屎盆子早已被似水流年洗刷干净；这倒不是有谁给我的冤案平反，而是由于长大了的大太子，放在显微镜下也找不出有任何一点跟我相似。

大太子自幼吃偏饭长大，他妈只知道浇水施肥，可就忘了整枝、打杈、掐尖，等到疯了秧子再想补救，只能悔之晚矣。粪大水勤，不用问人，那是五谷杂粮；如果不间苗、薅草、松土，也不能高产。小孩要管，小树得剪，金裹银儿忘记了这两句老言古语。种瓜得瓜，种豆得豆；金裹银儿自以为栽下的是金瓜银豆，不想结出来的却是蒺藜狗子。

开头，她想叫大太子踩着我的脚印，从小学念到大学，当个金榜题名的文墨书生。后来，见我舞文弄墨惹下塌天大祸，倒栽葱摔了个青云直下，沦为头戴着紧箍咒的贱民，才知道念多大书担多大险。书中没有千钟粟、黄金屋和颜如玉，她也就不想强迫儿子悬梁刺股，囊萤映雪，读破万卷，磨穿铁砚。十年内乱发生之时，大太子还没念完小学。学如逆水行舟，不进则退，大太子目前的文化水平，比当时还得打五折。要不了笔杆子，学手艺没有耐性，做买卖缺乏眼力，下田种地又怕风吹日晒；五行八作都不成才，只落得个游手好闲的耍货儿，酒囊饭袋的吃货。金裹银儿人前护短，背后叹气；半夜三更想起来暗自哭泣，后悔当年留下这个孽种，生下来没有及时掐死。

最叫金裹银儿头疼的，还是大太子那闹不完的一桩桩花案。

大太子学不会挣饭吃的本领，潘、驴、邓、小、闲这五功却无师自通。刚比八仙桌子高一韭菜叶儿，就嗜好偷看女茅房，从十六岁起更黄鼠狼子钻狗洞；有他妈这块金字牌匾，下三烂的女人都抢着勾引他取乐儿和取利。金裹银儿想改变儿子的拈花惹草的恶习，并没有出奇制胜的新招儿，仍是祖辈传留的以毒攻毒的老套子：给大太子娶个大媳妇，捆住他的手脚，拴住他的心。

金裹银儿的口头告示刚放出去，造反团大头子郎串秧儿就把亲妹子送上门来。郎串秧儿的妹子名叫大果子，在公社中学当红卫兵团司令那阵子，曾经勒令女老师都剃成秃子，上厕所站立解手，男老师留起长发剃阴阳头，上厕所蹲坑撒尿。她独占一间教研室，四名剃成秃子的女老师服侍她的起居饮食；她在水缸里洗澡，洗澡水按人头份儿赐给男老师喝下去。胡闹了二年领下一纸文凭，滚出校门回了村，又在她哥哥的造反团里当铁姑娘战斗队队长；斗争四类分子和他们的家属，都是她领班掌刑。瞧着哪个不顺眼，女的一折三道弯儿，解下腰带把脑瓜子塞进裤裆里，系上裤腰放在毒爆火热的太阳下晒着，名曰看瓜。男的挽起裤腿儿，膝盖跪在蒺藜狗子堆上，脑瓜顶上扣一只女人的尿盆子，鼻孔里抹尿素化肥。大果子的为非作歹，连郎串秧儿都觉得出了圈儿，不赶快把她嫁出去，必定养虎成患，是个祸害。当时金裹银儿不能得罪郎串秧儿；郎串秧儿兄妹大发造反财，大果子能带来一大笔陪嫁，金裹银儿也不能不动心。大果子虽然凶恶，金裹银儿艺高人胆大，自信降伏得了她。三方面考虑得很周全，也没有问一问大太子愿意不愿意，就满口答应下来。知子莫过生母，金裹银儿最了解儿子的脾性；捡到筐里就是菜，是个女人就解馋，馋痨见着煮饽饽没有不乐的。果然，大太子一听他妈给他定了亲，嘴笑得瓢儿似的，三天一小催，五天一大吵，恨不得眨眼之间就花烛成婚入洞房。

那一年，大太子十七，大果子二十三。鱼菱村革委会成立，依旧是金裹银儿执掌大印；她给大果子减去三岁，添在大太子名下，男女双双都是二十，到公社就登了记。

大果子过门三天，敢比新盖的茅房，只香不臭。但是，到第四天便旧病复发，窝里造反要夺婆婆的权。这三天大果子关着门早把大太子擒下马，老公公窝囊不是敌手，只要斗败了婆婆，她就可以总揽家政。金裹银儿麻痹大意，大果子蓄谋已久；儿媳突然袭击，婆婆猝不及防，头一仗虽然吵了个不分胜负，金裹银儿已经表现劣势。过了不久，儿媳又发动进攻，从吵嘴上升到对骂。金裹银儿那张嘴虽是有名的二荤铺，大果子那张嘴更是口泔水缸。婆媳从早骂到晚，金裹银儿气了个半死，大果子却只不过遛了遛嗓子；金裹银儿声嘶力竭难吐一字，大果子的嗓子却嘹亮得像铜铃响。婆婆败在了儿媳的手下，金裹银儿一口气窝在了肚子里，病倒趴了炕。

大果子不但不见好就收场，而且偏将剩勇追穷寇，趁金裹银儿病中虚弱，要一举夺取家庭女王的宝座。她每天摔盆砸碗，指桑骂槐，剁着案板骂不住声。公公嘟哝了一句："杀人不过头点地，你嘴上留点德吧！"她把菜刀拍在案板上，骂道："你当惯了软盖儿王八，我可不是好捏的柿子！"那时才七八岁的春蔓也难以忍受，尖着嗓子问道："你会说人话吗？"她瞪起挂血丝的眼珠子，喝道："小贱丫头儿，骑马布当口罩，你给我闭嘴！"大太子本来站在她的立场，可也越听越扎耳朵，不得不劝一劝她："谁是我们的朋友，谁是我们的敌人，这是个首要的问题，你别像一条疯狗，见谁咬谁。"她却好歹不懂，啐道："你比混屎虫多一挂下水，少在我眼前放屁！"大太子热脸碰了个冷屁股，叫道："难道我是黑五类的狗崽子，只许脑瓜子缩进脖腔里，没有一字半句的发言权？"大果子冷笑道："人贵有自知之明，你比那些狗崽子还低一等。”大太子发起了少爷脾气，吼道：“从我爹妈到上三辈，响当当的都是贫农，我是那根红苗壮的革命接班人！”大果子狂笑起来，说：“大寨田也长杂草，你妈肚子里就不能装个野种儿？”大太子只当她是满嘴喷粪，并不心虚胆怯，追问道：“空口无凭，你有证据吗？”于是，这场婆媳之争转为夫妻恶斗。

“姑奶奶说话，字字是真，句句属实。”

“找出证人来！”

“进屋问你妈去，她还没有咽气，是个活口。”

“我早问过你妈啦！你是马下的骡子——驴配的贱货。”

“你这个野种狗崽子，敢骂我妈！”大果子在暴怒之下砍了大太子一刀背。

大太子急忙闪身，这一刀背砍在肩膀子上，虽然没有出血，却是痛入骨髓，嗷嗷鬼叫：“妈呀！大果子砍下了我一只胳膊，疼死我啦！”他倒地打滚儿，叫声惨不忍闻。

金裹银儿昏昏沉沉躺在炕上，儿媳的咒骂模模糊糊地听见了三言两语；她浑身虚弱无力，败军之将不敢言勇，也就咽下了大果子的鼻涕唾沫。但是，一听大太子被砍下一只胳臂的惨叫，母子连心，痛痒相关，竟然翻身下炕，破门而出，手疾眼快，夺下大果子的菜刀，飞起一脚，正中大果子小腹。

大果子应声倒地，身下淌出一摊血。

“妈！她刚挂上驹儿，您这一脚给踢小产啦！”大太子假充行家，顾不得胳臂疼痛，抱起昏迷死沉的大果子，直奔大队卫生室。

“你……这个……混蛋……王八羔子！”金裹银儿踉踉跄跄追出两

步，“她肚子里带着私货过门，你还要满村刷告示呀？”她的两腿颤软得拧了个麻花，自个儿把自个儿绊了个趔趔趄趄，一头撞在南墙上。

大果子以攻为守。一哭二闹三上吊；这种场面金裹银儿见得多了，唬不住也吓不倒，而且转败为胜占了上风。吃了几剂汤药，大病化小，金裹银儿的身子强壮了一点儿，气力充足了一点儿，便雷鸣电闪兴师问罪，审问大果子在出嫁之前的淫乱丑事。大果子心怀鬼胎，小产之后大伤元气，在金裹银儿的强攻之下一败涂地，只有逃回娘家，煽惑哥哥率领造反团反扑金裹银儿，替她报仇雪耻，争回脸面。然而，此一时彼一时，这时的郎串秧儿已经走了下坡路，造反团也气数将尽；但是，看到一奶同胞的妹子两眼哭出血，三天三夜水米不进而气息奄奄，也就不能不大动手足之情，收拾残兵败将冒险出击。金裹银儿在大果子走后便开始备战，调动几十名鱼菱村的小伙子严阵以待。两军相逢勇者胜，金裹银儿亲自上阵督师，不等造反团列成战斗队形，她便先声夺人，大喊一声：“冲呀！”鱼菱村的几十名小伙子便两路夹攻，四面包围。金裹银儿擒贼先擒王，一马当先活捉了郎串秧儿，造反团也就树倒猢狲散。金裹银儿下定决心棒打鸳鸯，斩断大太子和大果子这段孽缘；郎串秧儿光棍不吃眼前亏，代表他妹子无条件同意离婚。

大果子离了婚并没有改嫁，门户开放广结新欢旧好。大太子是个贱骨头，仍然死皮赖脸找上门去，喝刷锅水如饮可口可乐。为讨大果子的欢心，便从家里偷粮盗米，撬锁挖钱，给大果子进贡。耗子打洞，家贼难防，扰得全家鸡犬不宁，金裹银儿寝食不安。直到一九七八年揭、批、查运动，郎串秧儿和大果子双双被捕判刑，才搬掉金裹银儿的这块心病。然而，大太子一面寻花问柳，一面还痴心等待跟大果子破镜重圆。后来，听说大果子刑满释放，嫁给了一个在劳改农场结识的佛爷，痛不欲生差点儿喝敌敌畏。

农家子弟却打扮得像香港烂仔，我一看见大太子就吹胡子瞪眼。

“你已经三十四岁，活了大半辈子啦！”我离开春蔓的茅舍，迎着大太子走过去，见面就大声呵斥，“应该以前种种譬如昨日死，以后种种譬如今日生；改弦更张走新路，浪子回头金不换。”

“干爹，借您老人家的吉言！”大太子点头哈腰，嬉皮笑脸，“只要您一开金口，不费吹灰之力，孩儿就能变废为宝。”

我的面孔仍旧铁板一块，哼道：“你当我是法力无边的活佛，念动六字真言便把你化腐朽为神奇。”

“干爹，您太小看自己啦！”大太子摘下龙须草帽，戴在我的头上，以表孝心，“您颁布一道最高指示，我妈不理解也得执行；她掏出九千八百块，我开上了出租车，专门接送您老人家吃国宴。”

“你那个车贩子朋友是何许人也？”

“他……他是……大果子眼下的……丈夫。”

“你这个爬虫类的畜生！”我如果手里有一根打狗棒，真想一棍子打断他的腿，“你如果真心改邪归正，那就赶快收心敛性，娶个勤劳正派的媳妇。”

“我妈不给我婚姻自由呀！”大太子大叫冤枉，“她的老花眼看中了那个女杀人犯，我可不想洞房之夜就做刀下鬼。”“又是这个女杀人犯……”我自言自语，“你带我见识一下此人。”

“我怎敢羊入虎口？”大太子手儿哆嗦着给我指了个方向，“她住在何老爷子家里。”

40

鱼菱村头，北运河边，一道沙岗像一条龙脊，沙岗上的柳棵子像绿栅栏。沙岗下有一座四框黄泥墙小院，小院里有三间红瓦青砖的新房。最惹眼的还是黄泥墙里那棵老杜梨树，像一棵遮天蔽地的大绿伞，下小雨淋不湿地面，下大雨也像从筛子眼里漏下几滴水珠儿。

何老爷子七十多岁了，带着十三岁的外孙女儿小萤，居在这座弥漫着花香水汽的背静角落里。小萤的妈妈在十年前的一场车祸中丧生，这位年逾古稀的老人只有小萤这点骨血了。

小萤的妈妈原是本村的赤脚医生，后来到公社医院当大夫。有一回半夜三更出诊，半路途中被一辆拖拉机撞伤。开车的喝醉了酒，撞伤了小萤的妈妈，自已也连人带车栽下河去。天亮之后，有人发现躺在公路上的小萤妈妈，已因失血过多身亡。这是一九七七年的惨事，那时的小萤才只有三岁，哭了一会儿便睡着了，也就在睡梦和记忆里把妈妈忘了个一干二净。

小萤的爸爸虽然只念过初中，却是村里的才子，一九七八年考取了外贸学院。一九八二年念完大学，被分配到远洋货轮上当翻译，走遍三大洋五大洲，每年只有两个月的休假。小萤在外祖父身边长大，爸爸休假回家像个客人，又老是闷闷不乐，常到妈妈被撞死的地方呆坐，一坐就是半晌，两三天不说一句话。

爸爸心疼小萤，小萤可怜爸爸；爸爸心疼小萤不愿再娶，小萤的小心眼里，却想有个妈妈给爸爸做伴儿。爸爸这几年到过几十个国家的港口，带回了五光十色的八大件、土特产和小玩意儿，有日本的、美国的、英国的、法国的、联邦德国的、意大利的……还有什么布宜诺斯艾利斯、里约热内卢、圣萨尔瓦多的，地名念起来就像绕口令。“爸爸，您怎么不从美国带回一个妈妈呀？”小萤猜想，美国女人一定都长得挺好看的。

前年夏季，爸爸真给她带回一个挺好看的女人，却又打扮得妖里妖气，看着扎眼，说起话嗲声嗲气，听着刺耳。那个女人一见她便眼露凶光，她一见那个女人也噘起小嘴儿。

何老爷子更是黑着一张脸。

那个女人吃过饭，就闹着要走。小萤爸爸连眼皮也不抬，挥了挥手：“你走吧！”那个女人走到门口，一脚门里一脚门外，回了回头，看了小萤爸爸两眼，小萤爸爸却转过脸去，并不送她。

从这以后，小萤爸爸再没有带过女人回家。不久，又被调到远洋航运公司驻外办事处工作，四年一任，两年才有一回休假；父女俩分离的时间更长，见面的日子更少。

不知不觉小萤上了初中一年级，一晃长成个半大不小的少女。

何老爷子虽是个粗人，却很心细，斗大的字认不得几石，却喜好文墨。他有一身武艺，能教小萤几路拳脚，上学不受坏孩子欺负，长大不怕流氓歹徒。他是个老瓜把式，能教小萤种出皮儿薄、个儿大，咬一口甜如蜜的上等西瓜；承包一块瓜田，几年就能当上万元户。但是，他不会+－×÷，更不懂XYZ，瞧着外孙女儿的教科书和作业本干瞪眼，插不上嘴，帮不了忙，小萤重武轻文，念书不专心，期末考试两门主课不及格。小萤爸爸最近就要回国休假，何老爷子慌了神儿，他要在姑爷进门之前，找人给外孙女儿补一补课；等到姑爷回来，外孙女儿不但补考得到双百，而且要从初中二年级起，芝麻开花节节高，日新月异全班拔尖儿。

老人常到北京城里的农贸市场卖西瓜，眼界大开，脑瓜儿开窍，一车西瓜卖了二百四十元，花了一百二刊登了一条招聘家庭教师的广告。

三天不见有人登门，何老爷子急得围绕老杜梨树团团转，后悔自己当了个冤大头，汗珠子摔八瓣儿换来的一百二十元，白白装进报社的腰包。无忧无虑的小萤，却爬上杜梨的树梢，攀枝登杈打秋千，笑得像一只飞跳啼鸣的小山雀子。

忽然，柴门外有个怯生生的声音问道：

“请问，这里是小萤的家吗？”

何老爷子在杜梨树下收住脚，转身眯眼看，小萤在杜梨树上站住脚，低头向下看。只见门外站立一个二十挂零儿的城里女子，身穿白汗衫和蓝裙子，脚下一双半旧的凉鞋，手拎一只鼓鼓囊囊的旅行提包。小萤觉得，她很像日本电视片里的阿信，刚到东京，在梳头师傅门下学艺，还没有嫁给龙三少爷的那个阿信。

“姑娘，你找谁？”何老爷子走上前去，开门问道。

“小萤不是要找个家庭教师吗？”城里女子的脸儿红了红，“我是前来应聘的。”

“老师，可把您盼来啦！”小萤一声欢叫，从杜梨树上出溜了下来。

何老爷子从屋里搬出一把椅子，放在杜梨树下，请城里女子落座；小萤更是热情好客，在城里女子面前放一张小桌，又从冰箱里搬来一个大西瓜。

“不敢当。”城里女子欠了欠身，从旅行提包里掏出一个硬皮本子，“这是我的电视大学毕业证书，请您过目。”

“金字招牌，金字招牌！”何老爷子只瞄了一眼，便双手奉还，“你这位大学生女学士，愿意到我们这个荒村野店教乡下孩子，好心眼儿，热心肠儿。”

“大伯，我还有阴暗面。”城里女子又掏出一张纸，“我被劳改了六年，这是我的释放证。”说着，递给了何老爷子。

“啊！”何老爷子像被烫了手，释放证飘落地上。

小萤弯腰拾起来，看了又看，惊吓得瞪大了眼睛，结结巴巴地问道：“你……你……杀过人？”

城里女子点了点头，说：“为报杀父之仇，持刀行凶；可惜一时手软，没能把仇人杀死。”

她的故事，像一篇现实题材的武侠小说。

城里女子名叫白小鹭，父亲是一位中学教师，“文化大革命”中被一名造反学生活活打死。白小鹭当时才三岁。母亲原是武术队的女运动员，生下小鹭改了行，在一家工厂的工会当文体干事，也受到株连，被遣返原籍。小鹭在母亲身边自幼习武，十三岁那年母亲又得了癌症而死。她流落街头，捡破烂为生，夜宿洋灰管子里。直到一九七九年才报上户口，继续上学。她打听到那个造反学生竟然春风得意，官运亨通，娶了个高干家的小姐攀上高枝，青云直上当了局一级的官儿。清查三种人，她扔下功课四处告状，都被上推下卸，无人受理。于是，她铤而走险，夜入杀父仇人的家，连捅那个狗贼八刀，自己也变成了杀人犯，到公安局自首。那个恶棍没有死，只是破了相，落下一张鬼脸，削下两只耳朵，剁下一只手。她被判处十年徒刑，押送少管所，十八岁以后又转到劳改农场；在少管所和劳改农场都表现良好，两次减刑，提前四年被释放了。

“姑娘，你是当今的侠女十三妹！”何老爷子大声叫好。

白小鹭痛苦地摇着头，说：“我是个目无法纪的罪犯。”

“你是在哪儿上学的呢？”何老爷子又问道。

“我在劳改农场的最后一年，考上了电视大学，释放回家这二年完成了学业。”

“这二年你干什么工作？”

“我领了个体户执照，专做西装。”

“那可是个赚钱的营生。”

“人活一辈子，光是向钱看，有什么乐趣？”

“那么，你打算……”

“继承父业，当个教师。”白小鹭又拿出一封街道办事处的介绍信，“不被正式录用，代课也行；代课没人要，只当家庭教师也算对得起亡父了。”

“好个有心胸的姑娘！”何老爷子眼含热泪，当胸抱拳，“这一个多月，你多花心血，给我的外孙女补足了亏空，能叫我在她爸爸面前交得了账，我还要跟你订个两年的合同。”

“为什么两年？”

“保我外孙女儿念完初中，考上县城里的重点高中。”

白小鹭微微一笑，说：“高中的课程，我也能教。”

“姑娘，那你就一包五年吧！”何老爷子快活大叫，“咱们先小人后君子，一个月你要多少钱？”

“我零存整取。”白小鹭拿起小萤切得的一瓣西瓜，咬了一口，润了润嗓子，“小萤考上大学，我一总收下五年的工资。”

小萤有点胆怵，说：“我要是考不上大学呢？”

“那就把铁杵磨成针！”白小鹭柳眉倒竖，脸上下霜，“我要化作泥土，把你培植成一棵大树。”

“姑娘，多谢了！”何老爷子连连打躬作揖，“只是每个月……你多少拿几个零花钱，我才安心。”

“老人家，我在银行里有一万五千元存款。”白小鹭眨眨眼睛，“银行每月替您给我九十块钱，够花的。”

杜梨树下，迸发出三合一的欢笑声。

白小鹭来到鱼菱村只有一个月，平日不大抛头露面，却很引人注目，博得很多人的好感，也惹来不少人的红眼：喜爱她的人，管她叫白鹭子；戴着有色眼镜看她的人，骂她是小妖精。金裹银儿一心想讨她当儿媳妇，大太子几次求爱却接连碰钉子；小戏子的儿子对她一见钟情，小戏子只跟她打个照面就硌眼。她平平静静，喜怒不形于色，有人说她胸中早有锦囊妙计，打算嫁给小萤的爸爸当填房，像个难猜的谜。

何老爷子家虽不是我的行营、别墅、堡垒户，过去也常有走动，敢说是个颇受欢迎的人。而且，登门拜访白鹭子，更显得我礼贤下士。

于是，我向何老爷子家大步走去。

41

何老爷子家的老杜梨树上的喜鹊喳喳叫，好像为我这个贵客高奏欢迎曲。我心中大喜，十分得意，可就忘了多加小心，一看二慢三进门。我正快步走向门口，不想从柴门里冲出个人来，像一头挣断了缰绳的牤牛，端端正正把我撞得仰面朝天跌倒，摔了个京剧武行最吃功夫的大锞子。

更想不到这个冒失鬼，竟是满嘴喷着酒气的傻货大哥。

他把我撞倒也不进行紧急抢救，仍旧直眉瞪眼逃跑。多亏何老爷子家门前是一片白沙地，我就像撑竿跳高运动员落在塑料泡沫垫了上，没有伤筋动骨，也没有蹭破一层油皮。打个滚儿爬起来，却见头重脚轻的傻货大哥两腿编成蒜辫子，自个儿把自个儿绊了个“肯尼迪”（啃泥地），我还得跑过去救起他。

农村的女强人，丈夫十有八九软弱温顺，金裹银儿嫁给傻货大哥窝心一辈子，傻货大哥娶了金裹银儿也一辈子不算有福气。金裹银儿进门三天就当家，婆婆交出了一大串钥匙，只求吃一碗安乐茶饭。公公还想挣扎反抗，金裹银儿并不跟他吵架拌嘴，只向婆婆寒光一闪，递个眼色，婆婆就替她把公公骂个吃葡萄不吐核儿。公公是个世上难得，人间少有的缩头男子，单腿下跪给老婆洗脚，还心甘情愿把洗脚水当茶喝。金裹银儿给婆婆上紧了弦，婆婆便像鬼魂附体，在公公身上滥施酷刑。公公叫天不应，唤地不灵，只有向儿媳妇上表称臣。小叔子小姑子踢槽闹圈尥蹶子，金裹银儿也不亲自动手收拾，枕边上给傻货大哥的耳朵里吹一口气，傻货大哥便像火牛上阵，打得小叔子小姑子磕头捣蒜，向嫂子告饶。不过，小姑子出嫁，金裹银儿拿出半个家当作陪嫁；小叔子娶媳妇，她让出了全部家当，一双筷子一只碗也不要，带着傻货大哥另立门户，白手起家。所以，小叔子小姑子眼下虽已四五十岁，见着嫂子仍然怕得像避猫鼠。

不能说傻货大哥怕金裹银儿，他是死心塌地的顺从和愚忠，一辈子没有口出一句怨言，几十年没发过一回脾气。金裹银儿骂他，他不但低头认罪，更要劝金裹银儿别气出个好歹；金裹银儿打他，他不但甘受其苦，反倒怕金裹银儿闪了腕子。有谁敢说金裹银儿一句坏话，他找上门去砸锅扒炕，房顶上跳塌几个窟窿。我开玩笑封他为忠顺亲王，他忸怩不安，面带愧色，说："我距离你干姐姐的要求还差得远，给我这么大的荣誉，折我的寿哩！"逗得金裹银儿忍不住把一口汤喷了他满脸。

傻货大哥当了三十年的高干家属，不但没有沾金裹银儿的光，吃亏受累却一回也少不了他。四类分子三伏天晌午掏大粪，他一直是带班的；三九天出外工，下到冰碴子里挖河泥，他必是突击队中的一员；大年三十平整河滩地，挑灯夜造大寨田，都是他抱大锤敲冻块，西北风口吃冰激凌饺子……他年年被评为五好社员，花花绿绿的奖状糊满了墙，给金裹银儿增添政治资本。金裹银儿不给傻货大哥好脸子，槽头上却不亏待他，一年四季酒肉并不缺少，他却没有这个口福。金裹银儿夹给他一大块肘子肉，他只吃肘子皮，瘦肉拨到大太子的碗里；金裹银儿给他喝二锅头，他却觉得八分一两的薯干酒才满口香。金裹银儿不是不给他做新衣裳，他穿在身上却好像长出了牛皮癣，在金裹银儿眼前虚晃一枪，下了地便脱光膀子，扒下裤子，只穿那件他自己粗针麻绳补了又补的大裤衩儿。冬天金裹银儿逼着他身穿二毛剪茬大皮袄下地，他心里烧膛浑身起火，到了地头就把大皮袄脱下来叠得四四方方，偏穿着开花小棉袄才张飞吐沫子来了劲儿。

直到家庭承包以后，他跟何老爷子合伙种瓜，在何老爷子的熏陶下，他才学会了嘴馋身懒，天天想吃点好的，干活要在巧字上动脑筋；而且对金裹银儿也不愿百依百顺，俯首听命，虽然还不敢表现在行动上。

他参加了大太子发动的家庭政变，套用一句现时流行的术语，也是一种自主意识的觉醒。政变失败，他逃到瓜园，抹着眼泪向何老爷子吐苦水。

“大叔，您侄媳妇把我扫地出门啦！”傻货大哥哭得伤心，两条鼻涕过了河，“我一辈子忠心保主，到老来她要卸磨杀驴，落得个孤魂野鬼好命苦呀！”

“老侄子，大叔两肋插刀收留你！”何老爷子侠肝义胆，抱打不平，“你敢不敢扯旗放炮，跟金裹银儿血战到底？”

“我……一个人……没那么大胆子。”

“联吴破曹，你跟春蔓歃血为盟，唱一出赤壁大战。”

“那丫头跟我不一条心！”

“要想一条心，就得心换心。”

“她的胳膊肘儿往外拐。”

“拐到谁家？”

“她要把几千块钱撒到承包地里。”

“那是我给她出的主意。”

“大叔，您怎挑唆她花这个冤枉钱？”傻货大哥太阳穴上青筋迸起，“承包的地就像过继的儿子，说不定哪天认祖归宗。”他不由自主鹦鹉学舌，照搬金裹银儿的观点，一字不差。

“过继的儿子也得给他吃饱穿暖，不能冻着饿着。”何老爷子摸透了傻货大哥那不吃没味儿不上膘的脾气，咬着嗓轴子揭他的短，“大太子真是你的骨血吗？你怎么疼得指甲肉儿似的？”

“您就知道把棒槌给春蔓那个小黄毛丫头，自个儿怎么不认真（纫针）呢？”

“实话告诉你，等瓜季过去，我掏三千你掏一千五，咱们也得给这块瓜园的土地爷上一上供。”

“我……退出去！”

“我也早就跟你这条扶不直的井绳混腻了。”

“一千五这个大数目，我做不了主！”

“你挣来的，为什么不敢花？”

“金裹银儿……还是一家之主……没有把皇帝拉下马呀！”

“你搬到我家来，不会另起国号吗？”

“您画下的这条道，我还没有打定主意走不走。”

“那我可就要招揽春蔓了。”

“春蔓搬到您家去？”

“她的名字，要落在我家的户口本上，承包的八十多亩地，也跟我的瓜园合成一统天下。”

“好个见钱眼红的老油勺子，掐诀念咒害得我女儿犯了迷症。”

“你过奖了，我没这么大本领。”

“那么是谁给春蔓吃了脂油，糊住了这个死丫头的心？”

“小萤子。”

“红口白牙说瞎话！”

“这里边的加减乘除，你掰着脚丫子也算不过来。”

“你们插了多少圈，拴了多少套，把春蔓哄骗得上了钩？”

“是春蔓在小萤子身上，放长线钓大鱼。”

“钓……钓……”

“大鱼！”

“谁是大鱼？”

“这条大鱼就要漂洋过海，浮回咱们北运河了。”

“别跟我打哑谜！”

“你他妈的是猪八戒吃人参果，整吞整咽不会咂滋味儿。”

傻货大哥吧唧吧唧嘴，忽然眼睛瞪得铜铃大，问道：“难道……难道春蔓要当……小萤子的……后娘？”

何老爷子微然一笑，说：“原来你的脑瓜子不是个榆木疙瘩。”

“金裹银儿不同意呀！”

“我的女婿是大学毕业生，周游列国走遍天下，在咱们这河滩上是亘古一人。”

“金裹银儿早给春蔓找了主儿！”

“是不是小戏子的儿子马小跑？”

“您早有耳闻，就不该乱插一腿。”

“我的女婿是座妙峰山，马小跑是个土岗子，高低上下差着尺寸哩！”

"马小跑比您的女婿年轻。"

"挑对象又不是捋杨芽儿、榆钱儿，捡嫩的吃。"

"您的女婿不是坐轮船，就是坐飞机，轮船在海里折了筋斗，飞机在天上打个把式，碰巧了就丢了命。"

"你一辈子看守娘娘庙，风吹树叶儿都砸不着脑壳，可又能从你身上找出多少人才？"

"黄花闺女当填房，人家不说是先有后嫁，也得说是处理品贱卖。"

"先有后嫁就是自由恋爱，你多学习点新名词儿吧！"

"我没意见，就是怕……怕金裹银儿不依不饶。"

"金裹银儿比你识数儿，她知道仨多俩少。"

"可她惹不起小戏子呀！"

"堤内损失堤外补，小戏子吃不了亏。"

这二位种瓜的伙友，大喊大叫粗脖子红脸，不过吵塌了天也不会动手。傻货大哥虽然力大如牛，可是最怕何老爷子那一巧破千斤的点穴。

"何大伯，回家吃饭吧！"

家庭教师白鹭子一声呼唤，压下了他们的鸡吵鹅斗。

"这个女杀人犯……"傻货大哥打了个寒战儿，大热天浑身起鸡皮疙瘩，"教书还管做饭呀？"

何老爷子手捋长髯呵呵笑道："今天是她定亲的喜日，她理当孝敬的。"

"男方是谁？"

"此人你不眼生，见面就熟。"

“您的大媒？”

“也是先有后嫁，我搭个桥。”

傻货大哥一进何老爷子的门，看见马小跑围绕着白鹭子转得像个陀螺，才知道原来又遭暗算。他掂轻簸重，拿马小跑跟何老爷子的女婿相比，不过是丢了芝麻，却捡了西瓜，也就心平气和。肉堵了嘴，酒醉倒了人，他正大吃二喝顺情说好话，小戏子像一片飞花飘然而至，吓得他扔下半盅残酒，拔腿跑了出来。

42

小戏子的儿子马小跑，虽不像金裹银儿的儿子胸无点墨，却又被他妈的望子成龙逼赶得误入歧途。

马小跑的模样长相儿，描摹的是他妈那杨柳细腰俏脸蛋，生得唇红齿白，眉清目秀，是鱼菱村独一无二的奶油小生。只可惜他脑瓜子里的零件儿和满肚子的杂碎，全是他爹马挂钱儿那一套。

书山有路勤为径，学海无涯苦作舟，上学念书跟种地做工一个理儿，只有勤苦二字是成功的秘诀。可惜，马小跑却跟他爹犯一路毛病，从上小学到念完高中，全凭投机取巧要小聪明过日子。教室里心猿意马，下了课更无事忙；他妈给他买了一台录音机，为的是叫他学外语，却给他提供了大听靡靡之音的方便。一九八三年高考，他以百战百胜的信心报了名，然后便绞尽脑汁，把应该花在复习功课的时间，全部用在猜题和押题上，自以为必定不出所料，考上北京大学十拿九稳。谁知一进考场，打开试卷眼就直了，连一道只占三分的小题也没有被他猜中，心乱如麻急出满头大汗，脑瓜子上顶着一团水雾，一阵手忙脚乱碰洒了墨水瓶，给雪白的卷子留下一幅水墨画，那形状颇像一张被蚕食一角的秋海棠叶。行不更名，坐不改姓，他在姓名之外还写下四个大字：后会有期。乘兴而去，败兴而归，冷言冷语听了有十篓八筐六大囤。连考了三回，踢破了考场的门槛，他又自以为久病能成医，连考三回虽都落榜，却也摸着了高考的脉，于是抱着赌博心理报考了第四回。砂锅捣蒜一槌子买卖，是骡子是马就遛这一趟。然而，高考试题就像鬼难拿的庄家手里的宝盒，他四面下注也押不到点子上，八道大题就像诸葛亮摆下了的八阵图。他抓破头皮，扯断了头发，掐伤了太阳穴，拧紫了眉攒子，也还是开不了窍，找不着门，不辨东西南北，难解其中奥秘。收场的铃声惊破了他的痴人迷梦，心灰意冷，万念俱灭，歪歪扭扭在试卷上题诗一首："高考是棵歪脖树，大学像座独木桥，活人不叫尿憋死，成才之路万千条。"挥笔而就却又意犹未尽，另外找补了屈原《离骚》中的两句："路漫漫其修远兮，吾将上下而求索。"出场之后，一肚子虚火也不饥饿，雇了一辆出租汽车，直奔文具商店和新华书店；掏出钱包罄其所有，购买了十公斤稿纸和《诺贝尔奖金作品选》《全国获奖作品选》《文坛新星佳作选》《十大新秀创作谈》，从此要以创作为业，文章成名。

马小跑聪明伶俐，见景便能生情，笔下很快，但是失之兴趣太杂，想入非非，急功近利。他常常夹着他那刚出锅的作品，从鱼菱村风风火火进城来，破门而入便逼我马上给他看一看。这几年，文坛上的土特产不大吃香，没有行市；他写出的那些农村题材小说，没有一篇变成铅字。一年前，他花了三百元整，买到一家娱乐小报的记者证，自带干粮，义务劳动，美其名曰实习，报屁股上常有他采写的影星芳踪和歌星趣闻。丢下了小说也就一直不跟我照面，忙得马不停蹄分身无术，我不怪他失礼。

这一天，我午睡正酣，他忽然光临舍下，悄悄坐在我的窗外台阶上，没有大声喧哗。士别三日，刮目相看，马小跑颇有程门立雪的古风了。

钟敲三点，我从大梦中醒转。他听见我从床上爬起来的响动，便站起身叫了一声："老师！"

这一声老师叫得我大感意外。

他从咿呀学语，就管我叫舅爹，我跟他说话也就一副老腔儿，很不客气，他也可以跟我顽皮淘气，撒娇耍赖。改称老师虽然尊敬，却没有叫舅爹显得亲热；师生之谊，以礼相待，怎及舅甥和父子兼称，百无禁忌。

"快进屋来！"我招待熟人，一向很不拘礼，门户开放，随便穿堂入室。

他却一改旧习，彬彬有礼地在窗外答道："我到书房等您。"

子侄文明礼貌，当舅爹的也就不能不五讲四美。

在我那站笼一般大小的书屋里，我和马小跑分宾主落座，见他夹着一大摞新书，便问道："你在看谁的作品？"

他的脸红了红，说："英格丽·褒曼、索菲娅·罗兰和山口百惠的自传。"

我皱起眉头问："你怎么对这些书感兴趣？"

他有点难为情地笑了笑，说："工作需要，参考一下。"

我问他："最近有没有写小说？"

他所答非所问："您看过电影明星柳絮的片子吗？"

"不敢说看过，也不敢说没看过。"我想了又想，只能摇头，"她们这些人演出戏来千人一面，看不出有所不同，也就难以区别张三李四了。"

"柳絮是头一个过三关的女演员，好莱坞都打算邀请她拍片子哩！"马小跑嘴角淌着口水，打着响舌儿赞叹，"我正给她写一本自传。"

无聊文人捉刀，代女电影明星大写连篇累牍的私生活秘闻，颇有票房价值。然而，这些出卖自我的自我表现的传记，拿着肉麻当有趣儿，正像桌子下面放风筝，出手就不高，只不过供人茶余饭后开心取乐儿，自甘丧失人格。我虽然和这一行人并无利害冲突，本可以各吃一方，井水不犯河水，但是对于这种双簧手法的文字游戏，仍然十分反感。

"自传应该自己来写呀！"我沉着脸，脸色铁青，"为什么你替她写，谁找你替她写的？"

"难道英格丽·褒曼、索菲亚·罗兰和山口百惠就一定亲自动笔吗？"马小跑冷笑道，"这是《大观园》月刊的约稿，因为我和柳絮是同乡，所以编辑部请我代笔。您是我和柳絮的同乡长辈，不能漠不关心。"

"我不想看你的稿子！"

"只请您为几个情节作证。"

"我对这个柳絮毫无所知，如何证明？"

"她出生在蝈笼镇，是您的老朋友的女儿。"

“蝈笼镇好像没有姓柳的。”

“柳絮是她的艺名，她的生身之父名叫梁本洁，是一位著名的农艺师。”

“梁……本洁……农艺师……著名的……”我搜索枯肠，从尘封的记忆中发掘故人往事，“梁本洁只怕是梁半截儿吧？当年我下乡挂职，在蝈笼镇蹲点，有个叫梁半截儿的中年汉子很会种瓜，我把他抽调到农技站……”

“当总农艺师！”马小跑引导我的思路。

“当时没有这个官衔。”我摆了摆手，“他只是农技站的一名农民技术员。”

“那时候一切都学苏联，他们有葫芦咱们就有瓢。”马小跑瞪着眼睛一口咬定，“有位苏联女作家写过一本《拖拉机站站长与总农艺师》，咱们有拖拉机站，怎么能没有总农艺师呢？”

“好个随心所欲的推理！”我被他气笑了。

马小跑却一波未平一波又起，另找个题目，说：“梁本洁是美国教会开办的潞河农学院高才生，得过美国农业专家的真传。”

“哪里有什么潞河农学院？只不过有一个附属潞河中学的乡村职业学校。”我忙纠正他的无中生有，“梁半截儿在它的实验农场当过二年长工。”

“年深日久，您的记忆难免颠三倒四。”马小跑又舌头一转，“柳絮的母亲焦艳花，跟您是大学同学……”

“小学同学！”我可真急了，“她念小学六年级，我念小学一年级；她比我大八岁，是我的大师姐。”

"我要给您做个注解。"马小跑满脸郑重其事的神态，"那座小学，一九五八年改为社办大学，名声不小。"

"浮夸风的产物！"

"反正有过那么一回事儿，就不算虚构。"

"自传要讲究真实！"

"后来，焦艳花跟梁本洁离了婚……"

"更是捕风捉影！"我又打断他的话，"三年困难时期，梁半截儿得浮肿病死了，焦艳花才成为寡妇。"

"这是自然离婚。"

"你对离婚二字，怎么有如此兴趣？"

"这是女星自传中不可缺少的作料儿。"

我哼了一声，说："为了赚取廉价的戏剧效果，不惜歪曲事实，损害父母的形象。"

"传记文学，也可以借用小说的艺术加工手法。"马小跑伶牙俐齿，振振有词，"焦艳花在丈夫死后，化悲痛为力量，自我奋斗成为民歌演唱家，跟一位知名表演艺术家志同道合，相爱再婚；柳絮自幼跟随母亲和继父，到全国各地演出，耳濡目染，受到了广泛深入的艺术熏陶，为她后来登上电影明星的宝座，奠定了雄厚的基础。"

"她的继父，算得上什么表演艺术家呀？"我听马小跑信口开河满嘴跑舌头，真是哭笑不得，"那人也是个撸锄把子的农民，肚子饿得难以忍受，学会了变戏法，流浪卖艺；焦艳花一个人难喂两张嘴，才带着孩子跟那人搭伙，强作欢颜唱几支民歌小曲，给那人垫场，这算什么演唱家？"

"谢谢您为这些重要情节提供了第一手材料！"马小跑合上活页夹子，"自传的上部，关于柳絮的身世，可以动笔了。"

"等一等！"我拦住他，"添油加醋地编造这些荒诞离奇的故事，柳絮是何用心？"

"不甘寂寞，引人注目。"马小跑嘿嘿儿笑道，"她已经三十四岁了，眼看就人到中年，不在社会上制造强烈的反响，哪个导演还肯找她拍片子？"

"《大观园》为什么要发表这种捏造的自传呢？"

"可以大幅度增加销路。"

"你呢？"

"有了块敲门砖。"

我恍然大悟了。

送马小跑到门口，他和我握手告别，转身而去。我看见他走在林荫道上，阳光洒下斑驳的光影，将他那件西服的后背照得大窟窿小眼，好像被不知多少根手指从背后戳破。

然而，马小跑的这块敲门砖，不但没有敲开文坛的龙门，反倒像竹篮打水湿了脚。

柳絮扮演舞女、暗娼、淫妇、破鞋、女流氓和女特务，虽然已经小有名气，但是一没有得过百花，二没有抱过金鸡，在影视圈子里这辈子也挂不了头牌。马小跑给她代笔写出自传以后，《大观园》月刊却不守信用，找出种种借口拒绝刊登，即使选载其中一章一节，马小跑也得包销三千份杂志，那就是两千多元。马小跑花了三百块钱买来个记者证，每天食宿自理，白给娱乐小报跑腿儿，为的是有朝一日能够脱颖而出，名利双收，一举两得。现在，为了发表自己不能署名的柳絮自传，还得向他妈小戏子申请追加大笔开支，他怎能伸得出手，张得开口？却在这时，柳絮姘了个外商出了国，一到香港便沦落风尘，当了个下等应召女郎。马小跑赔了血本竟没赚出一声吆喝，一口气窝在胸口，回家便大病一场。他妈小戏子跟干姨金裹银儿，亲如一条娘肠子里爬出来的同胞姐妹，便暗中包办，要把青梅竹马一块长大的马小跑和春蔓结为夫妻。

当老人的只想亲上加亲，把儿女当黄瓜茄子煮一锅，却忘了有缘千里来相会，无缘对面不相逢，自寻烦恼而又执迷不悟。

43

镇压小戏子，是我的独家手艺。我一不会念紧箍咒，二不会捉妖驱邪，三不会拿刀动杖，四不会叫街骂巷，但是小戏子就怕我一个人。

人人都至少各有一怕，没有一个人无所畏惧。我亲眼见过，虎背熊腰的彪形大汉，偏怕一只毛毛虫；毛毛虫落在他的脖子上，吓得他鬼叫连天像个老娘儿们。我也见过胆小如鼠的弱女子，捉弄吐着火舌子的绿花蛇，像把一条丝线绕在手指上。

小戏子从小怕念书，看见书本子就眼晕肝儿颤，脑仁子生疼。我却自幼念书如喝蜜，大厚本子的书最引起我的兴趣，于是小戏子从怕书转而对我产生迷信。她见我抱着一块砖似的大词典，惊吓得吐出舌头缩不回去。后来，我又学会了写书，在她的心目中更是魁星楼里的一尊神了。有时我大发奇想，小戏子被我唬住，就像鲁迅先生的小说《风波》中的八一嫂，被赵七爷那一声断喝："丈八蛇矛，你抵挡得了吗？"就吓得魂飞魄散，五体投地。

我出场一个叫板，然后西皮流水，二黄回龙，嘎调吹腔，南梆子转高拨子，五音乱了小戏子的耳，哑口无言聆听我的男低音独唱。我急忙趁热打铁，喝令马小跑把他妈驮回家去；何老爷子和小萤子怕在半路途中出个好歹，也一前一后伴驾随行。

黄泥小院里，老杜梨树浓荫下，只剩下白鹭子一人收拾杯盘碗盏，我正好细水长流地跟她进行个别谈话。

这是个见过阵势的女子，拉得下脸，敞得开口，有问必答，无话不说。

她本是巧手裁缝，自己的衣裳都是自己设计，自己剪裁，自己加工，穿在身上别具一格。她讨厌薄、透、露、怪，喜欢朦胧和缥缈；朦胧和缥缈比薄、透、露、怪更迷人眼目，动人心魂，一见之下就着了魔。

白鹭子那深眼窝子里的目光恍惚如雾，天生一副索菲娅·罗兰的嗓子，喑哑而沉郁的女中音。她来到鱼菱村的头一天晚上，就跟马小跑照了面；面对她那朦胧和缥缈的服装、恍惚如雾的目光、女中音的喑哑和沉郁，情不自禁拜倒在石榴裙下。

马小跑大败而回，他妈小戏子大失所望，母子之情一下子降到北冰洋的气温，零下六十多度。哪怕是骂得他头钻裤裆，打得他皮开肉绽，也还算是恨铁不成钢，冷酷中仍有一丝暖意。然而，小戏子却整天跟他不过一句话，走碰头也不看他一眼，好像家里没有他这个活口，不如一只鸡，一头羊，一口猪，一条狗。马小跑羞愧难当，不敢跟他妈同桌吃饭，躲进他自己的屋里也踮着脚尖走路，不敢有一点响动。上厕所像老鼠出洞，从门缝里东张西望，扫不见他妈的影子，听不见他妈的动静，才贼溜溜钻出来，到厕所里卸了货，便又一溜烟儿回窝。

他无心看书，也没有兴致写字，躺在床上瞪着顶棚数房檩，心中默念小萤爸爸的名字，只盼小萤的爸爸从海外归来休假。他要两箩眼泪一腔子血，恳请小萤爸爸收他在远洋货轮上当个临时工，五大洲三大洋跑码头。中国埋没了他这个人才，他要到外国大显身手。听说基辛格原来是个被希特勒追杀得无家可归的犹太人，跳上一艘远洋货轮逃到了美国，上大学，得博士，眨眼之间就发了迹。后来当上总统国家安全顾问还不过瘾，又从罗杰斯手里抢过国务卿才心满意足。穿梭外交满天飞，比苏秦、张仪神气多了。人贵有自知之明，马小跑并不妄想到美国官居一品，他从电视台的《世界各地》节目中看到，大洋洲有不少不知名字的小岛，岛上住的是美拉尼西亚人；即便他被哪一位小酋长招为驸马，娶个半裸草裙的代战公主，将来以驸马身份回国旅游观光，也算衣锦还乡，荣归故里，至少得受到某一位副总理接见。在人民大会堂的会客厅照相，背景是乱云飞渡仍从容的迎客松，还要拿到电视台的新闻节目中播映，也算在全国露脸，大出了风头。

他孤身独处，憋闷得虚火旺盛，日子一多便免不了产生幻听幻觉。他正躺在床上胡思乱想，忽听他妈小戏子和干姨金裹银儿在上房嘀嘀咕咕，喊喊喳喳，叽叽呱呱，好像一会儿交头接耳，一会儿开怀大笑。他拉长了耳朵窃听，他妈细声嫩气，仿佛说的是小萤爸爸回来了；干姨的嗓门子大，还说带回一个姑娘不像姑娘、媳妇不像媳妇的大妞儿。马小跑喜出望外，伸头探脑抻长了身子，吱溜钻出了后窗口，翻蹄亮掌直奔何老爷子家跑去。

“大哥，大哥！”马小跑敲门一拳比一拳重，喊叫得一声比一声高。

何老爷子跟傻货大哥联合承包瓜田，平日他守在外孙女儿小萤身边，不到瓜田看瓜，看瓜的是傻货大哥。从今夜晚起，小萤有了白鹭子做伴儿，大热天他住在家里也不方便；白鹭子会两下拳脚，白天教书，黑夜护院，一身二任，他大为放心，便搬到瓜园窝棚里，跟傻货大哥一同巡逻守卫瓜园。两个人看瓜拉起了两道警戒线，四只眼睛是四盏探照灯，瓜园固若金汤，万无一失，杨香武和朱光祖前来偷瓜，也得知难而退。

吃过晚饭，何老爷子叮嘱白鹭子关门安歇，便摇着大芭蕉扇到瓜园去了。何老爷子一走，白鹭子插门闩，小萤顶门杠，师生二人在老杜梨下冲了凉，只穿背心裤衩；院里铺上一张炕席，阶前月色凉如水，卧看牵牛织女星。

马小跑叫门，两人都跑进屋里，白鹭子匆忙中套上她设计制作的日本女和服式花睡袍，来到门楼下。

“谁？”

“老弟马小跑。”

“找谁？”

“你家我大哥。”

“拜错庙门了。”

“大嫂，开门吧！”马小跑甩了个《武家坡》里薛平贵的鼻涕腔儿。

白鹭子和马小跑隔着门板问答，好比《三岔口》的背供，互不摸底。马小跑一句比一句油嘴滑舌，不但令人起疑，而且逗人恼火，白鹭子认定不是醉鬼，便是流氓，找上门骚扰她这个新来乍到的孤身女子。人善有人欺，马善有人骑，不给门外这个坏小子一点颜色看，今后她就难以在鱼菱村站脚栖身。于是，她搬门杠拔门闩，拉开刀枪架开门亮相。

“你是什么东西，到这里兴妖作怪？”白鹭子冷声恶气问道。

月光迷茫眼蒙眬，马小跑看不出白鹭子那难看的脸色，仍然轻模贱样儿，深深唱了个肥喏，说：“嫂夫人，小弟这厢有礼了！”

“滚！”

白鹭子正要飞起一脚，把马小跑翻高摔个脆的，小萤从屋里跑出来，拦住了她。

“白老师，他是我小跑叔，正在自学成才，要当作家哩！”

“好侄女，别给跑叔的脑瓜子上戴五色高帽儿啦！”马小跑指了指白鹭子，压低声音：“原来她不是……你爸爸的……”

“您就爱吃柳条拉笊篱，肚子里瞎编！”小萤啐了一口，“我爸爸还得一个多月才回来，白老师正帮助我补课，免得我也落个您那可悲的下场。”

“白老师，冒犯了！”马小跑向白鹭子连连道歉，“我这个人形象思维发达，想象力过于丰富，常常因为对生活真实进行艺术加工而张冠李戴，牛头安了马嘴。”

白鹭子笑了笑，说：“这可就言重了！我也是疑心生暗鬼，出口不逊多有得罪。”

“小跑叔，快请家里坐，跟白老师交流交流自学成才的经验。”小萤好客，又爱听马小跑侃大山，不想把马小跑放走。

“意料之外幸会白老师，正想当面请教。”

马小跑这些日子，自个儿把自个儿软禁起来，憋足了一肚子话想找个主顾倾销，眼前的听主儿又是个奇装异服的年轻女子，更要一吐为快。

小萤拉开院灯，摆放了一张小圆桌和两只方凳，从冰箱里拿出两瓶自家熬的杏干汤；马小跑润透了喉咙，便倾盆大雨独白起来。

马小跑一身的毛病，可就是不会藏奸窝坏，五脏六腑清浅可见，没有花花肠子，不管熟人生客，跟谁都掏心窝子。他和白鹭子不过是萍水相逢，初次见面，便翻箱子倒柜，把自己的隐私亮了个底朝天。男儿有泪不轻弹，只因未到伤心处；最后说起他目前的处境，竟忍不住哭了鼻子。

白鹭子杀过人坐过牢，心肠冷脸也硬，马小跑的一副赖相，可怜、可悲而又可笑，只能以毒攻毒，大泼冷水，才有疗效。

“马小跑同志，恕我直言。”白鹭子两片刀子嘴，说出话来最能刺伤自尊心，“一个人的最大悲剧，就是不知道自己卖多少钱一斤，找不着自个儿的坟地；也就一辈子学不到一技之长，没有挣饭吃的本领，过不上一天快活日子。”

“白老师，你一针见血，点破了我的迷梦！”马小跑不但没有恼怒，而且扯起袖口擦了一把鼻涕，眉开眼笑起来，“我早就怀疑自己不是当作家的材料儿，可就是不到黄河心不死；多亏你直言不讳，使我下定了洗手改行的决心。”

一把钥匙开一把锁，白鹭子跟马小跑是天生的缘分儿，三言两语就像观音大士慈航普度，把这个走瞎道的荒唐小子引上正路。

从这天起，马小跑每晚必到何老爷子家陪客，聆听白鹭子那循循善诱的教诲，决心报考电视大学，将来也拿个大专文凭。同时，又拜白鹭子为师，请白鹭子传授他设计和剪裁新潮服装的手艺。

他们的相爱在悄悄地步步深入，小戏子和金裹银儿为马小跑和春蔓的联姻也在暗中加紧进行。马小跑把他妈蒙在鼓里，小戏子把儿子装进了闷葫芦罐儿，娘儿俩转开了影壁。

马小跑跟白鹭子偷偷订婚，小戏子上门为大太子说媒，砰的一声撞了头，文戏武唱了。

44

我怕按倒了葫芦浮起了瓢，跟白鹭子只谈了个开头，便拴扣子收尾，赶奔小戏子家，听她如怨如怒，如泣如诉；精雕细刻地做她的思想工作，哄她转怒为喜，破涕而笑。

整个鱼菱村，中老年两茬人，敢说没有一个人不受我的思想影响，但是只有小戏子做到了迷信和盲从，是我的铁杆儿死党。

小戏子眼高心多，跟金裹银儿斗智，就像关云长戏耍周仓，周仓没有一回不上当，金裹银儿也没有一回不吃亏，管她叫主意作坊。金裹银儿在鱼菱村称孤道寡，耍花招儿使手段，都是从她这个主意作坊趸来的。所以，小戏子这些年从不下大田，也不出外工，身穿白大褂当助产员，兼管发放避孕药，一年三百六十五天在大队医务室拿大分。她的丈夫马挂钱儿，过去一直是副业队长，眼下是村办工厂经理，常年跑外，驿马流星，西服革履蛤蟆镜，万能胶，路路通。鱼菱村的首富，明里是金裹银儿，暗中却是她家。马挂钱儿想盖一座小洋楼，小戏子骂他小人乍富，根根汗毛眼儿冒俗气，风雅二字一窍不通。

北京宣武门外，仿造了一座《红楼梦》里的大观园，门票两块钱一张；这个票价能逛二十趟颐和园，四十回北海公园。小戏子曾听我口说《红楼梦》，算得上是半个红学家；她在大观园里溜溜儿逛了一天，怡红院、潇湘馆、蘅芜院、稻香村她都不喜爱，偏是看中了妙玉的栊翠庵。过目不忘，脑瓜子里装回了蓝图，回家便破土动工，仿造那个仿造的栊翠庵盖起了一座宅院。马挂钱儿和马小跑父子都觉得背兴，可是小戏子开的是一言堂，爷儿俩的两张嘴只能贴上封条。马挂钱儿怕小戏子，比傻货大哥怕金裹银儿另有一功，傻货大哥只知道低头死受，马挂钱儿却变着法儿凑趣献媚。他从几千里外买来几十竿翠竹，栽种在窗前、屋后、墙角，雅得充足够味儿，讨取一夜枕席之欢。栊翠庵式的宅院住着个穿白大褂的小戏子，真可谓风景这边独好。

难得的是正房有个客厅，小戏子把我的旨意加了码。她请文化馆的画家画画，书法研究会的高手写字，又从新华书店进书。文化馆的画家文不对题，画了一幅秦可卿房中的《海棠春睡图》，书法研究会的高手更是想当然耳，听说讨字的人名叫小戏子，便随心所欲写了一幅歪联："莺啼燕啭金嗓子，大珠小珠落玉盘。"那位新华书店老板最会锦上添花，把在农村书市最滞销的大厚本子精装书，都塞进了客厅的书橱，整整齐齐，满满当当。我每回走进这个客厅，都觉得窝心堵痛，可又不敢扫小戏子的兴，只能拍掌叫好，赞不绝口。

鱼菱村没有被评上文明村，小戏子家却当上了文明户。

小戏子一家三口，都不土里刨食，他们的口粮田全部转包到春蔓名下。马小跑是个散财童子，大把地花钱而没有分文进项；小戏子仍然当着助产员，收生费用调了价，但是一年开不了几回张；不能稳拿全年的大分，连自个儿的吃喝也挣不出来。全家的开销，都靠马挂钱儿这个千手佛，四面六路八方抄肥。马小跑花亲爹的钱，一点不觉得欠情缺理；小戏子花丈夫的钱，一分一文都亏心烫手。丈夫做买卖的资金，是国家银行的优惠贷款，赚钱之后不但不肯还本，而且不愿付息，损公肥私不是长久之计。马挂钱儿跑码头花钱如流水，每到一处都姘个暗门子的娘儿们。上个月，马挂钱儿回村报账，小戏子从他的公文包里搜出一张光身子女人的照片，气得她拿起剪子，铰得七零八碎；甩手把剪子飞出去，差一点儿扎瞎马挂钱儿的眼珠子，马挂钱儿一个藏头裹脑缩脖儿，飞剪在脑瓜皮上划出一道垄沟。马挂钱儿落荒而逃，肉包子打狗，至今不知下落。

家家有本难念的经，小戏子想到丈夫早晚有一天犯案，儿子是个不成器的半瓶醋，便愁得肠子打结，害了失眠症。睡不着觉扳着手指掐算，黑夜中忽然眼前一亮，好像看见春蔓笑吟吟地站在大片承包地上。大片的承包地是进可攻退可守的聚宝盆，春蔓便是聚宝盆上的一棵摇钱树。于是，她当机立断，自作主张，要把春蔓娶进来当儿媳妇。马小跑幻觉幻听那天晚上，这一对干姐妹嘀嘀咕咕，嘁嘁喳喳，叽叽呱呱，正是秘密商议这桩婚事；只不过马小跑另有所思，两耳失聪，猜测到别的题目上了。

把春蔓许配给马小跑，金裹银儿早有此意，干妹子主动开口，当然一拍即合。

马小跑虽然没有成名成家成了气候，可是在鱼菱村仍不失为一名风流才子，跟女儿春蔓匹配良缘可算上上婚。同时，她也想到，自己没有文化，一年比一年见老，料理村政大事已经力不从心，最需要一个贴心的秘书分担代办一些政务。过几年自己卸了任，转让给贴心秘书接了班，一脉相承仍是自家人；招为东床佳婿的马小跑，也是最佳人选。

姐妹俩异曲同工，殊途同归，从不同方向想到了一处。然而，她俩又是半吊子的开明人士，不愿完全包办子女的婚姻，只想推动马小跑和春蔓演出她们编导的这个主题先行的喜剧，这就多费了时日。

春蔓是女中丈夫，看见小白脸儿的男人就肉麻，马小跑这个绣花枕头不入她的眼。马小跑以才子自居，土造的肠胃却是城市的口味，春蔓的色、味、香也不合他的胃口。不过，他们是两辈的干亲，说说笑笑，打打闹闹，本来是家常便饭；金裹银儿却只当动口动手就会出恋情，难免麻痹大意，忽视了细针密线下功夫，大意失荆州。

有剩男没剩女，春蔓出嫁并不是金裹银儿的当务之急，她最烧心的是大太子那老大难的婚姻问题。

大太子已经三十四，一晃就是四十三，当妈的怎能不心里起急，身上长痱子？大网捞鱼到处下笊篱，金裹银儿火燎心焦想给儿子找个填房。女杀人犯白鹭子来到鱼菱村一个星期，便吸引了金裹银儿的注意力；两个星期不到半个月，金裹银儿已经摸透白鹭子的底细，连白鹭子在银行存款的数目，也打听得一清二楚。金鸡怕玉犬，白马犯青牛，大太子这个浪荡梆子就得娶个女杀人犯恶治。

大太子是一只采花蜂，哪怕是一朵狗尾巴花，他也得三起三落尝个鲜儿。然而，人有失算，马有乱蹄，采花蜂咬了玫瑰刺儿，蓝袜子那个扫帚星的女儿像狗皮膏药牛皮癣，死粘在了大太子的身上，过五关斩六将的大太子走了麦城。不过，母命难违，他还是硬着头皮撞大运，当然是撞在了大帽儿枣核钉子上。为讨老娘欢心，他只报喜不报忧，自称已经跟白鹭子打得火热，蒸熟的馒头只等揭锅。

金裹银儿信以为真，这才请小戏子出马上阵，画龙点睛搭鹊桥。

小戏子在鱼菱村的女人堆里，是个办外交的能手；她舌香嘴儿甜，老的听她的话入耳，少的听她的话动心。她并不说媒拉纤，可是哪桩婚事遇到了难解的疙瘩，只要把她搬出来，吹口气就能排除万难，皆大欢喜。白鹭子虽有大专文凭，还有几个存折，但是女杀人犯的名声洒上几缸巴黎香水，也还是顶风臭十里。大庙不收，小庙不留，只得来到鱼菱村找出路。要想在鱼菱村站住脚跟，打开场面，只有拜倒在金裹银儿门下。嫁给大太子，当上金裹银儿的儿媳妇，那就改变了身份，抬高了地位，人人另眼相看，家家笑脸相迎。所以，只要她上下嘴唇儿一呱嗒，白鹭子就得乖乖地顺从人意，跟大太子西葫芦配南瓜。

如意算盘十有八九竹篮打水，常打猎的小戏子被雁啄了眼。

白鹭子爱上马小跑，自有她颠过来倒过去的盘算。她虽然拿到了大专文凭，但是目前城里的各个单位都人浮于事，很难补个空缺。她虽然手里颇有几个钱，但是想跳出她居住的那座七十二家房客的大杂院，还不知何年何月。她虽然曾身犯重罪，但是人品并不低劣，街道上的老婆子给她介绍对象，却不是倒儿爷，就是耍货儿，没一个好东西。几个叫她动情的男人又都是有妇之夫，她有前科而不敢插足，更不敢陪打离婚官司。鱼菱村有花红草绿的风光，鸟语花香的环境，住宅宽敞大院子，京门脸子交通很方便，生活方式也已经半城市化了；马小跑虽然轻浮，却不是痞子，不能成名成家，但多少有点才气。马小跑一宵的工夫给她写了八首情诗，每首都有一两句令人鼻头子发酸，眼眶子潮湿，心窝子滚热。于是，快如闪电，她接受了马小跑的求婚。请出何老爷子当媒证，喝了订婚酒便是生米入锅，先斩后奏，只等小戏子追认，揭锅就焖出了熟饭。

老杜梨树下摆酒席，四盘八碗都是下酒的菜；白鹭子是女中酒仙，扯着傻货大哥划拳，罚三杯陪一杯。喝得酒酣耳热，闹得热火朝天，满面春风的小戏子走进来。

白鹭子已有几分醉意，醉眼蒙眬看见小戏子一张笑脸儿，便当是婆婆闻讯而来揭锅，顺水推舟成全好事。

“妈！”她手捧酒杯迎上前去，悦耳动听地叫了一声。

“好个嘴唇儿上抹蜜的甜闺女！”小戏子只当这个城里姑娘巧嘴讨俏，脑瓜子里也就没有拐个弯儿想一想。

傻货大哥瞅空溜之大吉，马小跑杀鸡抹脖儿打手势，玲珑剔透的白鹭子却被美酒烧昏了头，犯起糊涂看不出潜伏着的危机。

“妈，我早想到家里看望您，只怪小跑横拦竖挡不许我去，好像您是一只老虎，能把我连皮带骨生吃了。”她把酒杯送到小戏子嘴边，“我跟小跑今天订婚，您喝下这杯全家福的喜酒吧！”

“哎呀！”小戏子大出意外，惊叫一声，劈手打落了酒杯，“我家小跑早有了对象，你想搭上一股做二房呀？”

恶语伤人六月寒，白鹭子像被冰雹砸头醒了酒，婆媳、母子、未婚夫妻之间打起了罗圈架，不是我出场就收拾不了这个局面。

但是，小戏子是个难缠的角色，好唱连台本戏；收了这一场，还有下一幕。

45

看见了小戏子家那摇曳的竹影，也看见了何老爷子和小萤蔫头耷脑地从小戏子家门里走出来。

原来小戏子一到家便翻了脸，当着何老爷子和小萤的面，口吐莲花像唱连珠快书，一口气把马小跑骂了几个翻身儿；何老爷子和小萤站在一旁，就像在刑场上陪绑。在干姨家蹭饭吃的大太子，插了一句嘴便引火烧身，被小戏子骂得屁滚尿流而逃。何老爷子见势不妙，扯起小萤的胳膊慌忙告退，免得小戏子的三把火烧到他们头上。

这个女人犯起了刁，我也胆怵扎手，不能硬碰硬，不能板面孔，只能一哄二捧三糊弄，逗她心花怒放跳自个儿挖的井。我想出了一肚子绝妙好词儿，丹田运足了气才敢进门，却又不敢像过去那么先声夺人破门闯关，而是蹑手蹑脚好像偷营劫寨，蛇行鹤步更像溜门撬锁。

小戏子私设牢房，捆绑了马小跑的双手关押起来，她却躺在雕花大床凉席上，听着半导体收音机里民歌小曲睡晌觉。

我来到窗根下跺了跺脚，小戏子却卧如弓绷紧了弦，一动不动睡得十分香甜。我又咳嗽了两声，她却烙饼翻个儿，顺势把粉莲花的毛巾被蒙住了头，给了我个后脊梁。我断定她在跟我赌气，上赶着讨好倒不如晾起来不理，看谁最后吃不住劲儿。我一窜身坐在了窗台上，双手抱膝吸着烟，一会儿扫屋里一眼。

人眼是钩子，又像香火头儿，我的目光好像给她抓背搔痒，又烫着她的肉皮子，她的半扇身子渐渐不安起来。屋里的大床面对着大立柜的穿衣镜，我在眼角一瞟中发现，小戏子把粉莲花毛巾被掀开一道缝，也在偷看我的一动一静。

我扑哧一声笑出来，嘴里的香烟像一支火箭射进屋里，击中了反映在穿衣镜上的小戏子的半张脸儿上。

“我剜出你的一双贼眼！”忽地一下小戏子从床上坐起来，粉莲花毛巾被裹在身上，“五十大几的人老不正经，都是出了两趟国学会的。”

“别那么自我感觉良好。”我又慢条斯理点起一支烟，“我跺了脚又咳嗽，是你在我眼前装睡卖俏。”

“我就是不想搭理你！”小戏了又咕咚一声躺倒，“你吃里爬外，打哭一个哄笑一个；我算看透了你，这几年坏瓤子了。”

“谁是里，谁是外？打哭了谁，哄笑了谁？”我一拍肚皮，“忠心赤胆，侠肝义肠，怎么坏了瓤子？”

“你打了我一顿杀威棒，就是给那个白鹭子撑腰壮胆儿，难道还不算里通外国的奸臣？”

“她是你就要过门的儿媳妇，我在你们婆媳之间唱了黑脸唱白脸儿。”

“你乱点你的鸳鸯谱，我可不想引狼入室收留她。”

“小跑跟她情投意合，愿结百年之好，你别当棒打鸳鸯的王母娘娘。”

“她是个杀人犯！”

“人家已经放下屠刀，立地成佛了。”

“我家的门面不能叫她抹了黑。”

“别忘了你爹当年也吃过绿林饭。”

“姓刘的，你是想活活把我气死呀！”小戏子又爬起身来，眼睛出汗两泡泪水，“白鹭子只配嫁给下坡子溜的大太子，不能叫她高攀了我家小跑，夜猫子上了梧桐树。”

“小戏子，‘凡人之患，蔽于一曲，而暗于大理’，所以你才一叶障目！”我搬出《荀子·解蔽》，不是为了消除她的疑惑，而是要唬得她乖乖地随着我的舌头转，“白鹭子三折乃为良医，出淤泥而不染，如三月之花，今美于昨。水至清则无鱼，人至察则无徒；举大德，赦小过，你不应求备于一人。”我从刘禹锡、周敦颐和李笠翁的诗文中寻章摘句，夸奖白鹭子，又拿《汉书·东方朔传》中的几句话当棍棒，敲打小戏子。

小戏子傻了眼，委屈地问道：“这些古书上，怎么都写着夸白鹭子的话呀？”

“经目之事，犹恐未真；背后之言，岂能全信？疑似之迹，不可不察，所以兼听则明。”我像卜卦测字耍嘴皮子，卖弄我缝连补缀的古文杂拌儿，“事莫贵乎有验，言莫弃乎无征；白鹭子有文凭，有技术，有模样儿，三全其美的儿媳妇你打着灯笼到哪儿找去？”

“我听你的，听你的！”小戏子在我的凌厉攻势下自动缴械，“我是怕小跑情人眼里出西施，拿着琉璃当玛瑙，错把煤球儿当元宵，吃亏上当娶进门，请神容易送神难。”

“舅爹，您老人家救命吧！”被关押起来的马小跑，在他的屋里大呼小叫，“我妈把我捆得绳子杀进肉里，血脉快要变成塑料管儿了。”

我跳下窗台跑过去，马小跑的住房被锁住了屋门，关紧了窗户，拉起了窗帘，只闻其声不见其人。

“难道你妈会念咒点穴，能把你这个二十多岁的小伙子捆起来？”

“我吃爹妈的饭，花爹妈的钱，怎敢不束手就擒？”

“小子无能，才落得这般光景！”

“都是您跟我妈害得我画虎不成反类犬。”

“我还没有骂你，你倒咬起我来了。”

“您当上作家我妈眼热，硬逼着我拿您当仿影儿，砍的能有旋的圆吗？”

“你不肯吃苦下力，老想要小聪明儿找便宜，也就聪明反被聪明误。”

“舅爹，我已经下定决心，不吃您那一行的饭了，您还是换个题目教训我吧！”

“今后你总不能一辈子向爹娘讨饭，比着大太子的尺寸描红摹纸呀！”

“我要当个白派服装设计艺术家！专门制作、推销中国特色、民族风格、现代情调、雅俗共赏的白鹭牌新式服装。”

“又是五分钟热气，三天的新鲜。”

“我这回真是吞了秤砣啦！”

“你就是吃了碾子咽了磨，我也不给你掏这个本钱。”小戏子从卧房里走出来，手里拿着一串钥匙。

“妈，我早有了资金，不跟您手背朝下！”马小跑的口气很大，连我都怀疑他是吹牛。

马小跑两句大话，小戏子四声冷笑，说："又是他妈的假、大、空！欠下一屁股两肋账，天塌下来还得我顶着。"

"这笔资金是人家白给的，不是借来的。"马小跑越发玄而又玄吹破天，制造悬念吊胃口，"只要您风吹谷穗儿一点头，大钱柜的钥匙就到了我手里。"

"出场没有万八千块钱打不开锣鼓，难道你认了个财神奶奶当干娘？"小戏子一边开锁一边撇嘴，"我才不点这个头哩！点了头我就得替你扛枷。"

"我妈只有您一个，不是有奶便是娘。"被捆住双手的马小跑跳出门槛，"浪子回头金不换，我给您娶了个万元小姐的儿媳妇。"

我看见，小戏子的脸上掠过一惊一喜的神色，难道她也见钱眼开，弯下了傲骨？

"你妈不像你那么俗气！"我向马小跑大发脾气，弦外之音却是给小戏子听的，"你爱的是白鹭子的存折，不是白鹭子的人品，重利轻义早晚必生二心。"

"舅爹，我敢吗？"马小跑脑瓜儿摇得像拨郎鼓，舌头像念俄文打嘟噜儿，"您就是借给我二斤胆子，我在白鹭子面前还是一秒钟的邪念也不敢有。"

"你这个尿种软胎子，滚出去！"小戏子啐道，"丑媳妇总得见公婆，把白鹭子找来，听我训话。"

"得令！"马小跑甩动着麻木的手腕子，打着口哨跑出去。

小戏子掩上两扇街门，转过身来碰到我那冒着寒气的目光。

"你刚才指桑骂槐还没够吗？"她的眼里滚动着两颗晶莹透明的泪

珠儿，“我就是贪那丫头的万八千块钱，才收她当儿媳妇。”

“马挂钱儿给你赚的还少吗？”我阴沉着脸，摇头叹气，“你怎么还见钱眼开，是财就贪呢？”

小戏子好像突然之间中了暑，面无血色像白菜叶子，脑门、额角、鼻洼沁出一层层汗粒儿，身子像抽筋剔了骨，摇摇晃晃要昏倒，我赶忙抢上一步撑住了她。

“狼叼来喂狗，赚俩赔仨呀！”她扒着我的肩头大哭起来，“马挂钱儿买空卖空，乱签合同，蒙来了订金就花个一分不剩，天圆地方的亏空这辈子也堵不上。”

“你怎么知道？”

“我翻遍了他的公文包，装满了客户的讨债信，好儿家要到法院告他。”

“你取出存款替他堵了窟窿？”

小戏子凄然一笑，点了点头。

我把她搀进屋里，扶她躺在床上，拧凉毛巾给她擦脸，又从电冰箱里捧出半个西瓜，一勺一勺喂她吃。

“杀人偿命，欠债还钱，电冰箱、电视机、摩托车……都得赔给人家。”小戏子闭上眼，眼窝子泪汪汪，“只怕连这座房子也得搭进去，我打定主意出家当尼姑去。”

“别那么心窄肠子细，自寻烦恼得癌症。”我在婉言相劝中又有危言耸听，“等小跑结了婚你就离休，白鹭子接班必能开创新局面，我劝你袖手旁观，坐享其成吧！”

“你呀！大半辈子只会睁着眼睛说梦话。”小戏子挥了一把泪水，眼神和脸色又都有了活气，“你乱点鸳鸯谱，白鹭子顶替了春蔓，我依了你没吃亏；大姐一家你拆散了两对儿，她可饶不了你。”

“我身边有你这头金钱豹子，不怕那只母老虎。”

“我要帮她咬你呢？”

“牡丹花下死，做鬼也风流。”

“割你的舌头！”

我们正打牙逗嘴儿，只听扑通一声，墙头上跳下一个人，又听哐啷一声，门外跑进一人；两人撞进北房，就像两条泥鳅，钻到小戏子的床下。

他们是大太子和蓝袜子那个扫帚星女儿，被金裹银儿追赶得鸡飞狗走，到小戏子家避难来了。

46

六十二岁的蓝袜子，是个老贫婆，老妖精，老来俏。当了奶奶又当姥姥，却喜欢穿二八俏佳人的时髦服装，当然都是别人穿得半旧，她又动过剪子和针线，改头换面了的。不过，不管她怎么精心改作，蝙蝠衫变不成斜大襟的褂子，喇叭裤也改不成缅腰肥裆裤儿，穿在她身上越发奇形怪状，活像京戏彩旦扮演的三姑六婆。

她从十六岁嫁给佟宝庆，生下五女二男，大半辈子缺吃少穿，过了四十多年的揪心日子。佟宝庆做打鼓生意是个能手，收买破烂儿最有眼力；回乡务农改了行，一身的酸懒架子，皮肉受不了苦，怕累抻不开筋，二三十年土里刨食，到老仍是腰里拴个死老鼠，混充打猎的。从成立公社到家庭承包，二十多年她家没有分过一个子儿，年年都欠队上二三百。虱子多了不咬，债多了不愁，佟宝庆死皮赖脸，压根儿不把债务放在心上。大锅饭不能饿死人，发放寒衣、救济款哪一回都少不了她家，而且拿头份儿。队上的账目也是狗熊掰玉米，今年的欠账明年减后年免，一茬倒一茬；家庭承包大队散摊子，最后的一笔债务也一口气吹得一干二净。谁能想到，就是这个又穷又懒又要赖的主儿，这几年竟如鱼得水发了财，全靠的是佟宝庆重操旧业，一家人分工合作。佟宝庆带领两个儿子到城里收购破烂儿，蓝袜子带领两个儿媳妇巧妙加工；加工之后的服装，她们那个扫帚星的女儿包揽推销。打虎亲兄弟，上阵父子兵，人民币就像长了腿，大票小票都奔她家跑。

蓝袜子从十六到三十七，三年一胎，连生七个，严重破坏鱼菱村的计划生育，给一把手金裹银儿和分管这项工作的小戏子脸上抹黑。这两位干姐妹私下一商量，不年不节忽然宴请蓝袜子，你猜拳我行令，你推杯我换盏，二锅头老白干把蓝袜子灌了个烂醉；趁她不省人事，给她戴上了不锈钢的避孕环，这才封门煞尾画了句号。大女儿四十四，二女儿四十一，三女儿三十八，四女儿三十五，早已经出了门子，生儿养女当了家；只有扫帚星小五儿结三回婚离三回婚，三出三进，三十二岁待嫁。两个儿子，大的二十九，小的二十六，都娶了媳妇，分家另过。蓝袜子抢占地皮，不管格局，一字排开盖了二十间房，分割四个院落；大儿子、二儿子和扫帚星小五儿各占一院，她和佟宝庆的宅院，又是破烂儿仓库和加工车间。

扫帚星小五儿脚歪路子斜，三分怪她自己，七分怨她爹娘。这个丫头比四个姐姐生得脸子俊俏，自幼就是爹娘的眼珠子。家里穷得吃穿犯愁，爹娘却没有饿过她，四个姐姐的衣裳打着补丁露着肉，爹娘却给她穿红挂绿巧打扮。于是，从小便一张馋嘴三只手，含苞待放的花骨朵就被虫子咬了。佟宝庆脸皮三寸厚，能有酒肉就是朋友，蓝袜子好占小便宜，有利可贪便不分良莠。每天到她家串门子的人，有本村的嘎杂子，也有过路的外宾，满屋子满炕坐不下，墙上钉橛子挂起来。她跟本村的嘎杂子打情骂俏，也跟过路的外宾嬉闹调笑，就像注射九二〇强壮素的瓜果早成熟。十五岁那年，一个跟佟宝庆只有点头之交的外路客人，腰里的钱包像吹胀了的猪尿泡；佟宝庆贪吃，蓝袜子贪财，挽留这位贵客住下来，这位贵客却不赏脸。昏了心迷了窍的这两口子，喊来小五儿缠住此人不放，此人一脚门里一脚门外转回身，短住竟变成了久留，住下来就不想走。佟宝庆出了个外工，一去一回要几天，蓝袜子老虎打盹儿漏了个空，半夜三更炕上不见了小五儿，原来小五儿正在外路客人屋里初试云雨情。家丑不便声张，外路客人掏出二百块钱堵住了蓝袜子的嘴，蓝袜子拿出二十给小五儿买了一件的确良花汗衫和一条斜纹混纺裤子。小五儿一步走歪，蓝袜子没有扳正她的脚；本是误入歧途，从此便走上邪路。跟看青的飞个媚眼儿，能顺手牵羊偷拿方便；跟记工员吊一吊膀子，工分本上能多写几分；允许保管员在身上掐掐捏捏，分粮食过磅多得几斤；腮帮子白让大队会计啃两口，账本上的小数目便一笔勾销。佟宝庆视而不见，不加干涉，蓝袜子更装聋作哑，替女儿遮羞掩丑。如果不是金裹银儿突然发起整顿村风运动，蓝袜子还不想把小五儿嫁出去。头一回结婚，小五儿和她的爹娘贪图的是彩礼，一百斤的身子换来八百块钱，按当时的行市等于十口大肥猪。男方憨头夯脑，拙嘴笨腮，洞房之夜小五儿就大失所望。过门三年倒有二年半住娘家；多吃一倍避孕药，不给这个傻小子生孩子。软磨硬泡，家无宁日，气得傻小子主动提出离婚，小五儿马上同意。第二回出嫁，嫁给一个因公负伤的残疾工人，满想嫁过去以后农转非，安排个工作捧上铁饭碗；对方是姜太公钓鱼，她一厢情愿上了钩，事与愿违便一哭二闹三上吊，打了几年官司才离婚。第三回嫁了个个体户，这个个体户是个刑满释放的两劳人员，恶习不改二进宫，从结婚到离婚不过五十一天。于是，小五儿落了个扫帚星的外号。扫帚星小五儿在每一回结婚离婚之间，都是拿大太子填补空白；大太子跟大果子离婚打了光棍儿，扫帚星小五儿就决定死抱着这个肉头不放了。

这几天，蓝袜子家正闹家务，起因就是发现扫帚星小五儿私设小金库，大攒体己钱，不但两个兄弟和两个兄弟媳妇不依不饶，而且佟宝庆也翻了脸，蓝袜子也红了眼；组成联军冲进扫帚星小五儿那座院落，要把扫帚星小五儿五马分尸，大卸八块。

“谁敢碰姑奶奶一根汗毛？”扫帚星小五儿把蜷缩在床上的大太子揭起来抻直了，双双站立在窗前，“明人不做暗事，我是奉了婆婆的圣旨积累资金，另开一个整旧如新的服装加工厂。”

“谁……谁是……你的婆婆？”佟宝庆挤咕着两只老鼠眼。

“有眼无珠！”扫帚星小五儿大声喝道，“我身边站立着有名有姓的如意郎君，难道还猜不出我的婆婆是谁吗？”

如意郎君是大太子，不言自明婆婆便是金裹银儿。

佟宝庆一想到跟金裹银儿结成亲家，只觉得受宠若惊三生有幸，马上转怒为喜，哈哈笑道：“儿呀！你好眼力，好手段。”

蓝袜子比佟宝庆更了解金裹银儿的脾气，半信半疑地问大太子道：

“你妈点头了吗？”

“我妈已经正式批准了。”

“她就这么屈尊落价儿，不讲门当户对？”

“我们的媒人她惹不起呀！”

“大媒是谁？”

“刘家四梦舅舅，还有于家我那小姨。”

“宝贝儿，我把我的私房钱也贴补你们！”蓝袜子高兴得过了头，情不自禁暴露了不可告人的隐私。

扫帚星小五儿的两个兄弟，一听金裹银儿的名字，吓得噤若寒蝉，两个兄弟媳妇却忍受不了这么大的委屈，跑到门外号啕大哭。正巧金裹银儿从乡里开会回来，当街问案，骗局败露，扫帚星小五儿和大太子跳出后窗逃走，小戏子家当然是最保险的避风港了。

“你们躲在屋里，谁也不许吭声！”小戏子低声吆喝大太子和扫帚星小五儿；我也并不例外，跟他们一起享受着同等待遇。

大敌当前，小戏子披挂上阵，我最爱看她跟金裹银儿打嘴架。

“妹子，我那个钻狗洞打野食的孽障，还有那个叫春闹栏的小骚货儿，是不是躲在你家啦？”金裹银儿进门也不嘘寒问暖，直通通就是一个当头炮。

小戏子轻摇一把芭蕉扇，不慌不忙，不冷不热，不咸不淡，哧哧笑道：“你是日本鬼子大扫荡，还是还乡团清乡？”

金裹银儿白瞪她一眼，强压住火气，说：“你甭跟我嬉皮笑脸，赶快把那两个小兔崽子交出来！”

小戏子背靠着房门，嬉笑道：“我要是不交出来呢？”

“那我就拆墙扒房，进屋掏螃蟹！”金裹银儿撸胳膊挽袖子，摩拳擦掌要动手。

“打、砸、抢吗？”

“就是要打、砸、抢！”

“打、砸、抢犯法。”

“甭跟我假充行家，我这个当村长的比你懂！”

“知法犯法罪加一等。”

“脑袋掉了碗大的疤！”

“金裹银儿，亏你说得出口！”小戏子陡地甩了个高腔，吓得花丛中的彩蝶纷飞，树上的麻雀惊叫四散，“你觉得你是鱼菱村的母皇上，跺一跺脚四角乱颤，吐口唾沫能漂大船，我姓于的丫头专不怕鬼化狐，舍得一身剐，敢把皇帝拉下马！”

“瞧，瞧！猫皮狗脸，捅一指头就龇牙爹毛。”金裹银儿被小戏子一通臭骂，就像斗败了的画眉，一下子变成了贱骨头，“好妹子，姐姐走得干渴，又窝着一肚子火，放我进屋喝口水，凉快凉快。”

“屋里躺着我的野汉了，怕你见面分一半！”

“我吃皮你吃馅儿，你吃肉我喝汤，我不要一半只尝两口。”

“他全身筋骨皮肉，头蹄下水，还不够我一个人嚼的哩！”

“他是谁，谁是他呀？”

“此人在江湖上大小有个名声，说出他的名字吓死你。”

“南京到北京，没见过驴屁股打补丁，我生吞豹子胆，不怕邪魔鬼祟。”

“你真想见一见他？”

“想得挠心，馋得口酸。”

“啃我吃剩下的骨头？”

“把两根肘棒子赏给我吧！”

这两个大同小异的女人，化干戈为玉帛，伙穿一条裤子拿我开心取乐儿，气得地火在我的五脏六腑中运行奔突，暴跳如雷大吼一声：“金裹银儿，小戏子，你们这两张嘴还不如抽水马桶！”

“哟，原来是老相好呀！”金裹银儿疯笑着大叫，“妹子，要是别人我不跟你分斤掰两，老相好四梦就得整整齐齐有我半扇。”

“金裹银儿，屋里有你的儿子儿媳妇，你嘴里干净点儿！”我粗脖子红脸，挥拳抡胳臂，“不许你干涉他们的婚姻自由，我支持他们的自主行动。”

有我撑腰，大太子也壮了胆儿，狗仗人势汪汪叫：“泰山压顶不弯腰，我们坚决按照既定方针办！”

“小子，胳臂拗不过大腿！”金裹银儿胸有成竹，嘿嘿冷笑，“我下令不给你们开介绍信，你们到乡里登不了记！”

“此处不养爷，自有养爷处！”扫帚星小五儿也从小戏子的床下爬出来，“我已经怀上大太子的孩子，连娘带崽儿另嫁别人，买一送一货卖与识家。”

大太子大惊失色，扫帚星小五儿递过一个闪电的目光，他才恍然大悟。

“小五儿，你可不能撇下我呀！”大太子很能进戏，突然痛哭失声，“医院妇产科抽血化验，你肚子里装的是儿子；我的儿子，我妈的孙子……”

金裹银儿直眉瞪眼，目瞪口呆，张口结舌，一屁股坐在了地上。

“姐姐双喜临门啦！”小戏子不知是捧场还是拆台，“娶儿媳妇当天又抱孙子，谁说福无双至，祸不单行呢？”

金裹银儿恨不能扒个地缝钻进去。

正在这时，马小跑风风火火跑进来，后面紧紧跟随着白鹭子。

进门马小跑头一眼看见的是金裹银儿，打了个趔趄愣了愣神儿，突然作了个大揖，喊道：“大姨，我给您老人家道喜啦！”

“你妈才有喜哩！”金裹银儿只当马小跑也来说风凉话，破口大骂撒一撒气，“够不够四十六，我过了孕龄喜从何来？”

“您老人家怎么咬我这个报喜的吕洞宾呀！”马小跑哭丧着脸儿，却又挤鼻子弄眼，“有人向春蔓求婚，难道不是您的[illegible]喜？”

“谁？谁……谁……”金裹银儿的屁股像被蝎子蜇了一下，从地上腾跳而起，“姓甚名谁哪个村的，七十二行哪一路的？”

“身在国外，吃水上饭……”

“放你妈的屁！洋鬼子怎么会知道我有个女儿叫春蔓？”

“这人虽然远在天边，过不了一个月就近在眼前。”

“小萤爸爸！”小戏子心灵脑子快，一猜就破了谜。

“天呀！”金裹银儿拍着大腿，“儿子娶个后婚，女儿又当填房，我没脸见人了。”

但是，我从她的虚张声势里听出乐在其中。

47

金裹银儿假戏真唱，没有台阶不出小戏子家。小戏子最会摸她的脉，给我递了七十二种眼色，打了三十六样手势，我虽然冥顽不灵，也领会了十之六七；于是我把金裹银儿搀进正房客厅，动之以情，晓之以理。金裹银儿官儿不大，谱儿不小，一百五六十斤的肉身子，整个儿交给我搬进客厅里。我活像一名长工苦力，扛着个大麻包装仓垛囤，把金裹银儿平平整整放倒在书房里的大沙发上。她一会儿叫我开电扇，一会儿叫我点支烟，一会儿叫我倒杯水，一会儿叫我给她擦擦汗；我又像她的贴身小厮，手脚不闲滴溜儿转。

“哎哟！我的胸口堵得慌……”她突然像心肌梗塞一般呻吟一声，抓住我的一只手给她揉胸口。

我这只手像摸了电门，从她的熊掌中猛抽出来，弹着弦子喊道：“你这个人怎么老树开花，春心不死呀？”

“脏心烂肺，罪魁祸首！”金裹银儿黑起了夜叉脸，声如母大虫，“你挑唆大小子跟春蔓忤逆不孝，我就得在你身上出火！”

这一声吼叫屋瓦震动，窗外的葡萄架沙啦啦响。

隔壁，白鹭子正式拜见婆婆，给小戏子行见面礼；婆媳二人三言两语，心里的疙瘩冰化雪消，握手言欢相见恨晚。金裹银儿的吼叫，惊扰了小戏子和白鹭子的欢声笑语，被扫了兴的小戏子跑过来喝道：“怎么啦？怎么啦？”

金裹银儿却恶人先告状，说：“四梦要给我揉胸口。”

“鸡猫子喊叫的我只当给你打了一针哩！”小戏子是金裹银儿的克星，出口就盛气凌人。

金裹银儿只能招架，嘟哝道：“你打针不哭是个好孩子嘛！”

“够本儿哭三天，你还有完没完？”

“把大小子跟那个扫帚星给我叫来，我骂个人仰马翻才解气。”

“小五儿早就带领大小子回家占窝儿，收拾洞房产房去了。”

金裹银儿死要面子活受罪，被儿媳偷营劫寨，大意失荆州。

“四梦，你给我传唤春蔓，我要撕下她的一层脸皮！”金裹银儿骑虎难下，非得多少找回一点面子才气顺。

我正想跟春蔓谈一谈，也就乐得跑这个腿儿。

从小戏子家走出来，我忽然多了个心眼儿，没有直奔河边，拐弯想到何老爷子家坐一坐；观察一下何老爷子和小萤的态势，掏一掏这一老一小的心里话。后娘难当，续闺女也不容易讨好，我替春蔓犯愁。

谁知一进门口，却见何老爷子和小萤坐在老杜梨树下，一个长吁短叹，一个唉声叹气，老小一对愁人。

“何大叔，白鹭子成了小戏子的掌上明珠，金裹银儿也收下了扫帚星小五儿！”为了驱散老杜梨树下的愁云，我拍着巴掌喊了个炸音，“我连赶三场，又来给您道喜。”

“四梦侄子，你可真是来得正好的及时雨！”何老爷子双手合十，只差高唱佛号了，“没有你的芭蕉扇，我就过不了火焰山。”

“您有什么疑难杂症，只管说吧！”

“小萤的爸爸过些日子就到家，来信说想娶春蔓，叫我给他找个过得硬的媒人。”

“他念大学，学外贸，出国办洋务，为什么要娶一个农村姑娘呢？”

“你还是问春蔓去吧！”

“春蔓怎么会知道他的心思？”

“他们书来信往，谁知道有没有捅破这层窗户纸？”

“您有什么意见？”

“我情愿亲自抬花轿，把这个好姑娘搭到我家来。”

“小萤呢？”

“欢迎春蔓当我的后妈！”小萤皱了皱眉头，咬了咬嘴唇，“只是我过去管她叫姐姐，她一下子长了一辈儿，我怎么改得过口？”

“还是随行就市吧！”我玩笑着劝道，“不少机关单位，越级提拔青年同志，当上了老首长的顶头上司，你一个小小的孩子更不该论资排辈儿了。”

“四梦大伯，我想通啦！”小萤子笑了笑又晴转阴，“您能撬开我那后妈的嘴，劝得她石点头，我马上就河边认母。”

“难道她不愿调价？”

“我爸爸也给她写来一封信，她看完了信就把脸挂下来，阴得能拧出水。”

“看我盐卤点豆腐吧！”

正是歇晌时分，村野在热风催眠中一片沉寂，树上的鸟儿和草棵的虫儿，也倦怠得昏昏欲睡，不声不响。

河边窝棚里找不见春蔓的影子，冷灶铁锅里的饭菜也没有动筷子。

“春蔓，春蔓！”我一边寻找一边呼叫。

河岸上，春蔓坐在一簇蒲柳丛下，挽起裤腿两脚泡在河里，眼泪滴滴答答砸河面，一滴眼泪砸出一个水涡儿。

我的脚步声没能惊动她，一阵河风从她身边吹来一页信纸，像一只飞舞的白蝴蝶，被我跳脚抓在手里。

“您不是爱说奇文共欣赏，疑义相与析吗？”春蔓没有回头，面对河水说话，“那就请您也看看这封信，帮我解剖解剖。”

“老丫头，你后脑勺子又没长眼睛，怎么看见我来了？”我笑着走过去，手摸她的头顶。

“河水是一面反光镜，能照妖。”春蔓扭着身子，说话戗人却是在撒娇儿。

我把信还给她，弯下腰问道：“海外传佳音，你是不是欣喜若狂，泪飞顿作倾盆雨呀？”

“我不那么眼皮子薄，眼窝子浅！”春蔓抢过这封信，撒手飘向河心，落花流水逐逝波。

“把人家的求婚信扔下了河，你打的什么主意？”我眼看信纸沉入河底，急得在岸上跺脚。

“满纸都是嚼蛆的话，看着脏眼，说出来臭嘴！”春蔓又伤心气恨地哭起来。

原来，小萤爸爸每年回家休假，没有完全丧失农家子弟的习性，常到春蔓承包的大片地义务劳动。春蔓是乡亲晚辈，又比他小十来岁，小叔叔大侄女，说说笑笑，打打闹闹，口没遮拦，手没轻重。夜晚浇稻田，单调乏味最犯困，春蔓拉他做伴，爱听他的海外奇谈，一宿都不打盹儿。月色朦胧，稻香四溢，鳏夫旷女，如在梦境，耐不得寂寞冷静便亲热粘连起来。小萤爸爸调驻国外，一别就是两年，临别那个夜晚，在稻田的避雨窝棚里，小萤爸爸并没有动手动脚；是春蔓一头扎在他的怀里，哭湿了他的汗衫，泪水渗透了心窝，依依不舍便发生了野合。

小萤爸爸走了，春蔓把一腔子爱恋埋在心里生根，像落花生结果在地下；金裹银儿没有察觉，何老爷子也不摸底，小萤天真无邪，更不会疑神疑鬼。

谁知小萤爸爸五脏六腑七窍都齐全，唯独脑瓜子缺一根弦，写来的正式求婚信，却像一篇化学定量分析，这就惹恼了脸皮儿薄的春蔓。信中拿死去的小萤娘跟她对比，说她不如小萤娘贤惠，但是比小萤娘富有开拓精神；又拿她跟那个散了伙的女人对照，说她不如那个女人漂亮，却比那个女人有品格；最后，还拿她跟形形色色的洋女人比较，说她虽不如那些形形色色的洋女人热得像一团火，但是柔情似水更耐人寻味，等等，等等。

“这是实事求是的科学态度嘛！你怎么能生他的气呢？”我替小萤爸爸鸣冤叫屈，主持公道。

“他这是拿我当西瓜！早花西瓜怎么长，郑州三号怎么短，我受不了这个污辱。”

“货比货才识货呀！他选中了你，说明你是群芳之冠。”

“拿我跟中国女人比较我还能忍受，把我搁在洋娘儿们堆里过秤，我咽不下这口气。”

“中国女排打败了所有外国女队，才被称作世界冠军呀！”

“我断定他跟外国娘儿们有过奸情，要不然怎么知道洋女人像一团火呢？”

“你这个多疑可太没边了。”

“没准儿还招上了艾滋病……”

“我舀起一筲河水给你漱口！”

春蔓忍俊不禁扑哧一笑，满脸的泪珠儿纷纷溅落在河面上。

成全了三桩婚姻，我好像减轻了三分病症，高兴得忘了死；从金裹银儿、何老爷子和小戏子家出来进去，连喝了三桌喜酒，醉成了一摊烂泥，被小戏子安放在她的客厅里，酩酊大醉而沉沉大睡。

喝醉了酒更爱做梦，而且像多集电视连续剧，一波未平一波又起，梦了一个又一个。

我梦见大太子和扫帚星小五儿坐着十字披红的出租车，马小跑和白鹭子骑着扎大红花的电驴子，小萤爸爸和春蔓却是跑旱船，在唢呐、大鼓、洋号、吉他和电子琴的伴奏声中，三支娶亲队伍在鱼菱村行街；像当年的高跷会、小车会和秧歌队在庙会上争强斗胜，各显神通，五光十色令人目不暇接，桃红柳绿美不胜收。

三支娶亲队伍后面挂了个尾巴，那是一顶八抬大轿，花团锦簇的轿帏子里暗藏着新娘子，新娘子是谁不得而知。不过，新郎官却是我刘四梦，身穿京剧《红娘》里张生跳墙的那身行头；心里一会儿七上八下，想揭开轿帘偷看新娘子的花容月貌，一会儿又怕花轿里坐着金裹银儿、小戏子和罗莎三个人，被人揭发犯了重婚罪。

老了老了的，做梦娶媳妇，荒唐。然而，也只有在这大吉大利大喜的年月，才有好梦。

一九八六年十二月十七日至一九八七年九月三日

一九八八年四月花城出版社出版

图书在版编目（CIP）数据

野婚 / 刘绍棠著. — 北京 ：北京十月文艺出版社，2018.5

（刘绍棠文集）

ISBN 978-7-5302-1770-2

Ⅰ. ①野… Ⅱ. ①刘… Ⅲ. ①长篇小说—中国—当代 Ⅳ. ① I247.5

中国版本图书馆 CIP 数据核字（2017）第 321742 号

野婚

YEHUN

刘绍棠 著

出　　版　北京出版集团公司

　　　　　北京十月文艺出版社

地　　址　北京北三环中路 6 号

邮　　编　100120

网　　址　www.bph.com.cn

发　　行　新经典发行有限公司

　　　　　电话（010）68423599

经　　销　新华书店

印　　刷　固安县铭成印刷有限公司

版　　次　2018 年 5 月第 1 版

　　　　　2018 年 5 月第 1 次印刷

开　　本　850 毫米 ×1168 毫米　1/32

印　　张　9.125

字　　数　205 千字

书　　号　ISBN 978-7-5302-1770-2

定　　价　32.00 元

质量监督电话　010　58572393

如有印装质量问题，由本社负责调换。